宋詞三百首箋注

中華書局印行

自序

清嘉慶間，張惠言校錄詞選，所選宋詞只六十八首，且不錄柳永及吳文英兩家。是其所選，誠不免既狹且偏。彊村先生茲選，量既較多，而內容主旨以渾成爲歸，亦較精闢。大抵宋詞專家及其代表作品俱已入錄，卽次要作家如時彥、周紫芝、韓元吉、袁去華、黃孝邁等所製渾成之作，亦廣泛采及，不棄遺珠。至目次，首錄帝王，末錄女流，乃當時沿襲舊書編選體例，今亦不復改易。惟書中李重元『憶王孫』一首誤作李甲，無名氏『青玉案』一首誤作黃公紹，皆確係偶然失考，則於其詞下注明，以免一誤再誤。憶予昔爲是書作箋，但側重評語一面，以後隨時增加注解，視原箋差富。今特彙刊一處，以供讀者參研。惟是原選取舍，間有不當；評語中亦不免有穿鑿附會之處，還望讀者批判抉擇，勿爲所囿云。丁亥十二月唐圭璋

原序

詞學極盛於兩宋，讀宋人詞當於體格、神致間求之，而體格尤重於神致。以渾成之一境爲學人必赴之程境，更有進於渾成者，要非可躐而至，此關係學力者也。神致由性靈出，卽體格之至美，積發而爲清暉芳氣而不可掩者也。近世以小慧側豔爲詞，致斯道爲之不尊；往往塗抹半生，未窺宋賢門徑，何論堂奧！未聞有人焉，以神明與古會，而抉擇其至精，爲來學周行之示也。彊邨先生嘗選宋詞三百首，爲小阮逸馨誦習之資；大要求之體格、神致，以渾成爲主旨。夫渾成未遽詣極也，能循塗守轍於三百首之中，必能取精用閎於三百首之外，益神明變化於詞外求之，則夫體格、神致間尤有無形之訢合，自然之妙造，卽更進於渾成，要亦未爲止境。夫無止境之學，可不有以端其始基乎？則彊邨茲選，倚聲者宜人置一編矣。中元甲子燕九日，臨桂況周頤。

箋序

圭璋既彙校納蘭容若詞竟，又取宋詞三百首爲之箋釋。宋詞三百首者，彊村先生朱古微所輯也。先生得半塘翁詞學，平生所詣，接步夢窗，所作彊村語業，海內奉爲圭臬。此三百首者爲學者端趨向，蕙風序中所謂『抉擇其至精，爲來學周行之示也』。圭璋據厲、查二家箋絕妙好詞例，疏通而暢明之，晨夕鈔錄，多歷年所，引書至二百餘種，都若干萬言，可云勤矣。籀諷再四，有數善焉：卷中所錄半負盛名，顧如時彥名聞不著，圭璋爬梳遺逸，字里爵秩，粲然具備，其善一也。采錄諸詞，膾炙萬口，諸家評隲，有如散沙。圭璋博收廣采，萃於一編，遺事珍聞，足資譚屑，其善二也。彊村所尚在周、吳二家，故淸眞錄二十二首，君特錄二十五首，其義可思也。圭璋彙列宋以後各家之說，而於近人中如亦峯、蘷笙、孺博、任公、壬秋、伯弢、靜安、述叔諸子之言，亦捃摭集錄，較他家尤備；力破邦彥疎雋少檢、夢窗七寶樓臺之讕言，其善三也。四庫提要論絕妙好詞箋，以爲多泛濫旁涉，不盡切於本事，未免有嗜博之弊。今圭璋所作，博涉羣籍又過於厲、查二家，蓋爲後學辨涇、渭，示門戶，反覆詳審，固不厭其詞之多也。昔鄭氏箋詩，旣據毛詩以詮釋義理，勒成一書；復取三百篇時序先後，別爲詩譜，漢儒詳實，有如是者。圭璋此書旣名曰箋，固當取法乎前修，此正深得康成之教焉。雖然，彊村此選，冠以徽宗『宴山亭』北行見杏花詞，又錄王聖與『獻仙音』、姚聖瑞『紫萸香』二闋，讀『故宮何處，明月歸輦』及『長楸走馬，歌罷涕零』諸語，白頭吟望，其意有未易明言者焉。夜闌削藁，良用憮然！辛未七夕，吳梅。

目錄

宋詞三百首箋注

古微朱孝臧編
唐圭璋箋註

徽宗皇帝

帝名佶，神宗第十一子。建元建中靖國、崇寧、大觀、政和、重和、宣和。在位二十五年，內禪皇太子，尊帝爲敎主道君皇帝。靖康二年北狩，紹興五年崩於五國城（今吉林寧安縣附近），廟號徽宗。平生於詩文書畫之外，尤工長短句，近彊村叢書輯有徽宗詞一卷。

宴山亭 北行見杏花

裁翦冰綃㊀，輕疊數重，淡著燕脂勻注。新樣靚妝㊁，豔溢香融，羞殺蕊珠㊂宮女。易得凋零，更多少、無情風雨。愁苦，問院落淒涼，幾番春暮？憑寄離恨重重，者㊃雙燕何曾，會人言語？天遙地遠，萬水千山，知他故宮何處？怎不思量？除夢裏有時曾去。無據，和夢也新來不做。

【注解】

㊀冰綃　綃似縑而疏者。冰綃，潔白之縑。王勃七夕賦：『引鴛杼兮割冰綃。』　㊁靚妝　靚音ㄐㄧㄥ。靚妝，粉黛妝飾。司馬相如上林賦：『靚妝刻飾。』　㊂蕊珠　道家謂天上宮闕。十洲記：『玉晨大道君治蕊珠貝闕。』　㊃者　同這。

【評箋】

宋無名氏云：『天遙地闊』，『和夢也有時不做』。眞似李主：『別時容易見時難』聲調也。後顯仁歸鑾，云此爲絕筆。（朝野遺記）

楊愼云：徽宗此詞北狩時作也，詞極悽惋，亦可憐矣。（詞品）

沈際飛云：猿鳴三聲，征馬踟躕，寒鳥不飛。（草堂詩餘正集）

賀裳云：南唐主『浪淘沙』曰：『夢裏不知身是客，一晌貪歡。』至宣和帝『燕山亭』則曰：『無據，和夢也有時不做。』其情更慘矣。嗚呼，此猶麥秀之後有黍離耶！（皺水軒詞筌）

萬樹云：作『天遙地遠』，誤也。宜作『天遠地遙』乃合。此即同前段之『新樣靚妝』句。（詞律）

徐釚云：哀情哽咽，彷彿南唐李主，令人不忍多聽。（詞苑叢談）

梁啟超云：昔人言宋徽宗爲李後主後身，此詞感均頑豔，亦不減『簾外雨潺潺』諸作。（藝蘅館詞選）

王國維云：尼采謂一切文學，余愛以血書者。後主之詞，眞所謂以血書者也；宋道君皇帝『燕山亭』詞略似之。（人間詞話）

錢惟演

惟演，字希聖，吳越忠懿王俶之子。少補牙門將，歸宋累遷翰林學士樞密使，罷爲鎮國軍節度觀察留後，改保大軍節度使，知河陽。入朝加同中書門下平章事，坐事落職，爲崇信軍節度，歸鎮卒。謚曰思，改謚文僖。

木蘭花

城上風光鶯語亂，城下煙波春拍岸。綠楊芳草幾時休？淚眼愁腸先已斷。　情懷漸覺成衰晚，鸞鏡㊀朱顏驚暗換。昔年多病厭芳尊，今日芳尊惟恐淺。

【注解】

㈠鸞鏡　晉罽賓王獲一鸞鳥，不鳴，後懸鏡映之乃鳴，事見藝文類聚引范泰鸞鳥詩序。後世因稱鏡爲鸞鏡。

【評箋】

侍兒小名錄云：錢思公謫漢東日，撰『玉樓春』詞，酒闌歌之，必爲泣下。後閣有白髮歌妓，乃舊日鄧王舞鬟驚鴻也，言：『先王將薨，預戒挽鐸中歌「木蘭花」引紼爲送，今相公其將危乎？』果薨於隨州。（苕溪漁隱叢話引）

黃昇云：此公暮年之作，詞極悽惋。（花庵詞選）

李攀龍云：妙處俱在末結語傳神。（草堂詩餘雋）

楊愼云：不如宋子京『爲君持酒勸斜陽，且向花間留晚照』更委婉。（詞品）

沈際飛云：芳樽恐淺，正斷腸處，情尤眞篤。（草堂詩餘正集）

張宗橚云：按宋人『木蘭花』詞卽『玉樓春』詞，鄧王舊曲有『帝鄉烟雨鎖春愁，故國山川空淚眼』之句。（詞林紀事）

范仲淹

仲淹，字希文。其先邠人，後徙吳縣。大中祥符八年進士。仕至樞密副使參知政事，以資政殿學士爲陝西四路宣撫使。知邠州，徙鄧州、荊南、杭州、青州。卒贈兵部尚書楚國公，諡文正。近彊村叢書輯有范文正公詩餘一卷。

蘇幕遮

碧雲天，黃葉地，秋色連波，波上寒煙翠。山映斜陽天接水，芳草無情，更在斜陽外。

黯㈠鄉魂，追旅思㈡，夜夜除非，好夢留人睡。明月樓高休獨倚，酒入愁腸，化作相思淚。

【注解】

㈠黯　黯然失色。　㈡旅思　思讀ㄙ，旅思即旅意。

【評箋】

詞苑云：范文正公『蘇幕遮』『碧雲天』云云，公之正氣塞天地，而情語入妙至此。（歷代詩餘引）

鄒祇謨云：范希文『蘇幕遮』一調，前段多入麗語，後段純寫柔情，遂成絕唱。『將軍白髮征夫淚』，亦復蒼涼悲壯，慷慨生哀。永叔欲以『玉階遙獻南山壽』敵之，終覺讓一頭地。窮塞主故是雅言，非貶辭也。（遠志齋詞衷）

沈際飛云：『芳草更在斜陽外』，『行人更在春山外』兩句，不厭百回讀。又云：人但言睡不得爾，『除非好夢』，反言愈切。又云：『欲解愁腸還是酒，奈酒至愁還又』，似此註脚。（草堂詩餘正集）

許昂霄云：鐵石心腸人亦作此消魂語。（詞綜偶評）

張惠言云：此去國之情。（張惠言詞選）

譚獻云：大筆振迅。（譚評詞辨）

王闓運云：外字，嘲者以爲江西腔，今江西人支、佳卻分，且范是吳人，吳亦分寘、泰也，正是宋朝京語耳。（湘綺樓詞選）

繼昌云：希文宋一代名臣，詞筆婉麗乃爾，比之宋廣平賦梅花，才人何所不可，不似世之頭巾氣重，無與風雅也。（左庵詞話）

黃蓼園云：按文正一生並非懷土之士，所爲鄉魂旅思以及愁腸思淚等語，似沾沾作兒女想，何也？觀前闋可以想其寄託。開首四句，不過借秋色蒼茫以隱抒其憂國之意；『山映斜陽』三句，隱隱見世道不甚清明，而小人更爲得意之象；芳草喻小人，唐人已多用之也。第二闋因心之憂愁，不自聊賴，始動其鄉魂旅思，而夢不安枕，酒皆化淚矣。其實憂愁非爲思家也。文正當宋仁宗之時，散歷中外，身肩一國之安危，雖其時不無小人，究係隆盛之日，而文正乃憂愁若此，此其所以先天下之憂而憂矣。（蓼園詞選）

御街行

紛紛墜葉飄香砌㈠，夜寂靜，寒聲碎。眞珠簾捲玉樓空，天淡銀河垂地。年年今夜，月華如練㈡，長是人千里。 愁腸已斷無由醉，酒未到，先成淚。殘燈明滅枕頭攲㈢，諳㈣盡孤眠滋味。都來此事，眉間心上，無計相迴避。

【注解】

㈠香砌　砌音ㄑㄧ，香砌即香階。　㈡練　素綢。　㈢攲　音ㄑㄧ，傾斜。　㈣諳　音ㄢ，熟習。

【評箋】

徐釚云：范文正公、司馬溫公、韓魏公皆一時名德望重，范『御街行』、韓『點絳唇』、溫公『西江月』，人非太上，未免有情，當不以此類其白璧也。（詞苑叢談）

王士禛云：俞仲茅小詞云：『輪到相思沒處辭，眉間露一絲。』視易安『纔下眉頭，卻上心頭』，可謂此兒善盜。然易安亦從希文『都來此事，眉間心上，無計相迴避』語脫胎，李特工耳。又云：『堂上簸錢堂下走』，小人以蛾歐陽；『有情爭似無情』，忌者以誣司馬；至『諳盡孤眠滋味』及『落花流水別離多』，范、趙二鉅公作如許語，又非但廣平梅花之比矣。（花草蒙拾）

楊愼云：范文正公、韓魏公勳德望重，而范有『御街行』詞，韓有『點絳唇』詞，皆極情致。予友朱良規嘗云：『天之風月，地之花柳，人之歌舞，無此不成三才。』雖戲語，亦有理也。（詞品）

李攀龍云：月光如晝，淚深于酒，情景兩到。（草堂詩餘雋）

沈際飛云：『天淡』句空靈。（草堂詩餘正集）

王世貞云：范希文『都來此事，眉間心上，無計相迴避』，類易安而少遜之，其『天淡銀河垂地』語卻自佳。（藝苑卮言）

陳廷焯云：淋漓沈著，西廂長亭襲之，骨力遠遜，且少味外味，此北宋所以爲高。小山、永叔後，此調不復彈。（白雨齋詞話）

沈謙云：范希文『珍珠簾捲玉樓空，天淡銀河垂地。』及『芳草無情，又在斜陽外。』雖是賦景，情已躍然。（塡詞雜說）

王闓運云：是壯語不媿不入律，『都來』即『算來』也，因此處宜平，故用『都』字，究嫌不醒。（湘綺樓詞選）

張先

先，字子野，湖州人。天聖八年進士。嘗知吳江縣，仕至都官郎中。有子野詞一卷，見粟香室覆刻名家詞刊本；又二卷，補遺二卷，見知不足齋叢書本及彊村叢書本。

葉夢得云：子野能爲詩及樂府，至老不衰。居錢塘，蘇子瞻作倅時，年已八十餘，視聽不衰，家猶蓄聲伎。（石林詩話）

四庫全書提要云：仁宗時有兩張先，皆字子野。其一博州人，樞密副使張遜之孫，天聖三年進士，官至知亳州，卒於寶元二年，歐陽修爲作墓誌者是也。其一烏程人，天聖八年進士，官至都官郎中，即作此集者是也。道山清話竟以博州張先爲此張先，誤之甚矣。（子野詞提要）

李之儀云：子野韻不足而情有餘。（姑溪題跋）

晁補之云：子野與耆卿齊名，而時以子野不及耆卿，然子野韻高，是耆卿所乏處。（詩人玉屑引）

蘇軾云：子野詩筆老，歌詞妙乃其餘事。（子野詞跋）

周濟云：子野淸出處、生脆處，味極雋永，只是偏才，無大起落。（宋四家詞選序論）

陳廷焯云：張子野詞，古今一大轉移也：前此則爲晏、歐，爲溫、韋，體段雖具，聲色未開；後此則爲秦、柳，爲蘇、辛，爲美成、白石，發揚蹈厲，氣局一新，而古意漸失。子野適得其中，有含蓄處，亦有發越處，但含蓄不似溫、韋，發越亦不似豪蘇、膩柳。規模雖隘，氣格卻近古。自子野後一千年來，溫、韋之風不作矣。益令我思子野不置。（白雨齋詞話）

千秋歲

數聲鶗鴂㈠，又報芳菲歇。惜春更選殘紅折，雨輕風色暴，梅子青時節。永豐柳㈡，無人盡日花飛雪。莫把么絃㈢撥，怨極絃能說。天不老，情難絕，心似雙絲網，中有千千結。夜過也，東窗未白孤燈滅。

【注解】

㈠鶗鴂　鳥名，離騷：『恐鶗鴂之先鳴兮，使夫百草爲之不芳。』　㈡永豐柳　白居易詩：『永豐西角荒園裏，盡日無人屬阿誰。』

㈢么絃　孤絃。

菩薩蠻

哀箏一弄湘江曲，聲聲寫盡湘波綠。纖指十三絃㈠，細將幽恨傳。當筵秋水㈡慢，玉柱斜飛雁㈢。彈到斷腸時，春山眉黛低。

【注解】

㈠十三絃　箏十三絃，十二擬十二月，其一擬閏。　㈡秋水　眼如秋水，白居易詠箏詩：『雙眸剪秋水，十指剝春葱。』

㈢玉柱斜飛雁　箏柱斜列如雁飛。

【評箋】

沈際飛云：斷腸二句俊極，與『一一春鶯語』比美。（草堂詩餘正集）

黃蓼園云：寫箏耶？寄託耶？意致卻極悽惋。末句意濃而韻遠，妙在能蘊藉。（蓼園詞選）

醉垂鞭

雙蝶繡羅裙，東池宴初相見。朱粉不深勻，閒花淡淡春。細看諸處好，人人道柳腰身。昨日亂山昏，來時衣上雲。

【評箋】

周濟云：橫絕。（宋四家詞選）

一叢花

傷高懷遠幾時窮？無物似情濃。離愁正引千絲亂，更東陌，飛絮濛濛。嘶騎㊀漸遙，征塵不斷，何處認郎蹤？雙鴛池沼水溶溶，南北小橈㊁通。梯橫畫閣黃昏後，又還是斜月簾櫳。沉恨細思，不如桃杏，猶解嫁東風。

【注解】

㊀騎 讀ㄐㄧˋ，名詞。 ㊁橈 音ㄋㄠˊ，楫也。

【評箋】

楊湜云：張先，字子野。嘗與一尼私約，其老尼性嚴，每臥於池島中一小閣，俟夜深人靜，其尼潛下梯，俾子野登閣相遇。臨別，子野不勝惓惓，作『一叢花』詞以道其懷。（綠窗新話引古今詞話）

范公偁云：子野郎中『一叢花』詞云：『沉恨細思，不如桃杏，猶解嫁東風。』一時盛傳，永叔尤愛之，恨未識其人。子野家南地，以故至都謁永叔，閽者以通，永叔倒屣迎之，曰：『此乃「桃杏嫁東風」郎中。』東坡守杭，子野尚在，嘗預宴席，蓋年八十餘矣。（過庭錄）

賀裳云：唐李益詩曰：『嫁得瞿唐賈，朝朝誤妾期。早知潮有信，嫁與弄潮兒。』子野『一叢花』末句云：『沉恨細思，不如桃杏，猶解嫁東風。』此皆無理而妙，吾亦不敢定為所見略同，然較之『寒鴉數點』，則略無痕跡矣。（皺水軒詞筌）

天仙子　時爲嘉禾小倅㈠以病眠不赴府會

『水調』㈡數聲持酒聽，午醉醒來愁未醒。送春春去幾時回？臨晚鏡，傷流景㈢，往事後期空記省。

沙上並禽池上暝，雲破月來花弄影㈣。重重簾幕密遮燈，風不定，人初靜，明日落紅應滿徑。

【注解】

㈠嘉禾小倅　張先爲嘉禾（今嘉興）判官時，在仁宗慶曆元年，年五十二歲。㈡『水調』　曲調名，隋唐嘉話：『煬帝鑿汴河，自制「水調歌」。』㈢流景　流年，杜牧詩：『自傷臨晚鏡，誰與惜流年。』㈣雲破月來花弄影　張先得句于此，並自建花月亭。后山詩話：『尙書郎張先善著詞，有云：「雲破月來花弄影」、「簾壓卷花影」、「墮飛絮無影」，世稱誦之，謂之「張三影」。』

【評箋】

遯齋閒覽云：張子野郎中以樂章擅名一時，宋子京尚書奇其才，先往見之。遣將命者謂曰：『尙書欲見「雲破月來花弄影」郎中。』子野屛後呼曰：『得非「紅杏枝頭春意鬧」尙書耶？』遂出置酒盡歡，蓋二人所舉，皆其警策也。（苕溪漁隱叢話引）

古今詩話云：子野嘗作『天仙子詞』云：『雲破月來花弄影』，士大夫多稱之。張初謁見歐公，迎謂曰：『好「雲破月來花弄影」』，恨相見之晚也。二說未知孰是？（苕溪漁隱叢話引）

高齋詩話云：子野嘗有詩云：『浮萍斷處見山影』，又長短句云：『雲破月來花弄影』，又云：『隔牆送過秋千影』，並膾炙人口，世謂『張三影』。（苕溪漁隱叢話引）

陳師道引荊公語云：尙書郎張先善著詞，有云：『雲破月來花弄影』，不如李冠『朦朧淡月雲來去』也。（後山詩話）

古今詩話云：有客謂子野曰：『人皆謂公「張三中」，即心中事、眼中淚、意中人也。』公曰：『何不目之爲「張三影」？』客不曉，公曰：『「雲破月來花弄影」；「嬌柔嬾起，簾壓卷花影」；「柳徑無人，墮飛絮無影」。此余平生所得意也。』細味三說，當以後山、古今二詩話所載『三影』爲勝。（苕溪漁隱叢話引）

與幵云：張子野長短句『雲破月來花弄影』，往往以爲古今絕唱，然予讀古樂府唐氏諸府別離云：『朱絃暗度不見人，風動花枝月中影。』意子野本此。（優古堂詩話）

卓人月云：張先以『三影』名者，因其詞中有三『影』字，故自譽也。然以『雲破月來花弄影』爲最，餘二『影』字不及。（詞統）

陸游云：倅廨花月亭有小碑，乃張先『雲破月來花弄影』樂章，云得句於此亭也。（入蜀記）

葉盛云：歐陽公豐樂亭記：『仰而望山，俯而聽泉』，用白樂天廬山草堂記：『仰觀山，俯聽泉語。』張子野『雲破月來花弄影』，亦用白公三遊洞序：『雲破月出』之句。（水東日記）

沈際飛云：『雲破月來』句，心與景會，落筆即是，着意即非，故當膾炙。（草堂詩餘正集）

楊愼云：『雲破月來花弄影』，景物如畫，畫亦不能至此，絕倒絕倒！（詞品）

李調元云：『張三影』已膾稱人口矣，倘有一詞云：『無數楊花過無影』，合之應名『四影』。（雨村詞話）

黃蓼園云：聽『水調』而愁，自傷卑賤也。『送春』四句，傷流光易去，後期茫茫也。『沙上』二句，言所居岑寂，以沙禽與花自喻也。『重重』三句，言多障蔽也。結句仍繳送春本題，恐其時之晚也。（蓼園詞選）

青門引

乍暖還輕冷，風雨晚來方定。庭軒寂寞近清明㈠，殘花中酒㈡，又是去年病。樓頭畫角㈢風吹醒，入夜重門靜。那堪更被明月，隔牆送過鞦韆影。

【注解】

㈠清明　節氣名，每年四月五日或六日爲清明。㈡中酒　中讀去聲。中酒，著酒。漢書樊噲傳：『項羽旣饗，軍士中酒。』

㈢畫角　軍樂。以竹木或皮革製成，亦有用銅製者。因外加綵繪，故稱畫角。

【評箋】

沈際飛云：懷則自觸，觸則愈懷，未有觸之至此極者。（草堂詩餘正集）

黃蓼園云：落寞情懷，寫來幽雋無匹，不得志于時者，往往借閨情以寫其幽思。角聲而曰風吹醒，『醒』字極尖刻。末句那堪送影，眞是描神之筆，極希微窅渺之致。（蓼園詞選）

晏殊

殊，字同叔，臨川人。七歲能屬文，景德初，以神童召試，賜進士出身，屢擢知制誥翰林學士。慶曆中，拜集賢殿學士同中書門下平章事，兼樞密院使，出知永興軍，徙河南，以疾歸京師，留侍經筵。卒贈司空，兼侍中，謚元獻。有珠玉詞，見六十家詞刊本，又有晏端書刊本。

王灼云：晏元獻公長短句，風流蘊藉，一時莫及，而溫潤秀潔，亦無其比。（碧鷄漫志）

劉攽云：元獻尤喜馮延已歌辭，其所自作，亦不減延已樂府。（貢父詩話）

四庫全書提要云：殊賦性剛峻，而詞語殊婉妙。（珠玉詞提要）

先著云：子野雅淡處，便疑是後來姜堯章出藍之功。（詞潔）

馮煦云：晏同叔去五代未遠，馨烈所扇，得之最先，故左宮右徵，和婉而明麗，爲北宋倚聲家初祖。（六十一家詞選例言）

浣溪沙

一曲新詞酒一杯，去年天氣舊池臺，夕陽西下幾時囘？ 無可奈何花落去，似曾相識燕歸來，小園香徑獨徘徊。

【評箋】

楊愼云：『無可奈何』二語工麗，天然奇偶。（詞品）

卓人月云：實處易工，虛處難工，對法之妙無兩。（詞統）

沈際飛云：『無可奈何花落去』，律詩俊語也，然自是天成一段詞，著詩不得。（草堂詩餘正集）

王士禛云：或問詩詞、詞曲分界。予曰：『無可奈何花落去，似曾相識燕歸來』，定非香奩詩。『良辰美景奈何天，賞心樂事誰家院？』定非草堂詞也。（花草蒙拾）

張宗橚云：元獻尙有示張寺丞王校勘七律一首：『元巳清明假未開，小園幽徑獨徘徊。春寒不定斑斑雨，宿醉難禁灩灩盃。無可奈何花落去，似曾相識燕歸來。遊梁賦客多風味，莫惜靑錢萬選才。』中三句與此詞同，只易一字。細玩『無可奈何』一聯，意致纏綿，語調諧婉，的是倚聲家語，若作七律，未免軟弱矣。（詞林紀事）

四庫全書提要云：集中『浣溪紗』春恨詞：『無可奈何花落去，似曾相識燕歸來』二句，乃殊示張寺丞王校勘七言律中腹聯，復齋漫錄嘗述之，今復塡入詞內，豈自愛其詞語之工，故不嫌複用耶？考唐許渾集中：『一尊酒盡靑山暮，千里書回碧樹秋』二句，亦前後兩見，知古人原有此例矣。（珠玉詞提要）

劉熙載云：詞中句與字有似觸著者，所謂極鍊如不鍊也。晏元獻『無可奈何花落去』二句，觸著之句也；宋景文『紅杏枝頭春意鬧』，『鬧』字，觸著之字也。（藝概）

浣溪沙

一向㊀年光有限身，等閒㊁離別易消魂，酒筵歌席莫辭頻。　滿目山河空念遠，落花風雨更傷春，不如憐取眼前人㊂。

【注解】

㊀一向　一晌，片時也。　㊁等閒　平常。　㊂憐取眼前人　崔鶯鶯詩：『還將舊來意，憐取眼前人。』見會眞記。

清平樂

紅箋小字，說盡平生意，鴻雁在雲魚在水，惆悵此情難寄。　斜陽獨倚西樓，遙山恰對簾鉤　人面不知何處，綠波依舊東流。

清平樂

金風細細，葉葉梧桐墜。綠酒初嘗人易醉，一枕小窗濃睡。　紫薇朱槿花殘，斜陽卻照闌干。雙燕欲歸時節，銀屏昨夜微寒。

【評箋】先著云：情景相副，宛轉關生，不求工而自合，宋初所以不可及也。（詞潔）

木蘭花

燕鴻過後鶯歸去，細算浮生千萬緒。長於春夢㊀幾多時，散似秋雲無覓處。　聞琴解佩㊁神仙侶，挽斷羅衣留不住。勸君莫作獨醒人，爛醉花間應有數。

【注解】㊀春夢　白居易花非花云：『來如春夢不多時，去似朝雲無覓處。』　㊁聞琴解佩　聞琴，卓文君事，文君新寡，司馬相如以琴心挑之，文君夜奔相如。解佩，江妃解佩以贈鄭交甫，事見列仙傳。

木蘭花

池塘水綠風微暖，記得玉真㈠初見面。重頭㈡歌韻響琤琮，入破㈢舞腰紅亂旋。玉鉤闌下香階畔，醉後不知斜日晚。當時共我賞花人，點檢㈣如今無一半。

【注解】

㈠玉真　玉人。　㈡重頭　詞中前後闋完全相同名重頭。　㈢入破　樂曲之繁聲名入破。　㈣點檢　檢査。

【評箋】

劉攽云：重頭、入破，管絃家語也。（貢父詩話）

張宗橚云：東坡詩：『尊前點檢幾人非』，與此詞結句同意。往事關心，人生如夢，每讀一過，不禁惘然。（詞林紀事）

木蘭花

綠楊芳草長亭路，年少抛人容易去。樓頭殘夢五更鐘㈠，花底離愁三月雨。無情不似多情苦，一寸還成千萬縷。天涯地角有窮時，只有相思無盡處。

【注解】

㈠五更鐘與三月雨　皆懷人之時。

【評箋】

趙與旹云：晏叔原見蒲傳正曰：『先君平日小詞雖多，未嘗作婦人語也。』傳正曰：『「綠楊芳草長亭路，年少抛人容易去」，豈非婦人語乎？』叔原曰：『公謂年少爲所歡乎？因公言，遂解得樂天詩兩句：「欲留所歡待富貴，富貴不來所歡去。」』傳正笑

而悟。余按全篇云云，蓋眞謂所歡者，與樂天『欲留年少待富貴，富貴不來年少去』之句不同，叔原之言失之。（賓退錄）

李攀龍云：香景春情，句句逼眞，當壓倒白玉樓矣。（草堂詩餘雋）

黃蓼園云：言近指遠者，善言也。年少拋人，凡羅雀之門，枯魚之泣，皆可作如是觀。『樓頭』二語，意致悽然，挈起多情苦來。末二句總見多情之苦耳。妙在意思忠厚，無怨懟口角。（蓼園詞選）

踏莎行

祖席㈠離歌，長亭別宴，香塵㈡已隔猶回面。居人匹馬映林嘶，行人去棹依波轉。畫閣魂消，高樓目斷，斜陽只送平波遠。無窮無盡是離愁，天涯地角尋思徧。

【注解】

㈠祖席　餞行酒席。　㈡香塵　地下落花甚多，塵土都帶香氣，因稱香塵。

【評箋】

王世貞云：『斜陽只送平波遠』，又：『春來依舊生芳草』，淡語之有致者也。（藝苑卮言）

踏莎行

小徑紅稀㈠，芳郊綠徧㈡，高臺樹色陰陰見㈢。春風不解禁楊花，濛濛亂撲行人面。翠葉藏鶯，朱簾隔燕，鑪香靜逐游絲轉。一場愁夢酒醒時，斜陽卻照深深院。

【注解】

㈠紅稀　花少。　㈡綠徧　草多。　㈢陰陰見　暗暗顯露。

【評箋】

沈謙云：『夕陽如有意，偏傍小窗明。』不若晏同叔『一場愁夢酒醒時，斜陽卻照深深院』，更自神到。（塡詞雜說）

李調元云：晏殊珠玉詞極流麗，而以翻用成語見長。如『垂楊只解惹春風，何曾繫得行人住。』又：『東風不解禁楊花，濛濛亂撲行人面』等句是也。翻覆用之，各盡其致。（雨村詞話）

沈際飛云：結深深妙，着不得實字。（草堂詩餘正集）

張惠言云：此詞亦有所興，其歐公『蝶戀花』之流乎。（張惠言詞選）

譚獻云：刺詞，高臺樹色陰陰見，正與斜陽相近。（譚評詞辨）

黃蓼園云：首三句言花稀葉盛，喻君子少小人多也。高臺指帝閽。『東風』二句，言小人如楊花輕薄，易動搖君心也。『翠葉』二句，喻事多阻隔。『爐香』句，喻己心鬱紆也。斜陽照深深院，言不明之日，難照此淵也。（蓼園詞選）

蝶戀花

六曲闌干偎㈠碧樹，楊柳風輕，展盡黃金縷㈡。誰把鈿箏㈢移玉柱，穿簾海燕雙飛去。滿眼游絲兼落絮，紅杏開時，一霎㈣淸明雨。濃睡覺來鶯亂語，驚殘好夢無尋處。

【注解】

㈠偎　倚靠。　㈡黃金縷　指柳條。　㈢鈿箏　箏上飾以羅鈿。　㈣一霎　極短之時間，霎音ㄕㄚ，入聲。

【評箋】

案此首一作馮延巳詞，一作歐陽修詞，未知孰是。

譚獻云：金碧山水，一片空濛，此正周氏所謂有寄託入、無寄託出也。又云：『滿眼』句，感；『一霎』句，境；『濃睡』句，人；『驚殘』句，情。（譚評詞辨）

韓　縝

縝，字玉汝，靈壽人，絳、維之弟。第進士，英宗朝歷淮南轉運使，神宗朝屢知樞密院事，哲宗朝拜尚書右僕射兼中書侍郎，出知潁昌府，以太子太保致仕。卒贈司空崇國公，謚莊敏。

洪邁云：韓莊敏公縝，字玉汝，蓋取君子以玉比德，縝密以栗，及王欲玉汝之義，前人未嘗用之，最爲古雅。（容齋續筆）

鳳簫吟

鎖離愁連緜無際，來時陌上初熏，繡幃人念遠，暗垂珠露，泣送征輪。長行長在眼，更重重、遠水孤雲。但望極樓高，盡日目斷王孫。　消魂，池塘別後，曾行處、綠妒輕裙。恁時攜素手，亂花飛絮裏，緩步香茵。朱顏空自改，向年年、芳意長新。徧綠野、嬉游醉眼，莫負青春。

【評箋】

葉夢得云：元豐初，夏人來議地界，韓丞相玉汝出分畫，將行，與愛妾劉氏劇飲通夕，且作詞留別。翌日，忽中批步軍司遣兵爲搬家追送之，初莫測所由，久之方知自樂府發也。（石林詩話）

樂府紀聞云：韓縝有愛姬能詞，韓奉使時，姬作『蝶戀花』送之云：『香作風光濃着露，正恁雙棲，又遣分飛去。密訴東君應不許，淚波一灑奴衷素。』神宗知之，遣使送行。劉貢父贈以詩：『卷耳幸容留婉孌，皇華何啻有光輝。』莫測中旨何自而出，後乃知姬人別曲傳入內廷也。韓亦有『鳳簫吟』詞詠芳草以留別，與『蘭陵王』詠柳以敘別同意。後人竟以『芳草』爲調名，則失『鳳簫吟』原唱意矣。（沈雄古今詞話引）

宋祁

祁，字子京，安州安陸人，徙開封之雍邱。天聖二年，與兄庠同舉進士，奏名第一，章獻太后以爲弟不可先兄，乃擢庠第一，而寘祁第十，時號大、小宋。累遷知制誥、工部尙書、翰林學士承旨。卒諡景文。近趙萬里輯宋景文公長短句一卷。

李之儀云：宋景文、歐陽永叔以餘力游戲爲詞，而風流閒雅，超出意表。（姑溪題跋）

古今詞話云：宋子京爲天聖中翰林，以賦采侯中博學鴻詞科第，有『色映堋雲爛，聲連羽月遲』之句，時呼爲宋采侯。每夕臨文，必使麗姝燃雙椽燭，卽張子野所謂『紅杏枝頭春意鬧尙書』也。（歷代詩餘引）

劉熙載云：宋子京詞是宋初體，張子野始創瘦硬之體，雖以佳句互相稱美，其實趣尙不同。（藝概）

木蘭花

東城漸覺風光好，縠皺波紋㊀迎客棹。綠楊煙外曉雲輕，紅杏枝頭春意鬧。浮生長恨歡娛少，肯愛千金輕一笑？爲君持酒勸斜陽，且向花間留晚照。

【注解】

㊀縠皺波紋　形容波紋細如皺紗。

【評箋】

王士禛云：『紅杏枝頭春意鬧尙書』，當時傳爲美談，吾友公融極歎之，以爲卓絕千古，然實本花間『暖覺杏梢紅』，特有青藍、冰水之妙耳。（花草蒙拾）

沈雄云：人謂『鬧』字甚重，我覺全篇俱輕，所以成為『紅杏尚書』。（沈雄古今詞話）

李漁云：琢句鍊字，雖貴新奇，亦須新而妥，奇而確。妥與確總不越一理字，欲望句之驚人，先求理之服衆。時賢勿論，古人多工於此技。有最服余心者，『雲破月來花弄影郎中』是也。有蜚聲千載上下而不能服強項之笠翁者，『紅杏枝頭春意鬧尚書』是也。『雲破月來』句，詞極尖新，而實為理之所有。若紅杏之在枝頭，忽然加一『鬧』字，此語殊難著解。爭鬬有聲之謂鬧，桃李爭春則有之，紅杏鬧春，予實未之見也。『鬧』字可用，則『妙』字、『鬭』字、『打』字皆可用矣。子京當日以此噪名，人不呼其姓名，竟以此作尚書美號，豈由尚書二字起見耶？予謂『鬧』字極麤俗，且聽不入耳，非但不可加於此句，並不當見之詩詞。近日詞中爭尚此字，皆子京一人之流毒也。（窺詞管見）

黃蓼園云：濃麗。『春意鬧』三字，尤奇闢。（蓼園詞選）

王國維云：『紅杏枝頭春意鬧』，著一『鬧』字，而境界全出。『雲破月來花弄影』，著一『弄』字，而境界全出矣。（人間詞話）

歐陽修

修，字永叔，廬陵人。天聖八年省元，中進士甲科，累遷擢知制誥翰林學士，歷樞密副使參知政事。神宗朝遷兵部尚書，以太子少師致仕。卒贈太子太師，諡文忠。晚號六一居士，有六一詞，見六十家詞本，又有歐陽文忠公近體樂府三卷及醉翁琴趣外篇六卷，見雙照樓刊本。

曾慥云：歐公一代儒宗，風流自命，詞章幼眇，世所矜式。（樂府雅詞序）

樂府紀聞云：歐陽永叔中歲居潁日，自以集古一千卷，藏書一萬卷，琴一張，棋一局，酒一壺，以一翁老於五物間，稱六一居士。（沈雄古今詞話引）

陳振孫云：歐陽公詞多有與花間、陽春相混，亦有鄙褻之語廁其中，當是仇人無名子所為也。（直齋書錄解題）

羅泌云：公嘗致意於詩，爲之本義，溫柔寬厚，所得深矣。吟詠之餘，溢爲詞章，有平山集，盛稱於世。（歐陽修近體樂府跋）

羅大經云：歐陽公雖遊戲作小詞，亦無愧唐人花間集。（鶴林玉露）

周濟云：永叔詞只如無意，而沈著在和平中見。（介存齋論詞雜著）

馮煦云：宋至文忠公始復古，天下翕然師尊之，風尙爲之一變。即以詞言，亦疏儁開子瞻，深婉開少游。（六十一家詞選例言）

采桑子

羣芳過後西湖㊀好，狼藉㊁殘紅，飛絮濛濛，垂柳闌干盡日風。笙歌散盡游人去，始覺春空，垂下簾櫳，雙燕歸來細雨中。

【注解】

㊀西湖　在安徽阜陽縣西北，十里長，二里廣，潁河諸水匯流處。　㊁狼藉　狼起臥遊戲多藉草，穢亂不堪，後因謂雜亂之意爲狼藉。

【評箋】

先著云：『始覺春空』語拙，宋人每以春字替人與事，用極不妥。（詞潔）

譚獻云：『羣芳過後』句，掃處即生。『笙歌散盡遊人去』句，悟語是戀語。（譚評詞辨）

訴衷情

清晨簾幕捲輕霜，呵手試梅妝㈠。都緣自有離恨，故畫作遠山長。思往事，惜流芳㈡，易成傷。擬歌先斂，欲笑還顰㈢，最斷人腸。

【注解】

㈠梅妝　南朝宋武帝女壽陽公主作梅花妝。　㈡流芳　流光。　㈢顰　音ㄆㄧㄣ，眉蹙。

踏莎行

候館㈠梅殘，溪橋柳細，草薰風暖㈡搖征轡㈢。離愁漸遠漸無窮，迢迢不斷如春水。寸寸柔腸，盈盈粉淚，樓高莫近危闌倚。平蕪㈣盡處是春山，行人更在春山外。

【注解】

㈠候館　能望遠之樓。　㈡草薰風暖　薰，香氣。江淹別賦：『閨中風暖，陌上草薰。』　㈢征轡　轡音ㄆㄟˋ，馬韁，即以代裝馬。　㈣平蕪　平坦草地。

【評箋】

卓人月云：『芳草更在斜陽外』，『行人更在春山外』兩句，不厭百回讀。（詞統）

楊愼云：佛經云：『奇草芳花，能逆風聞薰。』江淹別賦：『閨中風暖，陌上草薰。』正用佛經語。六一詞云：『草薰風暖搖征轡』，又用江淹語。今草堂詞改『薰』作『芳』，蓋未見文選者也。又云：歐陽公詞：『平蕪盡處是春山，行人更在春山外。』石曼卿詩：『水盡天不盡，人在天盡頭。』歐與石同時，且爲文字友，其偶同乎？抑相取乎？（詞品）

李攀龍云：春水寫愁，春山騁望，極切極婉。（草堂詩餘雋）

王士禛云：『平蕪盡處是春山，行人更在春山外。』升庵以擬石曼卿『水盡天不盡，人在天盡頭。』未免河漢。蓋意近而工拙懸殊，不啻霄壤。且此等入詞爲本色，入詩即失古雅，可與知者道耳。（花草蒙拾）

王世貞云：『平蕪盡處是春山，行人更在春山外。』又：『郴江幸自繞郴山，爲誰流下瀟湘去。』此淡語之有情者也。（藝苑巵言）

許昂霄云：『春山』疑當作『青山』，否則既用『春水』，又用兩『春山』，字未免稍複矣。（詞綜偶評）

黃蓼園云：首闋言時物暄妍，征轡之去，自是得意，其如我之離愁不斷何？次闋言不敢遠望，愈望愈遠也。語語倩麗，情文斐亹。（蓼園詞選）

蝶戀花㊀

庭院深深深幾許？楊柳堆煙，簾幕無重數。玉勒雕鞍游冶處，樓高不見章臺路㊁。　雨橫風狂三月暮，門掩黃昏，無計留春住。淚眼問花花不語，亂紅飛過鞦韆去。

【注解】

㊀蝶戀花　李清照詞序：『歐陽公作「蝶戀花」有「庭院深深深幾許」之句，予酷愛之，用其語作庭院深深數闋，其聲即「臨江仙」也。』　㊁章臺路　漢長安有章臺街在章臺下。漢書說，張敞無威儀，罷朝以後，走馬過章臺街。唐許堯佐有章臺柳傳，後人因以章臺爲歌妓聚居之所。

【評箋】

沈際飛云：末句參之點點飛紅雨句，一若關情，一若不關情，而情思舉蕩漾無邊。（草堂詩餘正集）

楊愼云：一句中連三字者，如『夜夜夜深聞子規』，又『日日日斜空醉歸』，又『更更更漏月明中』，又『樹樹樹梢啼曉鶯』，皆用疊字也。（詞品）

張宗橚云：南部新書記嚴惲詩：『盡日問花花不語，爲誰零落爲誰開？』此闋結二語似本此。（詞林紀事）

張惠言云：庭院深深，閨中既以邃遠也，樓高不見，哲王又不悟也。章臺遊冶，小人之徑。雨橫風狂，政令暴急也。亂紅飛去，斥逐者非一人而已。殆爲韓、范作乎？又云：此詞亦見馮延巳集中，李易安詞序云：『歐陽公作「蝶戀花」，有「庭院深深深幾許」之句，余酷愛之，用其語作「庭院深深數闋」，其聲卽舊「臨江仙」也。』易安去歐公未遠，其言必非無據。（張惠言詞選）

毛先舒云：詞家意欲層深，語欲渾成，作詞者大抵意層深者，語便刻畫；語渾成者，意便膚淺，兩難兼也。或欲舉其似，偶拈永叔詞云：『淚眼問花花不語，亂紅飛過鞦韆去。』此可謂層深而渾成。何也？因花而有淚，此一層意也；因淚而問花，此一層意也；花竟不語，此一層意也；不但不語，且又亂落，飛過鞦韆，此一層意也。人愈傷心，花愈惱人，語愈淺而意愈入，又絕無刻畫費力之跡，謂非層深而渾成耶？然作者初非措意，直如化工生物，筍未出而苞節已具，非寸寸爲之也。若先措意，便刻畫愈深，愈墮惡境矣。此等一經拈出後，便當掃去。（古今詞論引）

孫麟趾云：如『淚眼問花花不語，亂紅飛過秋千去。』『江上柳如烟，雁飛殘月天。』『西風殘照，漢家陵闕。』皆以渾厚見長者也。詞至渾，功候十分矣。（詞逕）

譚獻云：或曰：『非歐公不能爲。』或曰：『馮敢爲大言如是。』讀者審之。又云：宋刻玉琢，雙層浮起，筆墨至此，能事幾盡。（譚評詞辨）

黃蓼園云：首闋因楊柳烟多，若簾幕之重重者，庭院之深以此，卽下句章臺不見，亦以此。總以見柳絮之迷人，加之雨橫風狂，卽擬閉門，而春已去矣，不見亂紅之盡飛乎？語意如此，通首詆斥，看來必有所指。第詞旨濃麗，卽不明所指，自是一首好詞。（蓼園詞選）

王國維云：固哉皋文之爲詞也！飛卿『菩薩蠻』，永叔『蝶戀花』，子瞻『卜算子』，皆興到之作，有何命意，皆被皋文深文羅織。阮亭花草蒙拾謂坡公命宮磨蝎，生前爲王珪、舒亶輩所苦，身後又硬受此差排，由今觀之，受差排者，獨一坡公已耶！（人間詞話）

蝶戀花

誰道閒情拋棄久？每到春來，惆悵還依舊。日日花前常病酒，不辭鏡裏朱顏瘦。河畔青蕪⊖隄上柳，爲問新愁，何事年年有？獨立小橋風滿袖，平林新月人歸後。

【注解】

㈠青蕪　青草，古詩：「青青河畔草。」

【評箋】

譚獻云：此闋敍事。（譚評詞辨）

梁啓超云：稼軒「摸魚兒」起處從此脫胎，文前有文，如黃河伏流，莫窮其原。（藝蘅館詞選）

蝶戀花

幾日行雲何處去？忘了歸來，不道㈠春將暮。百草千花寒食路，香車繫在誰家樹？　淚眼倚樓頻獨語，雙燕來時，陌上相逢否？撩亂春愁如柳絮，依依夢裏無尋處。

【注解】

㈠不道　不覺。

【評箋】

譚獻云：行雲、百草、千花、雙燕，必有所託。（譚評詞辨）

木蘭花

別後不知君遠近，觸目淒涼多少悶！漸行漸遠漸無書，水闊魚沈㈠何處問？　夜深風竹敲秋韻㈡，萬葉千聲皆是恨。故欹單枕夢中尋，夢又不成燈又燼㈢。

【注解】

㊀魚沈　魚不傳書。　㊁秋韻　秋聲。　㊂燼　結燈花。

浪淘沙

把酒祝東風，且共從容㊀。垂楊紫陌㊁洛城東，總是當時攜手處，游徧芳叢。　聚散苦悤悤，此恨無窮。今年花勝去年紅，可惜明年花更好，知與誰同？

【注解】

㊀從容　留連　㊁紫陌　有紫花之堤上。

【評箋】

李攀龍云：意自『明年此會知誰健』中來。（草堂詩餘雋）

沈雄云：歐陽公云：『把酒祝東風，且共從容。』與東坡『虞美人』云：『持杯邀勸天邊月，願月圓無缺。』同一意致。（沈雄古今詞話）

黃蓼園云：末二句憂盛危明之意，持盈保泰之心，在天道則虧盈益謙之理，俱可悟得。（蓼園詞選）

青玉案

一年春事都來幾？早過了、三之二。綠暗紅嫣渾可事㊀，綠楊庭院，暖風簾幕，有箇人憔悴。　買花載酒長安市，又爭似㊁家山㊂見桃李？不枉㊃東風吹客淚，相思難表，夢魂無據，惟有歸來是。

【注解】

〔一〕可事　可樂之事。　〔二〕爭似　怎似。　〔三〕家山　家鄉。　〔四〕不枉　不怪。

【評箋】

黃蓼園云：『「一年」二句，言年光已去也。「綠暗」四句，言時芳非不可玩，自己心緒憔悴也。所以憔悴，以不見家山桃李，苦欲思歸耳。』（蓼園詞選）

柳　永

永，字耆卿，初名三變，字景莊，崇安人。景祐元年進士，爲屯田員外郞。以樂章擅名，有樂章集一卷，見六十家詞刊本；又三卷，續添曲子一卷，見彊村叢書刊本。

藝苑雌黃云：柳三變喜作小詞，薄於操行，當時有薦其才者，上曰：『得非填詞柳三變乎？』曰：『然。』上曰：『且去填詞。』由是不得志，日與儇子縱游倡館酒樓間，無復檢率。自稱云：『奉聖旨填詞柳三變。』（苕溪漁隱叢話引）

曾敏行云：柳耆卿風流俊邁，聞於一時。既死，葬於棗陽縣花山，遠近之人，每遇清明日，多載酒肴飲於耆卿墓側，謂之『弔柳會』。（獨醒雜志）

祝穆云：范蜀公嘗曰：『仁宗四十二年太平，鎭在翰苑十餘載，不能出一語詠歌，乃于耆卿詞見之。』仁宗嘗曰：『此人任從風前月下淺斟低唱，豈可令仕宦！』遂流落不偶，卒於襄陽。死之日，家無餘財，羣妓合金葬之于南門外。每春日上冢，謂之『弔柳七』。（方輿勝覽）

葉夢得云：永初爲上元辭，會『樂府兩籍神仙，梨園四部絃管』之句傳禁中，多稱之，後因秋晚張樂，有使作『醉蓬萊』詞以獻，語不稱旨。後改名三變，終屯田員外郞，死旅，殯潤州僧寺，王和甫爲守時，求其後不得，乃爲出錢葬之。（避暑錄話）

張宗橚云：漁洋山人精華錄：『殘月曉風仙掌路，何人爲弔柳屯田。』今儀眞西地名仙人掌，與獨醒雜志、方輿勝覽所載柳葬處不合，俟更攷之。（詞林紀事）

吳曾云：仁宗留意儒雅，務本向道，深斥浮豔虛華之文。初，進士柳三變好爲淫冶謳歌之曲，傳播四方，嘗有『鶴冲天』詞云：『忍把浮名，換了淺斟低唱。』及臨軒放榜，特落之，曰：『且去淺斟低唱，何要浮名！』景祐元年方及第。後改名永，方得磨勘轉官。（能改齋漫錄）

黃昇云：永爲屯田員外郎，會太史奏老人星見，時秋霽，宴禁中，仁宗命左右詞臣爲樂章，內侍屬柳應制，柳方冀進用，作此詞奏呈。上見首有『漸』字，色若不懌。讀至『宸遊鳳輦何處』，乃與御製眞宗挽詞暗合，上慘然。又讀至『太液波翻』，曰：『何不言太液波澄？』投之于地，自此不復擢用。又云：耆卿長于纖豔之詞，然多近俚俗。（花庵詞選）

歐陽凱云：錦爲耆卿之腸，花爲耆卿之骨，名章雋語，𥳑篢間發。王元澤追慕其才，亦有『賴有樂章傳樂府，落落驪珠照古今』之句。劉屏山有歌云：『屯田詞，考功詩，白水之白鍾此奇。鈎章棘句凌萬象，逸興高情俱一時。』屯田指三變，考功指翁挺也。（崇安縣志）

劉克莊云：耆卿有教坊丁大使意。（後村詩話）

陳振孫云：柳詞格固不高，而音律諧婉，詞意妥帖，承平氣象，形容盡致，尤工於羇旅行役。（直齋書錄解題）

徐度云：劉季高侍郎，宣和間嘗飯於相國寺，因談歌詞，力詆柳耆卿，旁若無人。有老宦者聞之，默然而起，徐取紙筆，跪於季高之前請曰：『子以柳詞爲不佳，盍自爲一篇示我乎？』劉默然無以應，而後知稠人廣衆中愼不可有所臧否也。（卻掃篇）

李之儀云：耆卿詞鋪敍展衍，備足無餘，較之花間所集，韻終不勝。（姑溪詞跋）

孫敦立云：耆卿詞雖極工，然多雜以鄙語。（歷代詩餘引）

葉夢得云：柳耆卿爲舉子時，多遊狹邪，善爲歌辭，敎坊樂工，每得新腔，必求永爲辭，始行于世，於是聲傳一時。余仕丹徒，嘗見一西夏歸朝官云：『凡有井水處卽能歌柳詞。』（避暑錄話）

張炎云：柳詞亦自批風抹月中來，風月二字，在我發揮，柳則爲風月所使耳。（詞源）

羅大經云：海陵閱柳永『望海潮』詞，有『三秋桂子，十里荷花』句，遂起立馬吳山之志。（鶴林玉露）

項安世云：杜詩、柳詞，皆無表德，只是實說。（平齋雜說）

陳師道云：柳三變作新樂府，天下詠之。（後山詩話）

王士禎云：柳七葬眞州仙人掌，僕嘗有詩云：『殘月曉風仙掌路，何人爲弔柳屯田。』（漁洋山人精華錄）

彭孫遹云：柳七亦自有唐人妙境，今人但從淺俚處求之，遂使金荃蘭畹之音，流入挂枝黃鶯之調，此學柳之過也。（金粟詞話）

宋翔鳳云：柳詞曲折委婉，而中具渾淪之氣，雖多俚語，而高處足冠羣流，倚聲家當尸而祝之。如竹垞所錄，皆精金粹玉，以屯田一生精力在是，不似東坡輩以餘力爲之也。（樂府餘論）

四庫全書提要云：張端義貴耳集亦曰：『項平齋言：「詩當學杜詩，詞當學柳詞，杜詩、柳詞，皆無表德，只是實說」云云。』蓋詞本管絃冶蕩之音，而永所作旖旎近情，使人易入，雖頗以俗爲病，然好之者終不絕也。（樂章集提要）

周濟云：柳詞總以平敍見長，或發端，或結尾，或換頭，以一二語勾勒提掇，有千鈞之力。（宋四家詞選）又云：耆卿爲世訾謷久矣，然其鋪敍委婉，言近意遠，森秀幽淡之趣在骨。又云：耆卿樂府多，故惡濫可笑者多，使能珍重下筆，則北宋高手也。（介存齋論詞雜著）

馮煦云：耆卿詞曲處能直，密處能疏，奡處能平，狀難狀之景，達難達之情，而出之以自然，自是北宋巨手。然好爲俳體，詞多媟黷，有不僅如提要所云以俗爲病者。（六十一家詞選例言）

況周頤云：柳屯田樂章集爲詞家正體之一，又爲金、元已還樂語所自出。（蕙風詞話）

劉熙載云：耆卿詞細密而妥溜，明白而家常，善於敍事，有過前人，惟綺羅香澤之態，所在多有，故覺風期未上耳。（藝概）

陳銳云：詞源於詩而流爲曲，如柳三變純乎其爲詞矣乎。又云：屯田詞在院本中如琵琶記，美成詞如會眞記。屯田詞在小說中如金瓶梅，美成詞如紅樓夢。（褒碧齋詞話）

鄭文焯云：屯田北宋專家，其高渾處不減清眞，長調尤能以沈雄之魄，淸勁之氣，寫奇麗之情，作揮綽之聲。又云：冥探其一詞之命意所注，確有層折，如畫龍點睛，其神觀飛越，只在一二筆，便爾破壁飛去也。（大鶴山人詞論）

曲玉管

隴首㈠雲飛，江邊日晚，煙波滿目憑闌久。一望關河蕭索，千里清秋，忍凝眸。杳杳神京，盈盈仙子，別來錦字終難偶㈡。斷雁無憑，冉冉飛下汀洲，思悠悠。　暗想當初，有多少、幽歡佳會；豈知聚散難期，翻成雨恨雲愁。阻追游，每登山臨水，惹起平生心事，一場消黯㈢，永日㈣無言，卻下層樓。

【注解】

㈠隴首　高邱上面。　㈡難偶　難以相會。　㈢消黯　黯然消魂。　㈣永日　長日。

雨霖鈴

寒蟬淒切，對長亭晚，驟雨初歇。都門帳飲㈠無緒，留戀處、蘭舟催發。執手相看淚眼，竟無語凝噎㈡。念去去、千里煙波，暮靄沈沈㈢楚天闊。　多情自古傷離別，更那堪、冷落清秋節！今宵酒醒何處？楊柳岸、曉風殘月。此去經年，應是良辰好景虛設。便縱有千種風情㊃，更與何人說？

【注解】

㊀都門帳飲　在京城門外設帳餞行。㊁凝噎　喉中氣塞。噎音一せ，入聲。㊂暮靄沈沈　晚間雲氣濃厚。㊃風情　風流情意。

【評箋】

賀裳云：柳屯田『今宵酒醒何處？楊柳岸曉風殘月。』自是古今俊句。或譏爲梢公登溷詩，此輕薄兒語，不足聽也。（皺水軒詞筌）

李攀龍云：『千里烟波』，惜別之情已騁，『千種風情』，相期之願又賒。眞所謂善傳神者。（草堂詩餘雋）

王世貞云：『今宵酒醒何處？楊柳岸曉風殘月。』與秦少游『酒醒處，殘陽亂鴉』，同一景事，而柳尤勝。（藝苑卮言）

沈際飛云：唐詞『簾外曉鶯殘月』至矣，宋人讓唐詩，而詞多不讓。（草堂詩餘正集）

周濟云：淸眞詞多從耆卿奪胎，思力沈摯處，往往出藍。然耆卿秀淡幽豔，是不可及。後人摭其樂章，訾爲俗筆，眞瞽說也。（宋四家詞選）

謝章鋌云：微妙則耐思，而景中有情，『寒鴉數點，流水遶孤村』、『楊柳岸曉風殘月』所以膾炙人口也。（賭棋山莊詞話）

劉熙載云：詞有點染，耆卿『雨霖鈴』『念去去』三句，點出離別冷落；『今宵』二句，乃就上三句染之。點染之間，不得有他語相隔，否則警句亦成死灰矣。（藝概）

江順詒評融齋語云云：案點與染分開說，而引詞以證之，閱者無不點首，得畫家三昧，亦得詞家三昧。（詞學集成）

黃蓼園云：送別詞淸和朗暢，語不求奇，而意致綿密，自爾穩愜。（蓼園詞選）

蝶戀花

竚倚危樓風細細，望極春愁，黯黯生天際。草色煙光殘照裏，無言誰會憑闌意？擬把㊀疏狂圖一醉，對酒當歌，強㊁樂還無味。衣帶漸寬終不悔，爲伊消得㊂人憔悴。

【注解】

㊀擬把　打算。　㊁強　讀上聲，勉強。　㊂消得　值得。

【評箋】

賀裳云：小詞以含蓄爲佳，亦有作決絕語而妙者。如韋莊『誰家年少足風流，妾擬將身嫁與一生休。縱被無情棄，不能羞』之類是也。牛嶠『須作一生拚，盡君今日歡。』抑亦其次。柳耆卿：『衣帶漸寬終不悔，爲伊消得人憔悴。』亦即韋意，而氣加婉矣。（皺水軒詞筌）

采蓮令

月華收，雲淡霜天曙。西征客、此時情苦。翠娥執手，送臨岐㊀、軋軋㊁開朱戶。千嬌面、盈盈佇立，無言有淚，斷腸爭忍回顧？　一葉蘭舟，便恁急槳淩波去。貪行色、豈知離緒，萬般方寸㊂，但飲恨、脈脈同誰語？更回首、重城不見，寒江天外，隱隱兩三煙樹。

【注解】

㊀臨岐　岐路分別。　㊁軋軋　軋音ㄓㄚ，入聲。軋軋，開門聲。　㊂方寸　指心。

浪淘沙慢

夢覺透窗風一線，寒燈吹息。那堪酒醒，又聞空階夜雨頻滴。嗟因循㊀、久作天涯客。負佳人、幾許盟言，便忍把、從前歡會，陡頓㊁翻成憂戚。　愁極，再三追思，洞房深處，幾度飲散歌闌，香暖鴛鴦被。豈暫時疏散，費伊心力。殢雲尤雨㊂，有萬般千種，相憐相惜。 恰到如今，天長漏永，無端自家疏隔。知何時、卻擁秦雲㊃態？ 願低幃昵㊄枕，輕輕細說與，江鄉夜夜，數寒更思憶。

【注解】

㊀因循　不振作之意。　㊁陡頓　突然。　㊂殢雲尤雨　殢音ㄉㄧ，困極。殢雲尤雨　貪戀歡情。　㊃秦雲　秦樓雲雨。　㊄昵　親近。

【評箋】

龔頤正云：「陰鏗有『夜雨滴空階』，柳耆卿用其語，人但知爲柳詞耳。」（芥隱筆記）

定風波

自春來、慘綠愁紅，芳心是事可可㊀。日上花梢，鶯穿柳帶，猶壓香衾臥。暖酥㊁消、膩雲㊂嚲，終日厭厭倦梳裹。無那㊃。恨薄情一去，音書無箇。 早知恁麼㊄，悔當初、不把雕鞍鎖。向雞窗㊅，只與蠻箋象管㊆，拘束教吟課。鎮相隨、莫拋躲，針線閒拈伴伊坐。和我，免使年少光陰虛過。

【注解】

㊀可可　平常。　㊁暖酥　指皮膚。　㊂膩雲　指頭髮。　㊃無那　那音ㄋㄨㄛ，無那　無聊。　㊄恁麼　如此。
㊅雞窗　書室。羅隱詩：「雞窗夜靜開書卷。」　㊆蠻箋象管　紙筆。

【評箋】

張舜民云：「柳三變既以詞忤仁廟，吏部不放改官，三變不能堪，詣政府，晏公曰：『賢俊作曲子麼？』三變曰：『祇如相公亦作曲子。』公曰：『殊雖作曲子，不曾道「綵線慵拈伴伊坐」。』柳遂退。」（畫墁錄）

少年游

長安古道馬遲遲，高柳亂蟬嘶。夕陽島外，秋風原上，目斷四天垂。歸雲一去無蹤迹，何處是前期？狎興㊀生疏，酒徒蕭索，不似去年時。

【注解】

㊀狎興　冶遊之興。

戚氏

晚秋天，一霎微雨灑庭軒。檻菊蕭疏，井梧零亂，惹殘煙。凄然，望江關，飛雲黯淡夕陽閒。當時宋玉㊀悲感，向此臨水與登山。遠道迢遞，行人凄楚，倦聽隴水潺湲。正蟬吟敗葉，蛩響衰草，相應喧喧。孤館度日如年，風露漸變，悄悄至更闌。長天淨，絳河㊁清淺，皓月嬋娟。思緜緜，夜永對景，那堪屈指暗想從前。未名未祿，綺陌紅樓，往往經歲遷延。　帝里風光好，當年少日，暮宴朝歡。況有狂朋怪侶，遇當歌對酒競留連。別來迅景如梭，舊游似夢，煙水程何限？念利名、憔悴長縈絆，追往事、空慘愁顏。漏箭移，稍覺輕寒，漸嗚咽、畫角數聲殘。對閒窗畔，停燈向曉，抱影無眠。

【注解】

㊀宋玉　楚屈原弟子，作九辯，有『悲哉秋之爲氣也』語。　㊁絳河　銀河，天稱絳霄，銀河稱絳河，蓋借南方之色以爲喻。

【評箋】

李攀龍云：首敘悲秋情緒，次敘永夜幽思，末勘破名利關頭更透。（草堂詩餘雋）

沈際飛云：括字之妥，撰句之雋，耆卿所長。『未名未祿』一段，寫我聲落魄時悵悵靡託，借一個紅粉佳人作知己，將白日消磨，哭不得笑不得，如是如是！（草堂詩餘正集）

夜半樂

凍雲黯淡天氣，扁舟一葉，乘興離江渚。度萬壑千巖，越溪深處。怒濤漸息，樵風乍起，更聞商旅相呼。片帆高舉，泛畫鷁㈠、翩翩過南浦。望中酒斾㈡閃閃，一簇煙村，數行霜樹。殘日下、漁人鳴榔㈢歸去。敗荷零落，衰楊掩映。岸邊兩兩三三，浣紗游女，避行客、含羞笑相語。到此因念，繡閣輕拋，浪萍難駐。歎後約丁寧竟何據？慘離懷、空恨歲晚歸期阻。凝淚眼、杳杳神京㈣路，斷鴻聲遠長天暮。

【注解】

㈠畫鷁　鷁，鳥名，形如鷺而大。畫鷁，古船家于船頭畫鷁首怪獸以懼江神，後人因指船為畫鷁。　㈡酒斾　酒旗，斾音ㄆㄟˋ。

㈢鳴榔　擊木梆驚魚，使魚聚于一處，易于取得。　㈣神京　指汴京。

【評箋】

許昂霄云：第一疊言道途所經，第二疊言目中所見，第三疊乃言去國離鄉之感。（詞綜偶評）

陳銳云：此種長調不能不有此大開大闔之筆。（褒碧齋詞話）

玉胡蝶

望處雨收雲斷，憑闌悄悄，目送秋光。晚景蕭疏，堪動宋玉悲涼。水風輕、蘋花漸老；月露冷、梧葉飄黃。遣情傷，故人何在？煙水茫茫。　難忘，文期酒會，幾孤風月，屢變星霜㊀。海闊山遙，未知何處是瀟湘㊁？念雙燕、難憑音信，指暮天、空識歸航。黯相望，斷鴻聲裏，立盡斜陽。

【注解】

㊀星霜　星一年一周天，霜每年而降，因稱一年爲一星霜。　㊁瀟湘　原是瀟水和湘水之稱，後泛指爲所思之處。

【評箋】

許昂霄云：與『雪梅香』、『八聲甘州』數首，蹊徑彷彿。（詞綜偶評）

八聲甘州

對瀟瀟暮雨灑江天，一番洗清秋。漸霜風淒緊，關河冷落，殘照當樓。是處紅衰翠減㊀，苒苒物華休㊁。惟有長江水，無語東流。　不忍登高臨遠，望故鄉渺邈㊂，歸思㊃難收。歎年來蹤迹，何事苦淹留？想佳人、妝樓凝望，誤幾回、天際識歸㊄舟？爭知我、倚闌干處，正恁凝愁？

【注解】

㊀紅衰翠減　指花落葉少。　㊁苒苒物華休　苒苒，漸漸；物華休，景物凋殘。　㊂渺邈　邈音ㄇㄛ，入聲。渺邈，遙遠。

㊃歸思　思讀ㄙ，歸思，歸家心情。　㊄『天際識歸舟』　謝朓詩。

【評箋】

蘇軾云：人皆言柳耆卿詞俗，然如『霜風淒緊，關河冷落，殘照當樓』，唐人佳處，不過如此。（侯鯖錄）案能改齋漫錄以此爲晁補之語。

劉體仁云：詞有與古詩同妙者，如『問甚時三十六陂秋色』，即灞岸之興也。『關河冷落，殘照當樓』，即勅勒之歌也。（七

頫堂詞繹）

梁啓超云：飛卿詞：『照花前後鏡，花面交相映』，此詞境頗似之。（藝蘅館詞選）

迷神引

一葉扁舟輕帆捲，暫泊楚江南岸。孤城暮角，引胡笳怨。水茫茫，平沙雁。旋驚散。煙斂寒林簇，畫屏展，天際遙山小，黛眉淺㈠。舊賞輕抛，到此成游宦。覺客程勞，年光晚。異鄉風物，忍蕭索，當愁眼。帝城賒㈡，秦樓阻，旅魂亂。芳草連空闊，殘照滿，佳人無消息，斷雲遠。

【注解】

㈠黛眉淺　形容遙山。　㈡賒　遠。

竹馬子

登孤壘荒涼，危亭曠望，靜臨煙渚。對雌霓㈠挂雨，雄風㈡拂檻，微收殘暑。漸覺一葉驚秋，殘蟬噪晚，素商㈢時序。覽景想前歡，指神京、非霧非煙深處。向此成追感，新愁易積，故人難聚。憑高盡日凝竚，贏得消魂無語。極目霽靄㈣霏微，暝鴉零亂，蕭索江城暮。南樓畫角，又送殘陽去。

【注解】

㈠雌霓　虹雙出，色鮮艷者爲雄，色暗淡者爲雌，雄曰虹，雌曰霓。　㈡雄風　雄駿之風，宋玉風賦：『此大王之雄風也。』

㈢素商　秋日。秋色尙白，音屬商，見禮記月令。　㈣霽靄　晴烟。

王安石

安石，字介甫，臨川人。慶曆二年進士，神宗朝累除知制誥翰林學士，拜同中書門下平章事，加尙書左僕射，兼門下侍郎，封荆國公。卒謚曰文，崇寧閒追封舒王。有臨川先生歌曲一卷，補遺一卷，見彊村叢書。

王灼云：王荆公長短句不多合繩墨處，自雍容奇特。（碧鷄漫志）

劉熙載云：王半山詞瘦削雅素，一洗五代舊習，惟未能涉樂必笑，言哀已歎，故深情之士，不無閒然。（藝概）

桂枝香

登臨送目，正故國晚秋，天氣初肅。千里澄江似練，翠峯如簇。歸帆去棹斜陽裏，背西風，酒旗斜矗。彩舟雲淡，星河鷺起㈠，畫圖難足。念往昔、繁華競逐，歎門外樓頭㈡，悲恨相續。千古憑高，對此漫嗟榮辱。六朝㈢舊事如流水，但寒煙、衰草凝綠㈣。至今商女，時時猶唱，後庭遺曲㈤。

【注解】

㈠星河鷺起　星河即銀河。李白詩：『三山半落靑天外，二水中分白鷺洲。』　㈡門外樓頭　用杜牧『門外韓擒虎，樓頭張麗華』詩意。　㈢六朝　吳、東晉、宋、齊、梁、陳。　㈣衰草凝綠　竇鞏詩：『傷心欲問南朝事，惟見江流去不回。日暮春風吹草綠，鷓鴣飛上越王臺。』二句本此。　㈤後庭遺曲　陳後主遊宴後庭，其曲有玉樹後庭花，見南史張貴妃傳。杜牧詩：『商女不知亡國恨，隔江猶唱後庭花。』

【評箋】

楊湜云：金陵懷古，諸公寄調『桂枝香』者，三十餘家，惟王介甫爲絕唱，東坡見之，歎曰：『此老乃野狐精也。』（景定建康

志引古今詞話）

梁啓超云：李易安謂介甫文章似西漢，然以作歌詞，則人必絕倒。但此作卻頡頏清眞、稼軒，未可漫詆也。（藝蘅館詞選）

千秋歲引

別館寒砧㊀，孤城畫角，一派秋聲入寥廓。東歸燕從海上去，南來雁向沙頭落。楚臺風㊁，庾樓月㊂，宛如昨。無奈被些名利縛，無奈被他情擔閣，可惜風流總閒卻。當初漫留華表語㊃，而今誤我秦樓約。夢闌時，酒醒後，思量著。

【注解】

㊀砧　音ㄓㄣ，擣衣石。　㊁楚臺風　宋玉傳云：楚王遊於蘭臺，有風颯至，王乃披襟以當之曰：『快哉此風！』　㊂庾樓月　世說云：晉庾亮在武昌，與諸佐吏殷浩之徒乘夜月共上南樓，據胡床詠謔。　㊃華表語　續搜神記云：遼東城門有華表柱，有白鶴集其上言曰：『有鳥有鳥丁令威，去家千年今來歸；城中如故人民非，何不學仙冢纍纍！』

【評箋】

楊愼云：荊公此詞，大有感慨，大有見道語，既勘破乃爾，何執拗新法，鏟滅正人哉？（詞品）

李攀龍云：不着一愁語，而寂寂景色，隱隱在目，洵一幅秋光圖，最堪把玩。（草堂詩餘雋）

沈際飛云：媚出於老，流動出於整齊，其筆墨自不可議。（草堂詩餘正集）

先著云：無奈數語鄙俚，然首尾實是詞家法門。閱北宋詞須放一線道，往往北宋人一二語，又是南渡以後丹頭，故不可輕棄也。（詞潔）

黃蓼園云：意致清迥，翛然有出塵之致。（蓼園詞選）

王安國

安國，字平甫，臨川人，安石弟。舉進士，又舉茂才異等。熙寧初，除西京國子教授，終祕閣校理。有詞見花庵詞選。

清平樂

留春不住，費盡鶯兒語。滿地殘紅宮錦㊀汙，昨夜南園風雨。

小憐㊁初上琵琶，曉來思繞天涯。不肯畫堂朱戶，春風自在楊花。

【注解】

㊀宮錦　宮中錦繡，此喻落花。　㊁小憐　原爲北朝馮淑妃之名，此泛指歌女。

【評箋】

周紫芝云：大梁羅叔共爲余言：頃在建康士人家見王荊公親寫小詞一紙，其家藏之甚珍，其詞卽『淸平樂』云云。儀眞沈彥述謂非荊公詞，乃平甫詞也。（竹坡詩話）

譚獻云：『滿地』二句，倒裝見筆力，末二句見其品格之高。（譚評詞辨）

晏幾道

幾道，字叔原，號小山，殊幼子。監潁昌許田鎭。有小山詞，見六十家詞及彊村叢書，又有晏端書刊本。

黃庭堅云：叔原樂府寓以詩人句法，清壯頓挫，能動搖人心。合者高唐洛神之流，下者不減桃葉、團扇。（小

山詞序）

陳振孫云：叔原詞在諸名勝中獨可追步花間，高處或過之。（直齋書錄解題）

王灼云：叔原詞如金陵王、謝子弟，秀氣勝韻，得之天然，殆不可學。（碧鷄漫志）

程頤云：伊川聞誦叔原詞『夢魂慣得無拘檢，又踏楊花過謝橋』，乃笑曰：『鬼語也。』意頗賞之。（沈雄古今詞話引）

陸友仁云：叔原監潁昌府許田鎮，手寫自作長短句上府帥韓持國，持國報書：『得新詞盈卷，蓋才有餘而德不足者，願捐有餘之才，補不足之德，不勝門下老吏之望云。』一鎭監敢於杯酒間自作長短句示本道，大帥之嚴，猶盡門生忠於郎君之意；在叔原爲甚豪，在韓公爲甚德也。（硯北雜志）

毛晉云：小山詞字字娉娉嫋嫋，如挽嬙、施之袂，恨不能起蓮、鴻、蘋、雲，按紅牙板唱和一過。（小山詞跋）

周濟云：晏氏父子仍步溫、韋，小晏精力尤勝。（介存齋論詞雜著）

陳廷焯云：詩三百篇大旨歸於無邪，北宋晏小山工於言情，出文獻、文忠之右，然不免思涉於邪，有失風人之旨，而措詞婉妙，則一時獨步。（白雨齋詞話）

馮煦云：淮海、小山，古之傷心人也。其淡語皆有味，淺語皆有致，求之兩宋詞人，實罕其匹。子晉欲以晏氏父子追配李氏父子，誠爲知言。（六十一家詞選例言）

況周頤云：小山詞從珠玉出，而成就不同，體貌各具。珠玉比花中之牡丹，小山其文杏乎。（蕙風詞話）

臨江仙

夢後樓臺高鎖，酒醒簾幕低垂。去年春恨卻來時，落花㈠人獨立，微雨燕雙飛。記得小蘋㈡初見，兩重心字㈢羅衣。琵琶絃上說相思，當時明月在，曾照彩雲㈣歸。

【注解】

㈠落花　兩句原爲五代翁宏詩。　㈡小蘋　歌女名。　㈢心字　衣領屈曲如心字，見沈雄古今詞話。　㈣彩雲　指小蘋。

【評箋】

范成大云：番禺人作心字香，用素馨、末利半開者著淨器，薄劈沈香，層層相間封，日一易，不待花萎，花過香成。蔣捷詞：『銀字笙調，心字香燒。』晏小山詞：『記得年時初見，兩重心字羅衣。』（驂鸞錄）

楊萬里云：近世詞人，閑情之靡，如伯有所賦，趙武所不得聞者，有過之無不及焉，是得爲好色而不淫乎？惟晏叔原云：『落花人獨立，微雨燕雙飛』，可謂好色而不淫矣。（誠齋詩話）

張宗橚云：按小山詞跋：『始時沈十二廉叔、陳十君寵家有蓮、鴻、蘋、雲，品清謳娛客，每得一解，卽以草授諸兒，吾三人持酒聽之，爲一笑樂。已而君寵疾廢臥家，廉叔下世，昔之狂篇醉句，遂與兩家歌兒酒使俱流轉人間』云云。此詞當是追憶蘋、雲而作。又按小山詞尙有『玉樓春』兩闋，一云：『小蘋若解愁春暮』，一云：『小蓮未解論心素』，其人之娟姿豔態，一座皆傾，可想見矣。（詞林紀事）

譚獻云：『落花』兩句，名句千古，不能有二。末二句正以見其柔厚。（譚評詞辨）

陳廷焯云：小山詞如：『去年春恨卻來時，落花人獨立，微雨燕雙飛。』又：『當時明月在，曾照彩雲歸。』旣閑婉，又沈着，當時更無敵手。（白雨齋詞話）

康有爲云：起二句純是華嚴境界。（藝衡館詞選）

蝶戀花

夢入江南煙水路，行盡江南，不與離人遇。睡裏消魂無說處，覺來惆悵消魂誤。欲盡此情書尺素㈠，浮雁沈魚，終了㈡無憑據。卻倚緩絃歌別緒，斷腸移破秦箏㈢柱。

【注解】

㊀尺素　書簡。素，絹也，古人爲書，多書于絹，故稱書簡爲尺素。　㊁終了　終于。　㊂秦箏　見前張先『菩薩蠻』注。

蝶戀花

醉別西樓醒不記，春夢秋雲㊀，聚散眞容易。斜月半窗還少睡，畫屏閒展吳山翠。　衣上酒痕詩裏字，點點行行，總是淒涼意。紅燭自憐無好計，夜寒空替人垂淚。

【注解】

㊀春夢秋雲　白居易詩：『來如春夢不多時，去似秋雲無覓處。』

鷓鴣天

彩袖㊀殷勤捧玉鍾，當年拚卻㊁醉顏紅。舞低楊柳樓心月，歌盡桃花扇底風。　從別後，憶相逢，幾回魂夢與君同。今宵賸把㊂銀釭照，猶恐相逢是夢中。

【注解】

㊀彩袖　指歌女。　㊁拚卻　甘願之辭。　㊂賸把　儘把。

【評箋】

晁補之云：晏元獻不蹈襲人語，風度閒雅，自是一家。如『舞低楊柳樓心月，歌盡桃花扇底風』，知此人必不生於三家村中者。
（侯鯖錄）

雪浪齋日記云：晏叔原工於小詞，『舞低楊柳樓心月，歌盡桃花扇底風』，不愧六朝宮掖體。無咎評樂章，乃以爲元獻，誤

也。（苕溪漁隱叢話引）

胡仔云：詞情婉麗。（苕溪漁隱叢話）

王楙云：晏叔原：『今宵剩把銀釭照，猶恐相逢是夢中』，蓋出於老杜『夜闌更秉燭，相對如夢寐。』戴叔倫『還作江南夢翻疑夢裏逢。』司空曙『乍見翻疑夢，相悲各問年』之意。（野客叢書）

劉體仁云：『夜闌更秉燭，相對如夢寐』，叔原則云：『今宵剩把銀釭照，猶恐相逢是夢中。』此詩與詞之分疆也。（七頌堂詞繹）

沈際飛云：末二句驚喜儼然。（草堂詩餘正集）

陳廷焯云：下半闋曲折深婉，自有豔詞，更不得不讓伊獨步。（白雨齋詞話）

黃蓼園云：『舞低』二句，比白香山『笙歌歸院落，燈火下樓臺』，更覺濃至。（蓼園詞選）

生查子

關山魂夢長，塞雁音書少。兩鬢可憐青，只爲相思老。　歸傍碧紗窗，說與人人㊀道：『眞箇㊁別離難，不似相逢好。』

【注解】

㊀人人　稱所愛之人。　㊁眞箇　眞正。

木蘭花

東風又作無情計，豔粉嬌紅㊀吹滿地。碧樓簾影不遮愁，還似去年今日意。　誰知錯管春殘事，到處登臨曾費淚。此時金盞直須㊁深，看盡落花能幾醉。

【注解】

㊀豔粉嬌紅　指落花。　㊁直須　就要。

木蘭花

鞦韆院落重簾暮，彩筆閒來題繡戶。牆頭丹杏雨餘花，門外綠楊風後絮。　朝雲信斷知何處？應作襄王春夢㊀去。紫騮認得舊游蹤，嘶過畫橋東畔路。

【注解】

㊀襄王春夢　楚襄王遊高唐，夢神女荐枕，臨去，有『且為行雲，暮為行雨』語，見宋玉高唐賦序。

【評箋】

沈謙云：填詞結句，或以動蕩見奇，或以迷離稱勝，著一實語敗矣。康伯可『正是銷魂時候也，撩亂花飛。』晏叔原『紫騮認得舊遊蹤，嘶過畫橋東畔路。』秦少游『放花無語對斜暉，此恨誰知。』深得此法。（填詞雜說）

沈際飛云：雨餘花、風後絮，入江雲、黏地絮，如出一手。（草堂詩餘正集）

黃蓼園云：首二句別後，想其院宇深沈，門闌緊閉。接言牆內之人，如雨餘之花；門外行蹤，如風後之絮。後段起二句言此後杳無音信，末二句言重經其地，馬尚有情，況於人乎？（蓼園詞選）

清平樂

留人不住，醉解蘭舟去。一棹碧濤春水路，過盡曉鶯啼處。　渡頭楊柳青青，枝枝葉葉離情。此後錦書休寄，畫樓雲雨無憑。

【評箋】周濟云：結語殊怨，然不忍割。（宋四家詞選）

阮郎歸

舊香殘粉似當初，人情恨不如。一春猶有數行書，秋來書更疏。　衾鳳㊀冷，枕鴛孤，愁腸待酒舒。夢魂縱有也成虛，那堪和夢無。

【注解】

㊀衾鳳　即鳳衾。枕鴛即鴛枕。

阮郎歸

天邊金掌㊀露成霜，雲隨雁字長。綠杯紅袖趁重陽，人情似故鄉。　蘭佩紫，菊簪黃，殷勤理舊狂。欲將沈醉換悲涼，清歌莫斷腸。

【注解】

㊀金掌　漢武帝作柏梁臺，上建銅柱，有仙人掌擎盤承露。

【評箋】況周頤云：『綠杯』二句，意已厚矣。『殷勤理舊狂』五字三層意：狂者，所謂一肚皮不合時宜，發見於外者也。狂已舊矣，而理之，而殷勤理之，其狂若有甚不得已者。『欲將沈醉換悲涼』是上句注脚。『清歌莫斷腸』，仍含不盡之意。此詞沈着厚重，得此結句，便覺竟體空靈。小晏神仙中人，重以名父之貽，賢師友相與沆瀣，其獨造處豈凡夫肉眼所能見及。『夢魂慣得無

拘管，又詠楊花過謝橋』，以是為至，烏足以論小山詞耶！（蕙風詞話）

六么令

綠陰春盡，飛絮繞香閣。晚來翠眉宮樣，巧把遠山學㈠。一寸狂心未說，已向橫波㈡覺。畫簾遮帀㈢，新翻曲妙，暗許閒人帶偷掐㈣。前度書多隱語，意淺愁難答。昨夜詩有回文㈤，韻險還慵押。都待笙歌散了，記取來時霎。不消紅蠟，閒雲歸後，月在庭花舊闌角。

【注解】

㈠遠山學　見前歐陽修『訴衷情』注。　㈡橫波　目邪視如水波之橫流。　㈢遮帀　帀音ㄗㄚ，入聲。遮帀，周圍之意。

㈣掐　音ㄑㄚ，入聲。　㈤回文　詩中字句，回環讀之，無不成文。

御街行

街南綠樹春饒絮，雪滿游春路。樹頭花豔雜嬌雲，樹底人家朱戶。北樓閒上，疏簾高捲，直見街南樹。

闌干倚盡猶慵去，幾度黃昏雨。晚春盤馬踏青苔，曾傍綠陰深駐。落花猶在，香屏空掩，人面知何處？

虞美人

曲闌干外天如水，昨夜還曾倚。初將明月比佳期，長向月圓時候、望人歸。　羅衣著破前香在，舊意誰教改。一春離恨懶調絃，猶有兩行閒淚、寶箏前。

留春令

畫屏天畔，夢回依約，十洲㊀雲水。手撚紅箋寄人書，寫無限、傷春事。　別浦高樓曾漫倚，對江南千里。樓下分流水聲中，有當日、憑高淚。

【注解】

㊀十洲　神仙之所居，在八方巨海之中。漢東方朔有十洲記，謂祖洲、瀛洲、玄洲、炎洲、長洲、元洲、流洲、生洲、鳳麟洲、聚窟洲。

【評箋】

楊愼云：晁元忠詩：『安得龍湖潮，駕回安河水。水從樓前來，中有美人淚。人生高唐觀，有情何能已！』晏小山『留春令』全用其語。（詞品）

鄭文焯云：晏小山『留春令』：『樓下分流水聲中，有當日憑高淚』二語，亦襲馮延巳『三臺令』：『流水、流水，中有傷心雙淚。』宋人所承如是，但乏質茂氣耳。（評小山詞）

思遠人

紅葉黃花秋意晚，千里念行客。飛雲過盡，歸鴻無信，何處寄書得？淚彈不盡臨窗滴，就硯旋研墨。漸寫到別來，此情深處，紅箋爲無色。

蘇軾

軾，字子瞻，洵長子，眉山人。嘉祐二年進士，累除中書舍人翰林學士，歷端明殿學士禮部尚書。紹聖初，坐訕謗，安置惠州，徙昌化。徽宗立，赦還，提舉玉局觀。建中靖國元年，卒於常州。高宗朝贈太師，謚文忠。有東坡詞一卷，見六十家詞本。又東坡樂府二卷，有四印齋所刻詞本。又三卷，有彊村叢書本。

晁无咎云：居士詞人謂多不諧音律，然橫放傑出，自是曲子中縛不住者。（復齋漫錄引）

陳師道云：子瞻以詩爲詞，如教坊雷大使之舞，雖極天下之工，要非本色。（後山詩話）

王直方云：東坡嘗以所作小詞示无咎、文潛曰：『何如少游？』二人皆對曰：『少游詩似詞，先生詞似詩。』（王直方詩話）

陸游云：世言東坡不能歌，故所作樂府辭多不協。（渭南文集）

晁以道云：紹聖初與東坡別于汴上，東坡酒酣，自歌『古陽關』，則公非不能歌，但豪放，不喜裁剪以就聲律耳。試取東坡諸詞歌之，曲終，覺天風海雨逼人。（歷代詩餘引）

周煇云：居士詞豈無去國懷鄉之感，殊覺哀而不傷。（清波雜志）

胡仔云：東坡詞皆絕去筆墨畦徑間，直造古人不到處，眞可使人一唱而三歎。（苕溪漁隱叢話）

彭乘云：子瞻嘗自言平生有三不如人，謂著棋、喫酒、唱曲也。然三者亦何用如人。子瞻之詞雖工，而不入腔，正以不能唱曲耳。（墨客揮犀）

胡寅云：眉山蘇氏，一洗綺羅香澤之態，擺脫綢繆宛轉之度，使人登高望遠，舉首高歌，而逸懷浩氣，超乎塵垢之外，於是花間爲皂隸，而耆卿爲輿臺矣。（酒邊詞序）

張炎云：詞須要出新意，能如東坡清麗舒徐，出人意表，不求新而自新，為周、秦諸人所不能到。（詞源）

王若虛云：晁无咎云：『眉山公之詞短於情，蓋不更此境耳。』陳後山曰：『宋玉不識巫山神女而能賦之，豈待更而後知？是直以公爲不及情也。嗚呼！風韻如東坡，而謂不及于情，可乎！彼高人逸士，正當如是，其溢爲小詞，而閒及于脂粉之間，所謂滑稽玩戲，聊復爾爾者也。若乃纖艶淫媟，入人骨髓，如田中行、柳耆卿輩，豈公之雅

趣也哉！』又云：『公雄文大手，樂府乃其游戲，顧豈與流俗爭勝哉！蓋其天資不凡，辭氣邁往，故落筆皆絕塵耳。』（滹南詩話）

王灼云：東坡先生以文章餘事作詩，溢而作詞曲，高處出神入天，平處尚臨鏡笑春，不顧儕輩。又云：長短句雖至本朝而盛，然前人自立與眞情衰矣。東坡先生非心醉於音律者，偶爾作歌，指出向上一路，新天下耳目，弄筆者始知自振。（碧鷄漫志）

俞文豹云：東坡在玉堂日，有幕士善歌，因問：『我詞何如耆卿？』對曰：『郎中詞，只好十七八女子，執紅牙板，歌「楊柳岸曉風殘月」；學士詞，須關西大漢，綽鐵板，唱「大江東去」。』爲之絕倒。（吹劍錄）

王士禛云：山谷云：『東坡書挾海上風濤之氣，讀坡詞當作如是觀。瑣瑣與柳七較錙銖，無乃爲髯公所笑。』（花草蒙拾）

樓敬思云：東坡老人故自靈氣仙才，所作小詞，衝口而出，無窮淸新，不獨寓以詩人句法，能一洗綺羅香澤之態也。（詞林紀事引）

俞彥云：子瞻詞無一語著人間烟火，此大羅天上一種，不必與少游、易安輩較量體裁也。其豪放亦止『大江東去』一詞，何物袁綯，妄加品隲！後代奉爲美談，似欲以概子瞻生平，不知萬頃波濤，來自萬里，呑天浴月。古豪傑英爽都在，使屯田此際操觚，果可以『楊柳外曉風殘月』命句否？且柳詞亦只此佳句，餘皆未稱，而亦有本，祖魏承班『漁歌子』：『窗外曉鶯殘月』，第改二字，增一字耳。（爰園詞話）

許昂霄云：子瞻自評其文如萬斛泉源，不擇地皆可出，唯詞亦然。（詞綜偶評）

四庫全書提要云：詞自晚唐、五代以來，以淸切婉麗爲宗，至柳永而一變，如詩家之有白居易；至軾而又一變，如詩家之有韓愈，遂開南宋辛棄疾等一派。尋源溯流，不能不謂之別格，然謂之不工則不可。故今日尙與花間一派並行，而不能偏廢。（東坡詞提要）

周濟云：人賞東坡粗豪，吾賞東坡韶秀。韶秀是東坡佳處，粗豪則病也。又云：東坡每事俱不十分用力，古文、書、畫皆爾，詞亦爾。（介存齋論詞雜著）

吳衡照云：王從之著有滹南詩話，間及詩餘，亦往往中肯。云：『陳後山謂坡公以詩為詞，大是妄論。蓋詞與詩只一理，自世之末作，習為纖豔柔脆，以投流俗之好，高人勝士，或亦以是相矜，日趨於委靡，遂謂其體當然，而不知其弊至於此也。顧或謂先生慮其不幸而溺焉，故援而止之，特寓以詩之法，斯又不然。公以文章餘事作詩，又溢而作詞，其揮霍遊戲所及，何矜心作意於其間哉！要其天資高，落筆自超凡耳。』此條論坡公詞極透澈，髯翁樂府之妙，得滹南而論定也。（蓮子居詞話）

劉熙載云：東坡詞頗似老杜詩，以其無意不可入，無事不可言也。若其豪放之致，則時與太白為近。又云：東坡詞具神仙之姿，方外白玉蟾諸家，惜未詣此。（藝概）

陳廷焯云：太白之詩，東坡之詞，皆是異樣出色，只是人不能學，烏得議其非正聲！（白雨齋詞話）

馮煦云：詞家之有南、北宋，以世言也。曰秦、柳，曰姜、張，以人言也。若東坡之於北宋，稼軒之於南宋，並獨樹一幟，不域於世，亦與他家絕殊，世第以豪放目之，非知蘇、辛者也。（六十一家詞選例言）

王鵬運云：北宋人詞如潘逍遙之超逸，宋子京之華貴，歐陽文忠公之騷雅，柳屯田之廣博，晏小山之疏俊，秦太虛之婉約，張子野之流麗，黃文節之雋上，賀方回之醇肆，皆可撫擬，得其彷彿，惟蘇文忠之清雄，敻乎軼塵絕迹，令人無從步趨。蓋霄壤相懸，寧止才華而已！其性情，其學問，其襟抱，舉非恆流所能夢見。詞家蘇、辛並稱，其實辛猶人境也，蘇其殆仙乎！（半塘老人遺稿）

水調歌頭 丙辰㈠中秋歡飲達旦作此篇兼懷子由㈡

明月幾時有㈢，把酒問青天。不知天上宮闕，今夕是何年。我欲乘風歸去，惟恐瓊樓玉宇㈣，高處不勝寒。起舞弄清影，何似在人間。轉朱閣，低綺戶㈤，照無眠。不應有恨，何事長向別時圓？人有悲歡離合，月有陰晴圓缺，此事古難全。但願人長久，千里共嬋娟㈥。

【注解】

㈠丙辰　宋神宗熙寧九年。　㈡子由　蘇軾弟名轍，字子由。　㈢明月幾時有　李白詩：『青天有月來幾時？我今停杯一問之。』　㈣玉宇　雲笈七籤：『太微之所館，天帝之玉宇也。』　㈤綺戶　繡戶。　㈥嬋娟　美麗之月光。

【評箋】

楊湜云：神宗讀至『瓊樓玉宇，高處不勝寒』，乃歎曰：『蘇軾終是愛君。』卽量移汝州。（歲時廣記引古今詞話）

蔡絛云：歌者袁綯，乃天寶之李龜年也。宣和間，供奉九重。嘗爲吾言：東坡公昔與客游金山，適中秋夕，天宇四垂，一碧無際，加江流傾湧。俄月色如晝，遂共登金山山頂之妙高臺，命綯歌其『水調歌頭』曰：『明月幾時有？把酒問青天。』歌罷，坡爲起舞，而顧問曰：『此便是神仙矣，吾輩文章人物，誠千載一時，後世安所得乎？』（鐵圍山叢談）

胡仔云：中秋詞自東坡『水調歌頭』一出，餘詞盡廢。又云：先君嘗云：『坡詞「低綺戶」嘗云「窺綺戶」。』二字旣改，其詞愈佳。（苕溪漁隱叢話）

曾季貍云：『水調歌頭』：『但願人長久，千里共嬋娟。』本謝莊月賦：『隔千里兮共明月。』（艇齋詩話）

李治云：東坡『水調歌頭』：『我欲乘風歸去，只恐瓊樓玉宇，高處不勝寒。起舞弄清影，何似在人間。』一時詞手，多用此格。如魯直云：『我欲穿花尋路，直入白雲深處，浩氣展虹蜺。祇恐花深裏，紅露濕人衣。』蓋效坡語也。近世閑閑老亦云：『我欲騎鯨歸去，只恐神仙官府，嫌我醉時眞。笑拍羣仙手，幾度夢中身。』（敬齋古今黈）

卓人月云：『明月幾時有』一詞，畫家大斧皴，書家劈窠體也。（詞統）

劉體仁云：『瓊樓玉宇』，天問之遺也。（七頌堂詞繹）

沈雄云：『水調歌頭』間有藏韻者，東坡明月詞：『我欲乘風歸去，惟恐瓊樓玉宇』，後段：『人有悲歡離合，月有陰晴圓缺』，謂之偶然暗合則可，若以多者證之，則問之篋體家，未嘗立法於嚴也。（沈雄古今詞話）

董毅云：忠愛之言，惻然動人。神宗讀『瓊樓玉宇，高處不勝寒』之句，以爲終是愛君，宜矣。（續詞選）

先著云：此詞前半自是天仙化人之筆，惟後半悲歡離合、陰晴圓缺等字，苛求者未免指此爲累。然再三讀去，摶挽運動，何損其佳。少陵詠懷古跡詩云：『支離東北風塵際，漂泊西南天地間。』未嘗以風塵天地、西南東北等字空寥，有傷是詩之妙。詩家最上一乘，固有以神仙者矣，於詞何獨不然！（詞潔）

劉熙載云：詞以不犯本位爲高，東坡『滿庭芳』：『老去君恩未報，空回首，彈鋏悲歌。』語誠慷慨，然不若『水調歌頭』『我欲乘風歸去，惟恐瓊樓玉宇，高處不勝寒。』尤覺空靈蘊藉。（藝概）

黃蓼園云：按通首只是詠月耳。前闋是見月思君，言天上宮闕，高不勝寒，但彷彿神魂歸去，幾不知身在人間也。次闋言月何不照人歡洽，何事有恨，偏於人離索之時而圓乎？復又自解，人有離合，月有圓缺，皆是常事，惟望長久共嬋娟耳。纏綿惋惻之思，愈轉愈曲，愈曲愈深，忠愛之思，令人玩味不盡。（蓼園詞選）

鄭文焯云：發端從太白仙心脫化，頓成奇逸之筆。湘綺誦此詞，以爲此全字韻可當三語掾，自來未經人道。（手批東坡樂府）

王闓運云：『人有』三句，大開大合之筆，他人所不能。（湘綺樓詞選）

繼昌云：此老不特興會高騫，直覺有仙氣縹緲於毫端。（左庵詞話）

張德瀛云：蘇子瞻『水調歌頭』前闋云：『我欲乘風歸去，又恐瓊樓玉宇』，後闋云：『月有陰晴圓缺，人有悲歡離合。』宇、去、缺、合，均叶短韻，人皆以爲偶合。然檢韓无咎賦此詞云：『放目蒼崖萬仞，雲護曉霜城陣』，仞、陣是韻。後闋云：『落日平原西望，鼓角秋聲悲壯』，望、壯是韻。蔡伯堅詞賦此調云：『燈火春城咫尺，曉夢梅花消息』，尺、息是韻。後闋云：『翠竹江村月上，但要綸巾鶴氅』，上、氅是韻。迺知『水調歌頭』實有此一體也。（詞徵）

水龍吟 次韻章質夫楊花詞㈠

似花還似非花，也無人惜從教墜㈡。拋家傍路，思量卻是，無情有思㈢。縈損柔腸，困酣嬌眼，欲開還閉。夢隨風萬里，尋郎去處，又還被鶯呼起。

不恨此花飛盡，恨西園、落紅難綴㈣。曉來雨過，遺蹤何在？一池萍碎㊄。春色三分，二分塵土，一分流水。細看來不是楊花，點點是離人淚。

【注解】

㊀章質夫，名楶，浦城人，仕至樞密院事。楊花詞云：『燕忙鶯嬾花殘，正隄上柳花飄墜。輕飛點畫青林，誰道全無才思。閒趁游絲，靜臨深院，日長門閉。傍珠簾散漫，垂垂欲下，依前被風扶起。蘭帳玉人睡覺，怪春衣雪霑瓊綴。繡牀漸滿，香毬無數，才圓卻碎。時見蜂兒，仰黏輕粉，魚吞池水。望章臺路杳，金鞍遊蕩，有盈盈淚。』　㊁從教墜　任楊花墜落。　㊂有思　即有情。思，讀去聲。韓愈詩：『楊花榆莢無情思，惟解漫天作雪飛。』　㊃綴　連接。　㊄萍碎　舊注：『楊花落水爲浮萍，驗之信然。』

【評箋】

朱孝臧云：是詞和章楶作，仍用王說編丁卯。（朱編東坡樂府）

沈義父云：近世作詞者不曉音律，乃故爲豪放不羈之語，遂借東坡、稼軒諸賢自諉。諸賢之詞，固豪放矣，不放處未嘗不叶律也。如東坡之『哨遍』、楊花『水龍吟』，稼軒之『摸魚兒』之類，則知諸賢非不能也。（樂府指迷）

姚寬云：楊柳二種，楊樹葉短，柳樹葉長，花初發時，黃蕊子爲飛絮，今絮中有小青子，著水泥沙灘上即生小青芽，乃柳之苗也。東坡謂絮化爲浮萍，誤矣。（西溪叢話）

朱弁云：章質夫楊花詞，命意用事，瀟灑可喜。東坡和之，若豪放不入律呂。徐而視之，聲韻諧婉，反覺章詞有織繡工夫。（曲洧舊聞）

魏慶之云：章質夫詠楊花詞，東坡和之，晁叔用以爲：『東坡如王嬙、西施，淨洗脚面，與天下婦人鬬好，質夫豈可比哉！』是則然矣。余以爲質夫詞中所謂『傍珠簾散漫，垂垂欲下，依前被風扶起』，亦可謂曲盡楊花妙處，東坡所和雖高，恐未能及，詩人議論不公如此。（詩人玉屑）

張炎云：後段愈出愈奇，眞是壓倒今古。（詞源）

曾季貍云：東坡和章質夫楊花詞云：『思量卻是，無情有思。』用老杜：『落絮遊絲亦有情』也。『夢隨風萬里，尋郎去處，依前被鶯呼起。』卽唐人詩云：『打起黃鶯兒，莫敎枝上啼；啼時驚妾夢，不得到遼西。』「細看來不是楊花，點點是離人淚。」卽唐人詩云：『時人有酒送張八，惟我無酒送張八。君有陌上梅花紅，盡是離人眼中血。』皆奪胎換骨。（艇齋詩話）

沈謙云：東坡『似花還似非花』一篇，幽怨纏綿，直是言情，非復賦物。（塡詞雜說）

李攀龍云：如虢國夫人不施粉黛，而一段天姿，自是傾城。（草堂詩餘雋）

沈際飛云：隨風萬里尋郎，悉楊花神魂。又云：讀他文字，精靈尙在文字裏面。此老只見精靈，不見文字。（草堂詩餘正集）

許昂霄云：與原作均是絕唱，不容妄爲軒輊。（詞綜偶評）

王國維云：東坡『水龍吟』詠楊花和韻而似原唱，章質夫詞原唱而似和韻，才之不可强也如是。（人間詞話）

先著云：『水龍吟』末後十三字，多作五四四，此作七六，有何不可。近見論譜者於『細看來不是』及『楊花點點』下分句，以就立四四之印板死格，遂令坡公絕妙好詞，不成文理。又云：起句入魔，非花矣，而又似，不成句也；『抛家傍路』四字欠雅；『綴』字趁韻不穩；『曉來』以下，眞是化工神品。（詞潔）

劉熙載云：東坡『水龍吟』起句云：『似花還似非花。』此句可作全詞評語，蓋不離不卽也。（藝概）

鄭文焯云：煞拍畫龍點睛，此亦詞中一格。（手批東坡樂府）

繼昌云：東坡詞：『春色三分，二分塵土，一分流水。』葉淸臣詞：『三分春色二分愁，更一分風雨。』蒙亦有句云：『十分春色，欣賞三分，二分懊惱，五分抛擲。』用意不同而同。（左庵詞話）

永遇樂 彭城夜宿燕子樓，夢盼盼，因作此詞。㈠

明月如霜，好風如水，淸景無限。曲港跳魚，圓荷瀉露，寂寞無人見。紞㈡如三鼓，鏗㈢然一葉，黯黯夢雲驚斷。夜茫茫，重尋無處，覺來小園行徧。天涯倦客，山中歸路，望斷故園心眼。燕子樓空，佳人何在？空鎖樓中燕。古今如夢，何曾夢覺，但有舊歡新怨。異時對、黃樓㈣夜景，爲余浩歎。

【注解】

(一)白居易燕子樓詩序云：徐州故尙書有愛妓曰盼盼，善歌舞，雅多風態，尙書旣沒，彭城有舊第，第中有小樓名燕子，盼盼念舊愛而不嫁，居是樓十餘年。　(二)紞　音ㄉㄢˇ，擊鼓聲。　(三)鏗　音ㄎㄥ，金石聲，此指葉聲。韓愈詩：『空階一片下，錚若摧琅玕。』　(四)黃樓　在銅山縣東門，蘇軾守徐州時建。

【評箋】

王文誥云：戊午十月，夢登燕子樓，翌日往尋其地作。（蘇詩總案）

曾敏行云：東坡守徐州，作燕子樓樂章。方具藁，人未知之，一日忽鬨傳於城中。東坡訝焉，詰其所從來，乃謂發端於邏卒。東坡召而問之，對曰：『某稍知音律，嘗夜宿張建封廟，聞有歌聲，細聽乃此詞也。記而傳之，初不知何謂。』東坡笑而遣之。（獨醒雜志）

先著云：野雲孤飛，去留無迹，石帚之詞也，此詞亦當不愧此品目。僅歎賞『燕子樓空』十三字者，猶屬附會淺夫。（詞潔）

藝苑雌黃云：東坡問少游別作何詞，秦舉『小樓連苑橫空，下窺繡轂彫鞍驟。』坡云：『十三個字，只說得一個人騎馬樓前過。』秦問先生近著，坡云：『亦有一詞說樓上事。』乃舉『燕子樓空，佳人何在？空鎖樓中燕。』晁无咎在座云：『三句說盡張建封燕子樓一段事，奇哉！』

劉體仁云：『燕子樓空，佳人何在？空鎖樓中燕。』平生少年之篇也。（七頌堂詞繹）

鄭文焯云：公『燕子樓空』三句語淮海，殆以示詠古之超宕，貴神情不貴迹象也。（手批東坡樂府）

洞仙歌

余七歲時，見眉州老尼，姓朱，忘其名，年九十歲。自言嘗隨其師入蜀主孟昶宮中，一日大熱，蜀主與花蕊夫人夜納涼摩訶池上，作一詞，朱具能記之。今四十年，朱已死久矣，人無知此詞者，但記其首兩句，暇日尋味，豈『洞仙歌』令乎？乃爲足之云。

冰肌玉骨，自淸涼無汗。水殿風來暗香滿。繡簾開、一點明月窺人，人未寢，攲枕釵橫鬢亂。起來攜素手，庭戶無聲，時見疏星度河漢。試問夜如何？夜已三更，金波(一)淡、玉繩(二)低轉。但屈指西風幾時來，又不道㊂流年、暗中偸換。

【注解】

㊀金波　月光。漢書禮樂志郊祀歌：『月穆穆以金波。』　㊁玉繩　星名，文選西京賦：『正睹瑤光與玉繩。』李善注以爲玉衡北兩星爲玉繩。　㊂不道　不覺。

【評箋】

朱孝臧案：公生丙子七歲爲壬午，又四十年爲壬戌也。（朱編東坡樂府）

漫叟詩話云：楊元素作本事曲，記『洞仙歌』云云。錢塘有老尼能誦後主詩首章兩句，後人爲足其意，以塡其詞。予嘗見一士人誦全篇云：『冰肌玉骨淸無汗，水殿風來暗香暖。簾開明月獨窺人，攲枕釵橫雲鬢亂。起來瓊戶悄無聲，時見疎星度河漢。屈指西風幾時來，只恐流年暗中換。』漁隱曰：漫叟所載本事曲云：『錢塘老尼能誦後主詩首兩句』，與東坡『洞仙歌』序全然不同，當以序爲正也。（苕溪漁隱叢話）

趙聞禮云：宜春潘明叔云：『蜀主與花蕊夫人避暑摩訶池上，賦「洞仙歌」，詞不見於世。東坡得老尼口誦兩句，遂足之。蜀帥謝元明因開摩訶池，得古石刻，遂見全篇。詞曰：「冰肌玉骨，自淸涼無汗。貝闕琳宮恨初遠。玉闌干倚遍，怯盡朝寒，回首處，何必留連穆滿。芙蓉開過也，樓閣香融，千片紅英泛波面。洞房深深鎖，莫放輕舟，瑤臺去，甘與塵寰路斷。更莫遣流紅到人間，怕一似當時誤他劉阮。」』（陽春白雪）

張邦基云：東坡作長短句『洞仙歌』，所謂『冰肌玉骨，自淸涼無汗』者，公自敍云：『予幼時見一老人，年九十餘，能言孟蜀主時事，云蜀主嘗與花蕊夫人夜起納涼摩訶池上，作「洞仙歌」令。老人能歌之，予今但記其首兩句，乃爲足之。』近有李公彥季成詩話乃云：『楊元素作本事曲，記「洞仙歌」「冰肌玉骨，自淸涼無汗」，錢塘有老尼能誦後主詩首章兩句，後人爲足其意，以塡此詞。』其說不同。予友陳興祖德昭云：『頃見一詩話，亦題云李季成作，乃全載孟蜀主一詩：「冰肌玉骨淸無汗，水殿風來暗香滿。簾間明月獨窺人，攲枕釵橫雲鬢亂。三更庭院悄無聲，時見疏星度河漢。屈指西風幾時來，只恐流年暗中換。」云：「東坡少年遇老人喜『洞仙歌』，又邂逅處，景色暗相似，故檃栝稍協律以贈之也。」予謂此說近之。』據此，乃詩耳，而東坡

自序乃云是『洞仙歌』令，蓋公以此自敍自晦耳。『洞仙歌』腔出近世，五代及國初皆未之有也。（墨莊漫錄）

田藝蘅云：杜工部『關山同一點。』岑嘉州『嚴灘一點舟中月。』又赤驃馬歌『草頭一點疾如飛。』又『西看一點是關樓。』朱灣白鳥翔翠微詩：『淨中雲一點。』花蕊夫人云：『冰肌玉骨清無汗，水殿風來暗香滿。繡簾一點月窺人，欹枕釵橫雲鬢亂。起來庭戶悄無聲，時見疎星渡河漢。屈指西風幾時來，不道流年暗中換。』宋張安國詞：『洞庭青草，近中秋，更無一點風色。玉界瓊田三萬頃，著我扁舟一葉。』夫月、雲、風也，馬也，樓也，皆謂之一點，甚奇。（留青日札）

沈際飛云：清越之音，解煩滌苛。（草堂詩餘正集）

朱彝尊云：蜀主孟昶夜起避暑摩訶池上，作『玉樓春』云云。按蘇子瞻『洞仙歌』本檃栝此詞，未免反有點金之憾。（詞綜）

鄭文焯云：坡老改添此詞數字，誠覺意象萬千，其聲亦如空山鳴泉，琴筑並奏。（手批東坡樂府）

卜算子　黃州定惠院寓居作㊀

缺月挂疏桐，漏斷人初靜。誰見幽人獨往來，飄渺孤鴻影。　驚起卻回頭，有恨無人省。揀盡寒枝不肯棲，寂寞沙洲冷。

【注解】

㊀定惠院　在黃岡縣東南。

【評箋】

王文誥云：壬戌十二月作。（蘇詩總案）

吳曾云：東坡謫居黃州，作『卜算子』詞云云，其託意蓋自有在，讀者不能解。張右史文潛繼貶黃州，訪潘邠老，嘗得其詳，題詩以誌之云：『空江月明魚龍眠，月中孤鴻影翩翩。有人清吟立江邊，葛巾藜杖眼窺天。夜冷月墮秋蟲泣，鴻影翹沙衣露濕。

仙人采詩作步虛，玉皇飲之碧琳腴。』（能改齋漫錄）

胡仔云：『揀盡寒枝不肯棲』之句，或云鴻雁未嘗棲宿樹枝，唯在田野葦叢間，此亦語病也。此詞本詠夜景，至換頭但只說鴻。正如『賀新郎』詞：『乳燕飛華屋』，本詠夏景，至換頭但只說榴花。蓋其文章之妙，語意到處即爲之，不可限以繩墨也。（苕溪漁隱叢話）

王楙云：東坡『卜算子』詞，漁隱謂：『或云鴻雁未嘗棲宿樹枝，唯在田葦間。「揀盡寒枝不肯棲」，此語亦病。』僕謂人讀書不多，不可妄議前輩詞句。觀隋李元操鳴雁行曰：『夕宿寒枝上，朝飛空井傍。』坡語豈無自耶！（野客叢書）

王若虛云：東坡雁詞云：『揀盡寒枝不肯棲。』以其不棲木，故云爾。蓋激詭之致，詞人正貴其如此。而或者以爲語病，是尙可與言哉！近日張吉甫復以『鴻漸于木』為辯，而怪昔人之寡聞，此益可笑。易象之言，不當援引爲證也，其實雁何嘗棲木哉！（滹南詩話）

龍輔女紅餘志云：惠州溫氏女超超，年及笄，不肯字人，聞東坡至，喜曰：『我壻也！』日徘徊窗外，聽公吟詠，覺則亟去。東坡知之，乃曰：『吾將呼王郎與子爲姻。』及東坡渡海歸，超超已卒，葬於沙際。公因作『卜算子』詞。有『揀盡寒枝不肯棲』之句，按詞爲詠雁，當別有寄託，何得以俗情傅會也。（歷代詩餘引古今詞話）

梅墩詞話云：超超旣鍾情於公，余哀其能具隻眼，知公之爲舉世無雙，知公之堪爲吾壻，是以不得親近，寧死不願居人間世也。卽呼王郎爲姻，彼且必死，彼知有坡公也。（沈雄古今詞話引）

黃庭堅云：語意高妙，似非喫烟火食人語。非胸中有數萬卷書，筆下無一點塵俗氣，孰能至此！（山谷題跋）

陳鵠云：『揀盡寒枝不肯棲』，取興鳥擇木之意，所以山谷謂之高妙。又云：趙右史家有顧禧景蕃補注東坡長短句眞蹟云：『余頃於鄭公實處見東坡親蹟書「卜算子」斷句云：「寂寞沙汀冷」，今本作「楓落吳江冷」，詞意全不相屬。』（耆舊續聞）

王士禛云：坡孤鴻詞，山谷以爲非喫烟火食人句，良然。鮦陽居士云：『缺月，刺明微也。漏斷，暗時也。幽人，不得志也。獨往來，無助也。驚鴻，賢人不安也。此與考槃相似』（案：鮦陽居士語，見類編草堂詩餘引復雅歌詞）云云。村夫子强作解事，令人欲嘔。韋蘇州滁州西澗詩，疊山亦以爲小人在朝，賢人在野之象，令韋郎有知，豈不叫屈！僕嘗戲謂坡公命宮磨蝎，湖州詩案，生前爲王珪、舒亶輩所苦，身後又硬受此差排耶？（花草蒙拾）

張惠言云：此詞與考槃詩極相似。（張惠言詞選）

譚獻云：以考槃爲比，其言非河漢也。此亦鄙人所謂作者未必然，讀者何必不然。（譚評詞辨）

黃蓼園云：此東坡自寫在黃州之寂寞耳，初從人說起，言如孤鴻之冷落；下專就鴻說。語語雙關，格奇而語雋，斯爲超詣神品。（蓼園詞選）

謝章鋌云：銅陽居士所釋字箋句解，果誰語而誰知之？雖作者未必無此意，而作者亦未必定有此意，可神會而不可言傳。斷章取義，則是刻舟求劍，則大非矣。（賭棋山莊詞話）

鄭文焯云：此亦有所感觸，不必附會溫都監女故事，自成馨逸。（手批東坡樂府）

青玉案 送伯固歸吳中㈠

三年枕上吳中路，遣黃犬㈡、隨君去。若到松江呼小渡，莫驚鴛鷺，四橋㈢盡是、老子經行處。輞川圖㈣上看春暮，常記高人右丞句。作箇歸期天定許，春衫猶是，小蠻㈤針線，曾溼西湖雨。

【注解】

㈠伯固　蘇堅，字伯固，蘇軾與講宗盟。此時蘇堅從蘇軾于杭州三年未歸。㈡黃犬　晉陸機有犬名黃耳，機在洛時，曾繫書其頸，致松江家中，並得報還洛。事見晉書陸機傳。㈢四橋　姑蘇有四橋。㈣輞川圖　唐王維官尚書右丞，有別墅在輞川，維於藍田淸涼寺壁上嘗畫輞川圖。㈤小蠻　唐白居易有姬樊素善歌，妓小蠻善舞，有詩云：『櫻桃樊素口，楊柳小蠻腰。』

【評箋】

況周頤云：『曾溼西湖雨』是情語，非豔語。與上三句相連屬，遂成奇豔絕豔，令人愛不忍釋。坡公天仙化人，此等詞猶爲非其至者，後學已未易摹仿其萬一。（蕙風詞話）

孝臧案：伯固於己巳年從公杭州，至壬申三年未歸，故首句云然。王文誥案：壬申八月，謂以兵部尚書召還。

臨江仙

夜飲東坡醒復醉，歸來彷彿三更。家童鼻息已雷鳴㊀，敲門都不應，倚杖聽江聲。長恨此身非我有㊁，何時忘卻營營㊂。夜闌風靜縠紋㊃平，小舟從此逝，江海㊄寄餘生。

【注解】

㊀鼻息雷鳴：唐衡山道士軒轅彌明與進士劉師服等聯句畢，倚牆而睡，鼻息如雷鳴。見韓愈石鼎聯句序。㊁此身非我有：舜問丞吾身孰有，丞謂是天地之委形。見莊子。㊂營營：紛亂意。㊃縠紋：見前宋祁『木蘭花』注。㊄江海：高適詩：『江海一扁舟。』

【評箋】

王文誥云：壬戌九月，雪堂夜醉歸臨皋作。（蘇詩總案）

葉夢得云：子瞻在黃州病赤眼，踰月不愈，或疑有他疾，過客遂傳以為死矣。有語范景文於許昌者，景文絕不置疑，即舉袂大慟，召子弟景仁當遣人賙其家。子弟徐言：『此傳聞未審得實否？若果其安否得實，弔之未晚。』乃走僕以往，子瞻譁然大笑。故後量移汝州謝表有云：『疾病連年，人皆相傳為已死。』未幾，復與客飲江上，夜歸，江面際天，風露浩然，有當其意，乃作歌詞，所謂『夜闌風靜縠紋平，小舟從此逝，江海寄餘生』者，與客大歌數過而散。翌日喧傳子瞻夜作此詞，挂冠服江邊，拏舟長嘯去矣。郡守徐君猷聞之，驚且懼，以為州失罪人，急命駕往謁，則子瞻鼻鼾如雷猶未興。然此語卒傳至京師，雖裕陵亦聞而疑之。（避暑錄話）

定風波

三月三日沙湖道中遇雨，雨具先去，同行皆狼狽，余不覺。已而遂晴，故作此。

莫聽穿林打葉聲，何妨吟嘯且徐行。竹杖芒鞋㊀輕勝馬，誰怕？一蓑煙雨任平生。料峭㊁春風吹酒醒，微冷，山頭斜照卻相迎。回首向來蕭瑟處，歸去，也無風雨也無晴。

【注解】

㊀芒鞋　草鞋。　㊁料峭　風寒貌。

【評箋】

王文誥云：壬戌相田至沙湖道中遇雨作。（蘇詩總案）

鄭文焯云：此足徵是翁坦蕩之懷，任天而動。琢句亦瘦逸，能道眼前景，以曲筆直寫胸臆，倚聲能事盡之矣。（手批東坡樂府）

江城子　乙卯正月二十日夜記夢㊀

十年㊁生死兩茫茫，不思量，自難忘。千里孤墳㊂，無處話淒涼。縱使相逢應不識，塵滿面、鬢如霜。夜來幽夢忽還鄉，小軒窗，正梳妝。相顧無言，惟有淚千行。料得年年腸斷處，明月夜、短松岡。

【注解】

㊀乙卯　宋神宗熙寧八年。　㊁十年　蘇軾妻王氏卒于宋英宗治平二年五月，到熙寧八年，正十年。　㊂千里孤墳　王氏葬於四川彭山縣安鎮鄉可龍里。

【評箋】

王文誥云：詞注謂公悼亡之作，考通義君卒於治平二年乙巳，至是熙寧八年乙卯，正十年也。（蘇詩總案）

本集亡妻王氏墓志銘：『治平二年五月丁亥，趙郡蘇軾之妻卒於京師。其明年六月壬子，葬於眉之東北彭山縣安鎮鄉可龍里先君夫人墓之西北。」

賀新郎

乳燕飛華屋，悄無人、槐陰轉午，晚涼新浴。手弄生綃白團扇㈠，扇手一時似玉㈡。漸困倚、孤眠清熟，簾外誰來推繡戶？枉教人、夢斷瑤臺曲，又卻是、風敲竹。　石榴半吐紅巾蹙㈢，待浮花、浪蕊㈣都盡，伴君幽獨。穠豔一枝細看取，芳意千重似束。又恐被西風驚綠㈤，若待得君來向此，花前對酒不忍觸。共粉淚、兩簌簌。

【注解】

㈠白團扇　晉中書令王珉與嫂婢有情，珉好執白團扇，婢作白團扇歌贈珉。　㈡扇手似玉　晉王衍每執玉柄麈尾玄談，與手同色。　㈢紅巾蹙　白居易石榴詩：『山榴花似結紅巾。』　㈣浮花浪蕊　韓愈詩：『浮花浪蕊鎮長有。』傅幹注：『石榴繁盛時，百花零落盡矣。』　㈤西風驚綠　皮日休石榴詩：『石榴香老愁寒霜。』

【評箋】

楊湜云：「蘇子瞻守錢塘，有官妓秀蘭，天性黠慧，善於應對。一日，湖中有宴會，羣妓畢集，唯秀蘭不至，督之良久方來。問其故，對以沐浴倦睡，忽聞叩門甚急，起而問之，乃樂營將催督也。子瞻已恕之，坐中一倅怒其晚至，詰之不已。時榴花盛開，秀蘭折一枝藉手告倅，倅愈怒，子瞻因作『賀新涼』令歌以送酒，倅怒頓止。（苕溪漁隱叢話引古今詞話）

陳鵠云：「嘗見陸辰州，語余以『賀新郎』詞用榴花事，乃妾名也，退而書其語，今十年矣，亦未嘗深考。近觀顧景蕃續注，因悟東坡詞中用白團扇、瑤臺曲，皆侍妾故事。按晉中書令王珉好執白團扇，婢作白團扇歌以贈珉。又唐逸史許櫪暴卒復寤，作詩云：『曉入瑤臺露氣清，坐中惟見許飛瓊。塵心未盡俗緣重，十里下山空月明。』復寢，驚起，改第二句云：『昨日夢到瑤池，飛瓊令改之，云：不欲世間知我也。』按漢武帝內傳所載董雙成、飛瓊，皆西王母侍兒，東坡用此事，迺知陸辰州得榴花之事於晁氏為

不妄也。至本事詞載榴花事極鄙俚，誠爲妄誕。（耆舊續聞）

胡仔云：東坡此詞，冠絕古今，託意高遠，寧爲一妓而發耶！『簾外』三句用古詩：『捲簾風動竹，疑是故人來』之意。『石榴半吐』五句，蓋初夏之時，千花事退，榴花獨芳，因以寫幽閨之情也。野哉楊湜之言，眞可入笑林矣！（苕溪漁隱叢話）

曾季貍云：東坡『賀新郎』在杭州萬頃寺作，寺有榴花樹，故詞中云石榴。又是日有歌者晝寢，故詞中云：『漸困倚孤眠清熟。』其眞本云『乳燕棲華屋』，今本作『飛』字，非是。（艇齋詩話）

吳師道云：東坡『賀新郎』詞『乳燕華屋』云云，後段『石榴半吐紅巾蹙』以下，皆詠榴。『卜算子』『缺月挂疏桐』云，『飄渺孤鴻影』以下，皆說鴻，別一格也。（吳禮部詩話）

沈際飛云：換頭單說榴花。高手作文，語意到處卽爲之，不當限以繩墨。又云：榴花開，榴花謝，以芳心共粉淚想像，詠物妙境。又云：凡作事或具深衷，或卽時事，工與不工，則作手之本色，自莫可掩。『賀新郎』一解，苕溪正之誠然，而爲秀蘭非爲秀蘭，不必論也。兩家紛然，子瞻在泉，不笑其多事耶？（草堂詩餘正集）

黃蓼園云：末四句是花是人，婉曲纏綿，耐人尋味不盡。（蓼園詞選）

譚獻云：頗欲與少陵佳人一篇互證。後半闋別開異境，南宋惟稼軒有之。變而近正。（譚評詞辨）

秦觀

觀，字少游，一字太虛，號淮海居士，高郵人。舉進士。元祐初，蘇軾以賢良方正薦除祕書省正字、兼國史院編修官。紹聖初，坐黨籍削秩，監處州酒稅，徙郴州，編管橫州，又徙雷州；放還，至滕州卒。有淮海詞一卷，見六十家詞刊本。又淮海居士長短句三卷，有四部叢刊本及彊村叢書本。又有王敬之刊本、北平圖書館影印宋本、葉遐庵影宋校本。

蔡伯世云：子瞻辭勝乎情，耆卿情勝乎詞；辭情相稱者，唯少游一人而已。（沈雄古今詞話引）

胡仔云：少游詞雖婉美，然極力失之弱。（苕溪漁隱叢話）

李清照云：秦詞專主情致，而少故實，譬如貧家美女，雖極妍麗豐逸，而終乏富貴態。（苕溪漁隱叢話引）

蘇籀云：秦校理詞，落盡畦畛，天心月脅，逸格超絕，妙中之妙，議者謂前無倫而後無繼。（詞林紀事引）

張炎云：秦少游詞體制淡雅，氣骨不衰，清麗中不斷意脈，咀嚼無滓，久而知味。（詞源）

釋覺範云：少游小詞奇麗，詠歌之，想見神情在絳闕道山之間。（冷齋夜話）

張綖云：少游多婉約，子瞻多豪放，當以婉約爲主。（張刻淮海集）

賀裳云：少游能爲曼聲以合律，寫景極淒惋動人，然形容處殊無刻肌入骨之言，去韋莊歐陽炯諸家，尚隔一塵。（皺水軒詞筌）

彭孫遹云：詞家每以秦七、黃九並稱，其實黃不及秦甚遠，猶高之視史，劉之視辛，雖齊名一時，而優劣自不可掩。（金粟詞話）

樓敬思云：淮海詞風骨自高，如紅梅作花，能以韻勝，覺清眞亦無此氣味也。（詞林紀事引）

四庫全書提要云：觀詩格不及蘇、黃，而詞則情韻兼勝，在蘇、黃之上，流傳雖少，要爲倚聲家一作手。（淮海詞提要）

晉卿曰：少游正以平易近人，故用力者終不能到。（介存齋論詞雜著引）

良卿曰：少游詞如花含苞，故不甚見其力量，其實後來作手，無不胚胎於此。（介存齋論詞雜著引）

周濟云：少游最和婉醇正，稍遜清眞者，辣耳！又云：少游意在含蓄，如花初胎，故少重筆。（宋四家詞選序論）

劉熙載云：少游詞有小晏之妍，其幽趣則過之。又云：秦少游詞得花間、尊前遺韻，卻能自得清新。（藝概）

馮煦云：少游以絕塵之才，早與勝流，不可一世；而一謫南荒，遽喪靈寶。故所爲詞寄慨身世，閒雅有情思，酒邊花下，一往而深；而怨悱不亂，悄乎得小雅之遺，後主而後，一人而已。昔張天如論相如之賦云：『他人之賦，賦才也；長卿、賦心也。』予於少游之詞亦云：他人之詞，詞才也；少游，詞心也。得之於內，不可以傳，雖子瞻之明雋，耆卿之幽秀，猶若有瞠乎後者，況其下耶！（宋六十一家詞選例言）

況周頤云：有宋熙豐間，詞學稱極盛，蘇長公提倡風雅，爲一代斗山。黃山谷、秦少游、晁无咎，皆長公之客也。山谷、无咎皆工倚聲，體格於長公爲近；唯少游自闢蹊徑，卓然名家，蓋其天分高，故能抽祕騁妍於尋常濡染之外，而其所以契合長公者獨深。張文潛贈李德載詩有云：『秦文倩麗舒桃李』，所謂文，固指一切文字而言；若以其詞論，直是初日芙蓉，曉風楊柳，倩麗之桃李，猶當之有愧色焉。王晦叔碧鷄漫志云：黃晁二家詞皆學坡公，尋其七八；而於少游，獨稱其俊逸精妙，與張子野並論，不言其學坡公，可謂知少游者矣。（蕙風詞話）

陳廷焯云：秦少游自是作手，近開美成，導其先路；遠祖溫、韋，取其神，不襲其貌。詞至是乃一變焉，然變而不失其正，遂令議者不病其變，而轉覺有不得不變者。（白雨齋詞話）

望海潮

梅英疏淡，冰澌溶洩，東風暗換年華。金谷俊游，銅駝㊀巷陌，新晴細履平沙。長記誤隨車，正絮翻蝶舞，芳思交加。柳下桃蹊㊁，亂分春色到人家。西園㊂夜飲鳴笳，有華燈礙月，飛蓋妨花。蘭苑㊃未空，行人漸老，重來是事堪嗟。煙暝酒旗斜。但倚樓極目，時見棲鴉。無奈歸心，暗隨流水到天涯。

【注解】

㊀銅駝金谷　金谷，洛陽園名；銅駝，洛陽街名。駱賓王詩：『金谷園中花幾色，銅駝路上柳千條。』　㊁桃蹊　有桃樹的路，史記李廣傳引諺語：『桃李不言，下自成蹊。』　㊂西園　曹植詩：『淸夜游西園，飛蓋相追隨。』　㊃蘭苑　美麗的花園，此處卽指金谷園。

【評箋】

周濟云：兩兩相形，以整見勁，以兩到字作眼，點出換字精神。（宋四家詞選）

譚獻云：『長記誤隨車』句，頓宕。『柳下桃谿』二句，旋斷仍連。後半闋若陳、隋小賦縮本，塡詞家不以唐人爲止境也。（譚評詞辨）

陳廷焯云：少游詞最深厚、最沈着。如『柳下桃谿，亂分春色到人家。』思路幽絕，其妙令人不能思議。（白雨齋詞話）

八六子

倚危亭、恨如芳草㈠，萋萋剗盡還生。念柳外青驄別後，水邊紅袂分時，愴然暗驚。無端天與娉婷㈡，夜月一簾幽夢，春風十里柔情。怎奈向㈢、歡娛漸隨流水，素絃聲斷，翠綃香減。那堪片片飛花弄晚，濛濛殘雨籠晴。正銷凝㈣，黃鸝又啼數聲㈤。

【注解】

㈠恨如芳草　李煜詞：『離恨恰如芳草，漸行漸遠還生。』　㈡娉婷　美貌，卽以指美人。杜甫詩：『不惜嫁娉婷。』　㈢怎奈向　宋人方言，向卽向來意，向字語尾，後人誤改作怎奈何。　㈣銷凝　含悶。　㈤黃鸝又啼數聲　杜牧『八六子』末句：『正銷魂，梧桐又稱翠陰。』秦觀蓋仿杜詞，見洪邁容齋四筆。

【評箋】

洪邁云：秦少游『八六子』詞云：『片片飛花弄晚，濛濛殘雨籠晴，正銷凝，黃鸝又啼數聲。』語句淸峭，爲名流推激。予家舊有建本蘭畹曲集，載杜牧之一詞，但記其末句云：『正銷魂，梧桐又移翠陰。』秦公蓋效之，似差不及也。（容齋四筆）

張炎云：離情當如此作，全在情景交鍊，得言外意。（詞源）

陳霆云：少游『八六子』尾闋云：『正銷凝，黃鸝又啼數聲。』唐杜牧之一詞，其末云：『正銷魂，梧桐又移翠陰。』秦詞全用，

杜格，然秦首句云：『倚危亭恨如芳草，萋萋剗盡還生。』二語妙甚，故非杜可及也。（渚山堂詞話）

沈際飛云：恨如剗草還生，愁如春絮相接，言愁、愁不可斷，言恨、恨不可已。又云：長短句偶入四六，『何滿子』之外，復見此。（草堂詩餘正集）

先著云：周美成詞：『愁如春後絮來相接。』與『恨如芳草，剗盡還生』，可謂極善形容。（詞潔）

周濟云：起處神來之筆。（宋四家詞選）

黃蓼園云：寄託耶？懷人耶？詞旨纏綿，音調淒婉如此。（蓼園詞選）

滿庭芳

山抹微雲，天黏衰草，畫角㈠聲斷譙門㈡。暫停征棹，聊共引離尊。多少蓬萊舊事，空回首、煙靄紛紛。斜陽外，寒鴉萬點，流水繞孤村。　消魂，當此際，香囊㈢暗解，羅帶輕分。漫贏得青樓，薄倖名存㈣。此去何時見也？襟袖上、空惹啼痕。傷情處，高城望斷，燈火已黃昏。

【注解】

㈠畫角　見前張先『青門引』注。　㈡譙門　高樓上之門，可以眺望遠方，今各城市中有鼓樓，正與譙門同。　㈢香囊　繁欽詩：『何以致叩叩，香囊繫肘後。』　㈣薄倖名存　杜牧詩：『十年一覺揚州夢，贏得青樓薄倖名。』

【評箋】

曾季貍云：少游詞『高城望斷，燈火已黃昏。』用歐陽詹詩云：『高城已不見，況復城中人？』（艇齋詩話）

藝苑雌黃云：程公闢守會稽，少游客焉，館之蓬萊閣；一日，席上有所悅，自爾眷眷不能忘情，因賦長短句。所謂『多少蓬萊舊事，空回首、烟靄紛紛』也。極爲東坡所稱道，取其首句，呼之爲『山抹微雲』。中間有『寒鴉數點，流水遶孤村』之句，人皆以爲少游自造此語，殊不知亦有所本。予在臨安，見平江梅知錄隋煬帝詩云：『寒鴉千萬點，流水遶孤村。』少游用此語也。（苕溪漁

隱叢話引）

蔡絛云：范仲溫字元實，嘗預貴人家會，有侍兒喜歌秦少游長短句，坐中累不顧及。酒酣權洽，侍兒始問此郎何人？仲溫遽起，叉手而對曰：『某乃山抹微雲女壻也。』聞者爲之絕倒。（鐵圍山叢談）

葉夢得云：秦少游亦善爲樂府，語工而入律，知樂者謂之作家歌，元豐間盛行於淮、楚。『寒鴉萬點，流水遶孤村。』本隋煬帝詩也，少游取以爲『滿庭芳』辭，而首言：『山抹微雲，天黏衰草。』尤爲當時所傳。蘇子瞻於四學士中，最善少游，故他文未嘗不極口稱賞，豈特樂府？然猶以氣格爲病，故嘗戲云：『山抹微雲秦學士，露花倒影柳屯田。』『露花倒影』，柳永『破陣子』語也。（避暑錄話）

黃昇云：秦少游自會稽入京，見東坡，坡曰：『久別當作文甚勝，都下盛唱公「山抹微雲」之詞。』秦遜謝。坡遽云：『不意別後，公卻學柳七作詞。』秦答曰：『某雖無識，亦不至是，先生之言，無乃過乎！』坡云：『「銷魂當此際。」非柳詞句法乎？』秦慚服，然已流傳，不復可改矣。（花庵詞選）

吳曾云：杭之西湖有一倅，閒唱少游『滿庭芳』，偶然誤舉一韻云：『畫角聲斷斜陽。』妓琴操在側云：『「山抹微雲，天連衰草，畫角聲斷譙門。」非「斜陽」也。』倅因戲之曰：『爾可改韻否？』琴卽改作陽字韻云：『山抹微雲，天連衰草，畫角聲斷斜陽。暫停征轡，聊共飲離觴。多少蓬萊舊侶，空回首、烟靄茫茫。孤村裏，寒鴉萬點，流水遶空牆。魂傷，當此際，輕分羅帶，暗解香囊。謾嬴得秦樓薄倖名狂。此去何時見也？襟袖上空有餘香。傷情處，高城望斷，燈火已昏黃。』（能改齋漫錄）

晁補之云：少游如寒景詞云：『斜陽外，寒鴉數點，流水遶孤村。』雖不識字人，亦知是天生好言語。苕溪漁隱曰：『其褒之如此，蓋不曾見煬帝詩耳。』（苕溪漁隱叢話引評復齋漫錄）

鈕琇云：少游詞『山抹微雲，天黏衰草』，其用意在『抹』字、『黏』字，況庾闡賦：『浪勢黏天。』張祜詩：『草色黏天鶗鴂恨。』俱有來歷，俗以『黏』作『連』，益信其謬。（詞林紀事引）

王世貞云：『寒鴉千萬點，流水遶孤村。』隋煬帝詩也。『寒鴉數點，流水遶孤村。』少游詞也。語雖蹈襲，然入詞尤是當家。（藝苑卮言）

沈際飛云：『黏』字工，且有出處，趙文鼎『玉關芳草黏天碧』，劉叔安『暮烟細草黏天遠』，葉夢得『浪黏天葡桃漲綠』，

皆用之。又云：人之情，至少游而極，結句『已』字，情波幾疊。（草堂詩餘正集）

周濟云：將身世之感，打幷入豔情，又是一法。（宋四家詞選）

譚獻云：淮海在北宋，如唐之劉文房。下闋不假雕琢，水到渠成，非平鈍所能藉口。（譚評詞辨）

滿庭芳

曉色雲開，春隨人意，驟雨纔過還晴。古臺芳榭，飛燕蹴紅英。舞困榆錢㈠自落，鞦韆外、綠水橋平。東風裏，朱門映柳，低按小秦箏。多情，行樂處，珠鈿翠蓋，玉轡紅纓。漸酒空金榼㈡，花困蓬瀛㈢。豆蔻㈣梢頭舊恨，十年夢、屈指堪驚。憑闌久，疏煙淡日，寂寞下蕪城㈤。

【注解】

㈠榆錢　榆莢成串如錢，因稱榆錢。　㈡榼　音ㄎㄜ，入聲，酒器。　㈢蓬、瀛　蓬萊、瀛州皆仙山。　㈣豆蔻　杜牧詩：『娉娉嫋嫋十三餘，豆蔻梢頭二月初。春風十里揚州路，卷上珠簾總不如。』楊慎丹鉛總錄云：『牧之詩詠娼女，言美而少，如豆蔻花之未開。』　㈤蕪城　指揚州城。南朝宋竟陵王亂後，城邑荒蕪，鮑照作蕪城賦憑弔。

【評箋】

宋本淮海集詞注云：此詞正少游所作，人傳王觀撰，非也。

許昂霄云：『曉色雲開』三句，天氣；『古臺芳榭』四句，景物；『東風裏』三句，漸說到人事；『珠鈿翠蓋』二句，會合；『漸酒空』四句，離別；『疏烟淡日』二句，與起處反照作收。（詞綜偶評）

黃蓼園云：『雨過還晴』，承恩未久也。『燕蹴紅英』，小人讒構也。『榆錢』，自喻也。『綠水橋平』，隨所適也。『朱門秦箏』，彼得意者自得意也。前段敘事，後段則事後追憶之詞。『行樂』三句，追從前也。『酒空』二句，言被謫也。『豆蔻』

三句，言爲日已久也。『憑闌』二句結。通首黯然自傷也，章法極綿密。（蓼園詞選）

陳廷焯云：少游『滿庭芳』諸闋，大半被放後作，戀戀故國，不勝熱中，其用心不逮東坡之忠厚，而寄情之遠，措語之工，則各有千古。（白雨齋詞話）

減字木蘭花

天涯舊恨，獨自淒涼人不問。欲見回腸，斷盡金鑪小篆香㊀。黛蛾㊁長斂，任是春風吹不展。困倚危樓，過盡飛鴻字字愁。

【注解】

㊀篆香　將香做成篆文，準十二辰，凡一百刻，可燃一晝夜。見香譜。

㊁黛蛾　指眉，漢宮人掃青黛蛾眉。見事文類聚。

浣溪沙

漠漠輕寒上小樓，曉陰無賴似窮秋，淡煙流水畫屏幽。自在飛花輕似夢，無邊絲雨細如愁，寶簾閒挂小銀鉤。

【評箋】

卓人月云：自在二語，奪南唐席。（詞統）

梁啓超云：奇語。（藝蘅館詞選）

阮郎歸

湘天風雨破寒初，深沈庭院虛。麗譙㊀吹罷小單于㊁，迢迢清夜徂㊂。鄉夢斷，旅魂孤，崢嶸㊃歲又除。衡陽猶有雁傳書，郴陽㊄和雁無。

【注解】

㊀麗譙　美麗的樓門。　㊁『小單于』　唐曲有『小單于』。單音ㄔㄢ。　㊂徂　過去。　㊃崢嶸　凛冽意，杜甫詩：『崢嶸歲又除。』　㊄郴陽　郴音ㄔㄣ。郴陽今湖南郴縣，在衡陽南。

晁元禮

元禮一作端禮，字次膺，其先澶州清豐人，徙家彭門。熙寧六年進士，兩為縣令，忤上官坐廢。晚以承事郎為大晟府協律。有閑齋琴趣六卷。

綠頭鴨

晚雲收，淡天一片琉璃。爛銀盤㊀、來從海底，皓色千里澄輝。瑩無塵、素娥淡竚，靜可數、丹桂參差。玉露初零，金風未凛，一年無似此佳時。露坐久、疏螢時度，烏鵲㊁正南飛。瑤臺冷，闌干憑暖，欲下遲遲。念佳人、音塵別後，對此應解相思。最關情、漏聲正永，暗斷腸、花陰偷移。料得來宵，清光未減，陰晴天氣又爭知。共凝戀、如今別後，還是隔年期。人強健，清尊素影，長願相隨。

【注解】

㊀爛銀盤　盧仝詩：『爛銀盤從海底出。』　㊁烏鵲　曹操詩：『月明星稀，烏鵲南飛。』

趙令畤

令畤，字德麟，太祖次子，燕王德昭元孫。元祐中簽書潁州公事，坐與蘇軾交通，罰金，入黨籍。紹興初，襲封安定郡王同知行在大宗正事。薨，贈開封儀同三司。有聊復集。近趙萬里輯得一卷。

先著云：趙令畤，賀方回之亞；毛澤民亦三影郎中之次也。清超絕俗，詞中固自難。（詞潔）

蝶戀花

欲減羅衣寒未去，不捲珠簾，人在深深處。紅杏枝頭花幾許？啼痕止恨清明雨。　盡日沈煙香㊀一縷，宿酒醒遲，惱破春情緒。飛燕又將歸信誤，小屏風上西江路。

【注解】

㊀沈煙香　沈香植物名，瑞香料，木材可作熏香料。又名沈水香。

【評箋】

李攀龍云：託杏寫興，託燕傳情，懷春幾許衷腸。（草堂詩餘雋）

沈際飛云：開口瀟冶鬆秀。又云：末路情景，若近若遠，低徊不能去。（草堂詩餘正集）

蝶戀花

捲絮風頭寒欲盡，墜粉飄香，日日紅成陣。新酒又添殘酒困，今春不減前春恨。　蝶去鶯飛無處問，隔水高樓，望斷雙魚㊀信。惱亂橫波秋一寸㊁，斜陽只與黃昏近。

【注解】

㊀雙魚　代表書簡。古詩：『客從遠方來，遺我雙鯉魚，呼兒烹鯉魚，中有尺素書。』　㊁秋一寸　謂目。

【評箋】

李攀龍云：妙在寫情語，語不在多，而情更無窮。（草堂詩餘雋）

沈際飛云：恨春日又恨黃昏，黃昏滋味更覺難當耳。又云：斜陽在目，各有其境，不必相同。一云『卻照深深院』，一云『只送平波遠』，一云『只與黃昏近』，句句沁人毛孔皆透。（草堂詩餘正集）

沈雄云：山谷謂好詞惟取陡健圓轉。屯田意過久許，筆猶未休。待制滔滔漭漭，不能盡變。如趙德麟云：『新酒又添殘酒困，今春不減前春恨。』陸放翁云：『只有夢魂能再遇，堪嗟夢不由人做。』又黃山谷云：『春未透，花枝瘦，正是愁時候。』梁貢父云：『拚一醉留春，留春不住，醉裏春歸。』此則陡健圓轉之榜樣也。（沈雄古今詞話）

案以上二首又入小山詞。

清平樂

春風依舊，著意隋隄柳㊀。搓得鵝兒黃㊁欲就，天氣清明時候。去年紫陌青門㊂，今宵雨魄雲魂㊃。斷送一生憔悴，只消幾箇黃昏？

【注解】

㊀隋隄柳　隋煬帝開通濟渠，沿渠築隄，沿隄植柳。　㊁鵝兒黃　指柳條似鵝黃。　㊂紫陌青門　指遊冶之處。　㊃雨魄雲魂　人去似雨收雲散。

【評箋】

卓人月云：韋莊云：『春雨足，染就一溪新綠。』合作可作一聯：『新雨染成溪水綠，舊風搓得柳條黃。』（詞統）

李攀龍云：對景傷春，至『斷送一生』語，最爲悲切。（草堂詩餘雋）

王世貞云：『斷送一生憔悴，能消幾個黃昏。』此恆語之有情者也。（藝苑卮言）

案此首一作劉弇詞。

晁補之

補之，字无咎，鉅野人。年十七，從父端友宰杭州之新城，著錢塘七述，受知蘇軾。舉進士，試開封及禮部別院，皆第一。元祐中，爲著作郎。紹聖末，謫監信州酒稅，起知泗州，入黨籍。有琴趣外篇六卷，見汲古閣刊本，又見雙照樓景宋、元、明本詞本。

陳振孫云：无咎嘗云：『今代詞手，唯秦七、黃九。然兩公之詞，亦自有不同。若无咎佳者，固未多遜也。』（直齋書錄解題）

毛晉云：无咎雖游戲小詞，不作綺豔語。（琴趣外篇跋）

馮煦云：晁无咎爲蘇門四士之一，所爲詩餘，無子瞻之高華，而沈咽則過之。（六十一家詞選例言）

劉熙載云：无咎詞堂廡頗大，人知辛稼軒『摸魚兒』『更能消幾番風雨』一闋，爲後來名家所競效，其實辛詞即无咎『摸魚兒』『買陂塘旋栽楊柳』之波瀾也。（藝概）

水龍吟 次韻林聖予惜春

問春何苦怱怱，帶風伴雨如馳驟。幽葩細萼，小園低檻，壅培未就。吹盡繁紅，占春長久，不如垂柳。算春長不老，人愁春老，愁只是、人間有。　春恨十常八九，忍輕孤、芳醪㊀經口。那知自是、桃花結子，不因春瘦。世上功名，老來風味，春歸時候。最多情猶有，尊前青眼㈡，相逢依舊。

【注解】

㈠醪　音ㄌㄠˊ，酒。　㈡青眼　喜悅時正目而視，眼多青處。晉阮籍能為青白眼。

憶少年 別歷下㈠

無窮官柳，無情畫舸，無根行客。南山尚相送，只高城人隔。罨畫㈡園林溪紺㈢碧，算重來、盡成陳迹。劉郎㈣鬢如此，況桃花顏色。

【注解】

㈠歷下　山東歷城縣。　㈡罨畫　罨音ㄧㄢˇ，畫家謂雜彩色之畫為罨畫。　㈢紺　音ㄍㄢˋ，紅青色。　㈣劉郎　劉禹錫詩：『玄都觀裏桃千樹，盡是劉郎去後栽。』

【評箋】

沈雄云：結句如『水龍吟』之『作霜天曉』『繫斜陽纜』亦是一法，如『憶少年』之『況桃花顏色』，『好事近』之『放眞珠簾隔』，緊要處，前結如奔馬收韁，須勒得住，又似住而未住，後結如泉流歸海，要收得盡，又似盡而不盡者。（沈雄古今詞話）

卓人月云：謝逸『柳梢青』『無限離情，無窮江水』類此。（詞統）

先著云：『花無人戴，酒無人勸，醉也無人管。』與此詞迟處同一警絕。唐以後特地有詞，正以有如許妙語，詩家收拾不盡耳。（詞潔）

洞仙歌 泗州中秋作

青煙冪㈠處，碧海飛金鏡。永夜閒階臥桂影。露涼時，零亂多少寒螿㈡，神京遠，惟有藍橋㈢路近。

水晶簾不下，雲母屏㈣開，冷浸佳人淡脂粉。待都將許多明，付與金尊，投曉共流霞㈤傾盡。更攜取胡牀上南樓㈥，看玉做人間，素秋千頃。

【注解】

㈠冪　音ㄇㄧ，入聲，遮蓋。　㈡寒螿　寒蟲。　㈢藍橋　在陝西省藍田縣東南，唐裴航遇雲英處。　㈣雲母屏　雲母爲花崗岩，晶體透明，可以作屏。　㈤流霞　仙酒名，見抱朴子。　㈥南樓　見前王安石『千秋歲引』注。

【評箋】

胡仔云：凡作詩詞，要當如常山之蛇，救首救尾，不可偏也。如晁无咎作中秋『洞仙歌』，其首云：『靑煙冪處』三句，固已佳矣；其後闋『待都將』至末，若此可謂善救首尾者矣。（苕溪漁隱叢話）

毛晉云：无咎，大觀四年卒于泗州官舍，自畫山水留春堂大屏，上題云：『胸中正可吞雲夢，盞底何妨對聖賢；有意淸秋入衡霍，爲君無盡寫江天。』又詠『洞仙歌』一闋，遂絕筆。（琴趣外編跋）

李攀龍云：此詞前後照應，如織錦然，眞天孫手也。（草堂詩餘雋）

黃蓼園云：前段從無月看到有月，後段從有月看到月滿，層次井井，而詞致奇傑。各段俱有新警語，自覺冰魂玉魄，氣象萬千，興乃不淺。（蓼園詞選）

晁冲之

冲之，字叔用，一字用道，鉅野人。第進士，坐黨籍，廢居具茨山下。近趙萬里輯有晁叔用詞一卷。

陳鵠云：晁冲之，政和間作『漢宮春』詠梅獻蔡攸，攸進其父京曰：『今日於樂府中得一人。』因以大晟府丞用之。（耆舊續聞）

臨江仙

憶昔西池池上飲，年年多少歡娛。別來不寄一行書，尋常相見了，猶道不如初。　安穩錦衾今夜夢，月明好渡江湖。相思休問定何如？情知春去後，管得落花無。

【評箋】許昂霄云：淡語有深致，咀之無窮。（詞綜偶評）

舒亶

亶，字信道，明州慈谿人。治平二年進士，試禮部第一。神宗朝，爲御史中丞。徽宗朝，累除龍圖閣待制。近趙萬里輯有舒學士詞一卷。

虞美人

芙蓉落盡天涵水，日暮滄波起。背飛雙燕貼雲寒，獨向小樓東畔倚闌看。　浮生只合尊前老，雪滿長安道。故人早晚上高臺，寄我江南春色一枝梅。

朱服

服，字行中，烏程人。熙寧六年進士。哲宗朝，歷中書舍人、禮部侍郎。徽宗朝，加集賢殿修撰。知廣州，黜知袁州，再貶蘄州。

漁家傲

小雨纖纖風細細，萬家楊柳青煙裏。戀樹溼花飛不起，愁無際，和春付與東流水。 九十光陰能有幾？金龜㊀解盡留無計。寄語東陽㊁沽酒市，拚一醉，而今樂事他年淚。

【注解】

㊀金龜 唐三品以上官佩金龜。 ㊁東陽 今浙江金華縣。

【評箋】

方勺云：朱行中自右史出典數郡，是時年尚少，風采才藻皆秀發。守東陽日，嘗作『漁家傲』春詞云云。予以門下士，每或從公。公往往乘醉大言：『你曾見我「而今樂事他年淚」否？』蓋公自謂好句，故誇之也。予嘗心惡之而不敢言。行中後歷中書舍人，帥番禺，遂得罪，安置興國軍以死。流落之兆，已見於此詞。（泊宅篇）

烏程舊志云：朱行中坐與蘇軾游，貶海州，至東郡，作『漁家傲』詞。讀其詞，想見其人不愧爲蘇軾黨也。

況周頤云：白石詞：『少年情事老來悲。』宋朱服句：『而今樂事他年淚。』二語合參，可悟一意化兩之法。宋周端臣『木蘭花慢』云：『料今朝別後，他時應夢今朝。』與『而今』句同意。（蕙風詞話）

毛滂

滂，字澤民，衢州人。爲杭州法曹，受知東坡，後乃出京、卞之門。嘗知武康縣。政和中，守嘉禾。有東堂詞，見六十家詞刊本及彊村叢書刊本。

蔡絛云：「昔我先人魯公遭逢聖主，立政建事，以致康泰，每區區其間。有毛滂澤民者，有時名，上十詞，甚偉麗，而驟得進用。」（鐵圍山叢談）

四庫全書提要云：滂詞情韻特勝，陳振孫謂滂他詞雖工，終無及蘇軾所賞一首者，亦隨人之見，非篤論也。（東堂詞提要）

惜分飛　富陽僧舍作別語贈妓瓊芳

淚溼闌干㊀花著露，愁到眉峯碧聚。此恨平分取，更無言語空相覷㊁。　斷雨殘雲無意緒，寂寞朝朝暮暮。今夜山深處，斷魂分付潮回去。

【注解】

㊀闌干　眼淚縱橫貌，白居易長恨歌：『玉容寂寞淚闌干。』　㊁覷　音ㄑㄩ，視也。

【評箋】

樓敬思書毛滂『惜分飛』詞後云：東堂集『淚溼闌干』詞，花庵詞客採入唐宋絕妙詞。其詞話云：『元祐中，東坡守錢塘，澤民為法曹掾，秩滿辭去。是夕宴客，有妓歌此詞，坡問誰所作？妓以毛法曹對。坡語坐客曰：「郡寮有詞人不及知，某之罪也。」翌日，折柬追還，留連數日。澤民因此得名。』余謂黃昇宋人，其援據不應若是之疎也。按蘇公詩集有次韻毛滂法曹感雨詩：『公子豈我徒，衣鉢傳一簞。定非郊與島，筆勢江湖寬。悲吟古寺中，穿帷雪漫漫。他年記此味，芋火對懶殘。』所謂古寺，度即富陽之寺也。公以郊、島目滂，以韓自況，衣鉢云云，傾倒者至矣。然則蘇公知滂不在『惜分飛』詞，而滂之受知於蘇公，又豈待『惜分飛』哉！（詞林紀事引）

沈際飛云：第一個相別情態，一筆描來，不可思議。（草堂詩餘正集）

周煇云：語盡而意不盡，意盡而情不盡，何酷似乎少游也！（清波雜志）

陳克

克，字子高，自號赤城居士，臨海人，僑居金陵。紹興中爲勅令所刪定官。有赤城詞一卷，見彊村叢書刊本，又有趙萬里輯本。

李庚云：刪定，余鄉人也。詩多情致，詞尤工。（詞跋）

陳振孫云：子高詞格頗高，晏、周之流亞也。（直齋書錄解題）

周濟云：子高亦甚有重名，然格韻絕高，昔人謂晏、周之流亞；晏氏父子俱非其敵，以方美成，則又擬不以倫，其温、韋高弟乎？比温則薄，比韋則悍，故當出入二氏之門。（介存齋論詞雜著）

陳廷焯云：陳子高詞婉雅閑麗，暗合温、韋之旨，晁无咎、毛澤民、万俟雅言等遠不逮也。（白雨齋詞話）

菩薩蠻

赤闌橋盡香街直，籠街細柳嬌無力。金碧上青空，花晴簾影紅。　黃衫㊀飛白馬，日日青樓下。醉眼不逢人，午香吹暗塵。

【注解】

㊀黃衫　隋、唐時少年華貴之服。唐書禮樂志言明皇嘗以馬百匹施三重榻，舞傾杯數十回。又以樂工少年姿秀者十餘人衣黃衫文玉帶立左右。

菩薩蠻

綠蕪牆繞青苔院，中庭日淡芭蕉捲。蝴蝶上階飛，烘簾自在垂。玉鉤雙語燕，寶甃㊀楊花轉。幾處簸錢㊁聲，綠窗春睡輕。

【注解】

㊀甃 音ㄓㄡˋ，瓦溝。 ㊁簸錢 古代一種游戲，王建宮詞云：『暫向玉華階上坐，簸錢贏得兩三籌。』

【評箋】

卓人月云：一『輕』字全首俱靈。（詞統）

張惠言云：此自寓。（張惠言詞選）

譚獻云：風簾自在垂，以見不聞不見之無窮也。（譚評詞辨）

梁啓超云：亡友陳通甫最賞此語。（藝蘅館詞選）

李元膺

元膺，東平人，南京敎官。紹聖間，李孝美作墨譜法式，元膺爲序，蓋此時人也。趙萬里輯有李元膺詞一卷。

洞仙歌

一年春物，惟梅柳間意味最深，至鶯花爛漫時，則春已衰遲，使人無復新意。余作『洞仙歌』，使探春者歌之，無後時之悔。

雪雲散盡，放曉晴庭院。楊柳於人便青眼㊀。更風流多處，一點梅心，相映遠，約略顰輕笑淺。一年春好處，不在濃芳，小豔疏香最嬌軟。到清明時候，百紫千紅花正亂，已失春風一半。早占取、韶光共追游，但莫管春寒，醉紅自暖。

【注解】

㈠青眼　見前晁補之『水龍吟』注。

【評箋】

楊慎云：南唐潘佑嘗應後主令作詞云：『樓上春寒山四面，桃李不須誇爛漫，已失了春風一半。』蓋諷其地漸侵削也，李元膺詞用之。（詞品）

卓人月云：『於人』二字，本杜詩『竹葉於人旣無分，菊花從此不須開。』一半句似黃玉林『夜來能有幾多寒，已瘦了梨花一半。』（詞統）

沈際飛云：不在濃芳，在疎香小豔，獨識春光之微；至已失一半句，誰不猛省。（草堂詩餘正集）

李攀龍云：梅心映遠，一字一珠，春寒醉紅自暖，得暘谷初回趣。（草堂詩餘雋）

黃蓼園云：隨分自得，有知足持盈意，說來壓壓可聽，知此可以養福，亦可以養德。（蓼園詞選）

時　彥

字邦美，開封人。舉進士第，累官吏部尚書，嘗爲開封尹。宋史有傳。

青門飮

胡馬嘶風，漢旗翻雪，彤雲又吐，一竿殘照。古木連空，亂山無數，行盡暮沙衰草。星斗橫幽館，夜無眠燈花空老。霧濃香鴨，冰凝淚燭，霜天難曉。　長記小妝纔老，一杯未盡，離懷多少。醉裏秋波，夢中朝雨，都是醒時煩惱，料有牽情處，忍思量耳邊曾道。甚時躍馬歸來，認得迎門輕笑。

李之儀

之儀，字端叔，自號姑溪居士。之純從弟，滄州無棣人。元豐中舉進士。元祐初爲樞密院編修官，從蘇軾於定州幕府。元符中監內香藥庫。徽宗朝提舉河東常平，坐草范純仁遺表，編管太平州卒。有姑溪詞，見六十家詞刊本。

四庫全書提要云：之儀以尺牘擅名，而其詞亦工，小令尤清婉峭蒨，殆不減秦觀。（姑溪詞提要）

馮煦云：姑溪詞長調近柳，短調近秦，而均有未至。（六十一家詞選例言）

謝池春

殘寒消盡，疏雨過、清明後。花徑款餘紅，風沼縈新皺。乳燕穿庭戶，飛絮沾襟袖。正佳時仍晚晝，著人滋味，眞箇濃如酒。　頻移帶眼㊀，空只恁厭厭瘦。不見又思量，見了還依舊，爲問頻相見，何似長相守。天不老，人未偶，且將此恨，分付庭前柳。

【注解】

㊀帶眼　沈約與徐勉書：『老病百日數旬，革帶常應移孔。』見南史本傳。

卜算子

我住長江頭，君住長江尾；日日思君不見君，共飲長江水。　此水幾時休？此恨何時已？只願君心似我心，定不負相思意。

【評箋】

毛晉云：姑溪詞多次韻，小令更長于淡語、景語、情語。如『鴛衾半擁空牀月』；又如『步懶恰尋牀，臥看游絲到地長』，又如『時時浸手心頭熨，受盡無人知處涼』，卽置之片玉、漱玉集中，莫能伯仲。至若『我住長江頭』云云，直是古樂府俊語矣。（姑溪詞跋）

周邦彥

邦彥，字美成，錢塘人。元豐中獻汴都賦，召為太樂正。徽宗朝仕至徽猷閣待制，提舉大晟府。出知順昌府，提舉洞霄宮。晚居明州卒。自號清眞居士。有片玉詞二卷，補遺一卷，見六十家詞刊本。又有西泠詞萃本；又清眞詞二卷、附集外詞一卷，有四印齋所刻本。又詳註片玉集十卷，有涉園景宋金元明本詞續刊本及彊村叢書本。又大鶴山人有清眞詞校本。

劉肅云：周美成以旁搜遠紹之才，寄情長短句，縝密典麗，流風可仰；其徵辭引類，推古誇今，或借字用意，言言皆有來歷，眞足冠冕詞林。（片玉集注）

陳郁云：美成自號清眞，二百年來以樂府獨步；貴人、學士、市儈、妓女，皆知美成詞爲可愛。（藏一話腴）

樓鑰云：清眞樂府播傳，風流自命，顧曲名堂，不能自已。（清眞先生文集序）

張端義云：美成以詞行，當時皆稱之，不知美成文章大有可觀，可惜以詞掩其他文也。（貴耳錄）

强煥云：美成撫寫物態，曲盡其妙。（詞集序）

劉克莊云：美成頗偷古句。（後村詩話）

陳振孫云：美成詞多用唐人詩檃括入律，混然天成。長調尤善鋪敍，富艷精工，詞人之甲乙也。（直齋書錄解

題）

張炎云：美成詞渾厚和雅，善於融化詩句。（詞源）

王灼云：邦彥能得騷人意旨，此其詞格之所以特高歟？（碧雞漫志）

沈義父云：作詞當以清眞爲主；下字運意，皆有法度，往往自唐、宋諸賢詩詞中來，而不用經史中生硬字面，此所以爲冠絕也。（樂府指迷）

沈雄云：徽廟時，邦彥提舉大晟樂府，每製一詞，名流輒爲賡和，東楚方千里、樂安楊澤民全和之，合爲三英集行世。（沈雄古今詞話）

嚴沆云：詩降而爲詞，自花間集出而倚聲始盛，其人雖有南唐、楚、蜀之殊，叩其音節，靡有異也。迨至宋，同叔、永叔、方回、叔原、子野，咸本花間而漸近流暢；耆卿專主温麗，或失之俚；子瞻專主雄渾，或失之肆；當其時少游、魯直、補之盡出其門，而正伯蘇氏中表，獨於詞未嘗師蘇氏，寧闌入耆卿之調，工者無論，俚者殆有甚焉。故論詞於北宋自當以美成爲最醇。南渡以後，幼安負靑兕之力，一意奔放，用事不休；改之、潛夫、經國尤而效之，無復詞人之旨；由是堯章、邦卿，別裁風格，極其爽逸芊豔；宗瑞、賓王、幾叔、勝欲、碧山、叔夏繼之，要其原皆自美成出。（古今詞選序）

彭孫遹云：美成詞如十三女子，玉豔珠鮮，政未可以其軟媚而少之也。（金粟詞話）

賀裳云：周淸眞有柳欹花嚲之致，沁人肌骨，視淮海不特娣姒而已。（皺水軒詞筌）

四庫全書提要云：邦彥妙解聲律，爲詞家之冠，所製諸調，非獨音之平仄宜遵，卽仄字中上、去、入三音，亦不容相混，所謂分刌節度，深契微芒，故千里和詞，字字奉爲標準。（片玉詞提要）

先著云：美成詞乍近之，覺疏樸苦澀，不甚悅口，含咀之久，則舌本生津。又云：詞家正宗，則秦少游、周美成，然秦之去周不止三舍，宋末諸家，皆從美成出。（詞潔）

周濟云：美成思力，獨絕千古，如顏平原書，雖未臻兩晉，而唐初之法，至此大備，後有作者，莫能出其範圍矣。又云：讀得清眞詞多，覺他人所作，都不十分經意。又云：鉤勒之妙，無如清眞，他人一鉤勒便薄，清眞愈鉤勒愈渾厚。（介存齋論詞雜著）

劉熙載云：周美成詞或稱其無美不備，余謂論詞莫先於品，美成詞信富艷精工，只是當不得箇貞字，是以士大夫不肯學之，學之則不知終日意縈何處矣。又云：周美成律最精審，史邦卿句最警鍊，然未得爲君子之詞者，周旨蕩而史意貪也。（藝概）

戈載云：清眞之詞，其意淡遠，其氣渾厚，其音節又復清妍和雅，最爲詞家之正宗。（七家詞選）

陳廷焯云：詞至美成，乃有大宗，前收蘇、秦之終，後開姜、史之始，自有詞人以來，不得不推爲巨擘，後之爲詞者，亦難出其範圍。然其妙處，亦不外沈鬱、頓挫，頓挫則有姿態，沈鬱則極深厚；既有姿態、又極深厚，詞中三昧，亦盡於此矣。（白雨齋詞話）

王國維云：美成深遠之致，不及歐、秦，唯言情體物，窮極工巧，故不失爲第一流之作者；但恨創調之才多，創意之才少耳。（人間詞話）又云：以宋詞比唐詩，則東坡似太白，歐、秦似摩詰，耆卿似樂天，方回、叔原則大歷十子之流，南宋唯一稼軒可比昌黎，而詞中老杜，非先生不可。（清眞先生遺事）

陳洵云：宋詞旣昌，唐音斯暢，二晏濟美，六一專家，爰逮崇寧，大晟立府，制作之事，用集美成；此猶治道之隆於成康，禮樂之備於公旦，且監殷、監夏，無間然矣。又云：清眞格調天成，離合順逆，自然中度；夢窗神力獨運，飛沈起伏，實處皆空；夢窗可謂大，淸眞則幾於化矣。由大而幾化，故當由吳以希周。（海綃說詞）

朱孝臧云：兩宋詞人，約可分爲疏、密兩派，清眞介在疏、密之間，與東坡、夢窗，分鼎三足。（朱評清眞詞）

章臺㊀路，還見褪粉梅梢，試花桃樹。愔愔㊁坊陌人家，定巢燕子，歸來舊處。　黯凝竚，因念箇人㊂癡小，乍窺門戶。侵晨淺約宮黃㊃，障風映袖，盈盈笑語。　前度劉郎重到㊄，訪鄰尋里，同時歌舞，惟有舊家秋娘㊅，聲價如故。吟箋賦筆，猶記燕臺句㊆。知誰伴，名園露飲㊇，東城閒步？事與孤鴻去㊈，探春盡是，傷離意緒。官柳低金縷㊉，歸騎㊉㊀晚、纖纖池塘飛雨。斷腸院落，一簾風絮。

【注解】

㊀章臺　見前歐陽修『蝶戀花』注。　㊁愔愔　安靜貌。　㊂箇人　伊人。　㊃宮黃　宮人用以塗眉之黃粉。梁簡文帝詩：『約黃能效月。』蜀張泌詞：『依約殘眉理舊黃。』　㊄前度劉郎重到　唐劉禹錫自朗州召回，重過玄都觀，只見兔葵燕麥，動搖春風，因題詩道：『種桃道士知何處，前度劉郎今獨來。』　㊅秋娘　唐金陵歌妓，杜牧有贈杜秋娘詩，並有序。　㊆燕臺句　李商隱贈柳枝詩：『長吟遠下燕臺句，惟有花香染未消。』　㊇露飲　露頂飲酒。陳元龍注引筆談石曼卿露頂而飲。　㊈事與孤鴻去　杜牧詩：『恨如春草多，事逐孤鴻去。』　㊉金縷　形容柳條如金綫。　㊉㊀騎　讀作ㄐㄧ。

【評箋】

楊慎云：唐制：妓女所居曰坊曲，北里志有南曲、北曲，如今之南院北院也。宋陳敬叟詞：『簃窕青門紫曲。』周美成詞：『小曲幽坊月暗。』又『愔愔坊曲人家。』近刻草堂詩餘改作『坊陌』，非也。（詞品）

黃昇云：此詞自『章臺路』至『歸來舊處』是第一段，自『黯凝竚』至『盈盈笑語』是第二段，此之謂雙拽頭，屬正平調。自『前度劉郎』以下即犯大石，係第三段。至『歸騎』以下四句，再歸正平。諸本皆於吟箋賦筆處分段，非也。（花庵詞選）

沈義父云：結句須要放開，合有餘不盡之意，以景烘情最好，如淸眞之『斷腸院落，一簾風絮』；又『掩重關，徧城鐘鼓』之類是也。或以情結尾亦好，如淸眞之『天便教人，霎時廝見何妨。』又云：『夢魂凝想鴛侶』之類，便無意思。（樂府指迷）

周濟云：『事與孤鴻去』一句，化去町畦。又云：不過桃花人面、舊曲翻新耳，看其由無情入，結歸無情，層層脫換，筆筆往復處。（宋四家詞選）

陳洵云：第一段地，『還見』逆入，『舊處』平出。第二段人，『因記』逆入，『重到』平出；作第三段換頭。以下撫今追昔，『訪鄰尋里』今；『同時歌舞』，昔；『惟有舊家秋娘，聲價如故』，今猶昔；而秋娘已去，卻不說出，乃吾所謂留字訣者。於是吟箋、賦筆、露飲、閒步與窺戶、約黃、障袖、笑語皆如在目前矣，又吾所謂能留，則離合順逆皆可隨意指揮也。『事與孤鴻去』，咽住；『探春盡是，傷咽離意緒』，轉出官柳以下，風景依稀，與梅梢桃樹映照，詞境渾融，大而化矣。（海綃說詞）

風流子

新綠小池塘，風簾動、碎影舞斜陽。羨金屋去來，舊時巢燕；土花㈠繚繞，前度莓牆㈡。繡閣裏、鳳幃深幾許？聽得理絲簧㈢。欲說又休，慮乖芳信；未歌先噎，愁近清觴㈣。遙知新妝了，開朱戶、應自待月㈤西廂。最苦夢魂，今宵不到伊行。問甚時說與，佳音密耗，寄將秦鏡㈥，偷換韓香㈦？天便教人，霎時廝見何妨！

【注解】

㈠土花　土中之花，李賀詩：『三十六宮土花碧。』王建詩：『水中荷葉土中花。』　㈡莓牆　滿生青苔之牆。　㈢絲簧　管弦樂器。　㈣清觴　潔淨酒盃。　㈤待月　鶯鶯與張生詩：『待月西廂下，迎風戶半開。』見會眞記。　㈥秦鏡　漢秦嘉妻徐淑贈秦嘉明鏡，秦嘉賦詩答謝。樂府：『盤龍明鏡餉秦嘉，辟惡生香寄韓壽。』　㈦韓香　晉賈充女賈午愛韓壽，贈香與壽，賈充聞壽身有香，知午所贈，因以午與壽。見晉書。

【評箋】

王明清云：美成爲溧水令，主簿之姬有色而慧，每出侑酒，美成爲『風流子』以寄意。新綠、待月，皆主簿廳軒名。（揮麈餘話）

沈謙云：『天便教人，霎時廝見何妨。』『花前月下，見了不教歸去。』卞急迂妄，各極其妙，美成眞深于情者。（塡詞雜說）

沈際飛云：『土花』對『金屋』工。（草堂詩餘正集）

況周頤云：『最苦』二句，『天便』二句，亦愈樸愈厚，愈厚愈雅。（蕙風詞話）
黃蓼園云：因見舊燕度𧄼牆而巢於金屋，乃思自身已在風塵之外，而聽別人理絲簧，未免悲咽耳。（蓼園詞選）

蘭陵王

柳陰直，烟裏絲絲弄碧。隋隄上、曾見幾番，拂水飄綿送行色。登臨望故國，誰識、京華倦客。長亭路、年去歲來，應折柔條過千尺。　閒尋舊蹤迹，又酒趁哀絃，燈照離席，梨花榆火㈠催寒食。愁一箭風快，半篙波暖，回頭迢遞便數驛，望人在天北。　悽惻，恨堆積。漸別浦縈回，津堠㈡岑寂，斜陽冉冉春無極。念月榭攜手，露橋聞笛，沈思前事，似夢裏、淚暗滴。

【注解】

㈠榆火　清明取榆柳之火賜近臣，順陽氣；見唐會要。雲笈七籤：『清明一日取榆柳作薪煮食名曰換新火，以取一年之利。』

㈡津堠　水邊土堡。堠音ㄏㄡ。

【評箋】

張端義云：道君幸李師師家，偶周邦彥先在焉，知道君至，遂匿牀下。道君自攜新橙一顆，云江南初進來，遂與師師謔語，邦彥悉聞之，檃括成『少年游』云：『幷刀如水，吳鹽勝雪，纖指破新橙；錦幄初溫，獸香不斷，相對坐調笙。低聲問向誰行宿？城上已三更，馬滑霜濃，不如休去，直是少人行。』師師因歌此詞，道君問：『誰作？』師師奏云：『周邦彥詞。』道君大怒，宣諭蔡京：『周邦彥職事廢弛，可日下押出國外。』隔一二日，道君復幸李師師家，不見師師，問其家，知送周監稅；坐久，至更初，李始歸，愁眉淚睫，憔悴可掬；道君大怒云：『爾往那裏去？』李奏：『臣妾萬死，知周邦彥得罪，押出國外，畧致一杯相別，不知官家來。』道君問：『曾有詞否？』李奏云：『有「蘭陵王」一詞。』即『柳陰直』者是也。道君云：『唱一遍看。』李奏云：『容臣妾奉一杯，歌此詞爲官家壽。』曲終，道君大喜，復召爲大晟樂正。（貴耳錄）

毛幵云：紹興初，都下盛行周淸眞『蘭陵王慢』，西樓南瓦皆歌之，謂之『渭城三疊』。以周詞凡三換頭，至末段聲尤激越，唯敎坊老笛師能倚之以節歌者。其譜傳自趙忠簡家，忠簡於建炎丁未九月南渡，泊舟儀眞江口，遇宣和大晟樂府協律郎某，叩獲九重故譜，因令家伎習之，遂流傳于外。（樵隱筆錄）

賀裳云：周淸眞避道君，匿李師師榻下，作『少年游』以詠其事，吾極喜其『錦幄初溫，獸煙不斷，相對坐調笙』；情事如見。至：『低聲問向誰行宿？城上已三更，馬滑霜濃，不如休去』等語，幾于魂搖目蕩矣。及被謫後，師師持酒餞別，復作『蘭陵王』贈之，中云：『愁一箭風快，半篙波暖，回頭迢遞便數驛。』酷盡別離之慘；而題作詠柳，不書自事，則意趣索然，不見其妙矣。（皺水軒詞筌）

沈際飛云：閑尋舊跡以下，不沾題而宣寫別懷，無抑塞。（草堂詩餘正集）

周濟云：客中送客，一『愁』字代行者設想；以下不辨是情是景，但覺煙靄蒼茫。『望』字、『念』字尤幻。（宋四家詞選）

陳廷焯云：美成詞極其感慨，而無處不鬱，令人不能遽窺其旨。如『蘭陵王』云：『登臨望故國，誰識京華倦客？』二語是一篇之主，上有『隋堤上，曾見幾番，拂水飄綿送行色』之句，暗伏倦客之根，是其法密處。故下文接云：『長亭路，年去歲來，應折柔條過千尺。』久客淹留之感，和盤托出。他手至此，以下便直抒憤懣矣。美成則不然，『閑尋舊蹤跡』二疊，無一語不吞吐，只就眼前景物，約略點綴，更不寫淹留之故，卻無處非淹留之苦；直至收筆云：『沈思前事，似夢裏，淚暗滴。』遙遙挽合，妙在纔欲說破，便自咽住，其味正自無窮。（白雨齋詞話）

譚獻云：已是磨杵成針手段，用筆欲落不落，『愁一箭風快』等句之噴醒，非玉田所知。『斜陽冉冉春無極』七字，微吟千百遍，當入三昧，出三昧。（譚評詞辨）

梁啓超云：『斜陽』七字，綺麗中帶悲壯，全首精神振起。（藝蘅館詞選）

陳洵云：託柳起興，非詠柳也。『弄碧』一留，卻出『隋堤』；『行色』一留，卻出『故國』；『長亭路』應『隋堤上』，『年去歲來』應『拂水飄綿』，全爲『京華倦客』四字出力。第二段『舊蹤』，往事，一留；『離席』今情，一留；於是以『梨花榆火催寒食』一句脫開。『愁一箭』至『數驛』三句逆提，然後以『望人在天北』合上『離席』作歇拍。第三段『漸別浦』至『岑寂』，乃證上『愁一箭』至『波暖』二句，蓋有此『漸』，乃有此『愁』也。『愁』是逆提，『漸』是順應，『春無極』正應上

『催寒食』。『催寒食』是脫，『春無極』是複。『月樹攜手、露橋聞笛』是離席前事。『似夢裏淚暗滴』，仍用逆挽。周止庵謂複處無脫不縮，故脫處如望海上神山。詞境至此，謂之不神，不可也。（海綃說詞）

瑣窗寒

暗柳啼鴉，單衣竚立，小簾朱戶。桐花半畝，靜鎖一庭愁雨。灑空階、夜闌未休，故人翦燭西窗語㊀。似楚江暝宿，風燈零亂㊁，少年羈旅。

遲暮，嬉游處。正店舍無煙，禁城百五㊂。旗亭㊃喚酒，付與高陽儔侶㊄。想東園、桃李自春，小脣秀靨㊅今在否？到歸時、定有殘英，待客攜尊俎。

【注解】

㊀翦獨西窗語　李商隱詩：『何當共剪西窗燭，却話巴山夜雨時。』　㊁風燈零亂　杜甫詩：『風起春燈亂。』　㊂禁城百五　荆楚歲時記說，去冬節一百五日，有疾風甚雨，謂之『寒食』。元稹詩：『初過寒食一百六，店舍無烟宮樹綠。』　㊃旗亭　市樓立旗于上。　㊄高陽儔侶　漢酈食其以儒冠見沛公劉邦，劉邦以其爲儒生，不見，食其按劍大呼，我非儒生，乃高陽酒徒也。劉邦因見之，見史記。　㊅小脣秀靨　靨音一せ，入聲。李賀詩：『濃眉籠小脣』，又『晚奩妝秀靨』。

【評箋】

李攀龍云：上描旅思最無聊，下描酒興最無聊，又云：寒窗獨坐，對此禁煙時光，呼盧浮白，寧多遜高陽生哉！（草堂詩餘雋）

周濟云：奇橫。（宋四家詞選）

黃蓼園云：前寫宦況淒清，後段起處點淸寒食，以下引到思家。（蓼園詞選）

陳洵云：由戶而庭，由昏而夜，一步一境，總趨歸故人剪燭一句。『楚江暝宿，少年羈旅』，又換一境。一『似』字極幻，『遲暮』鉤轉，渾化無迹。以下設景、設情，層層脫換，皆收入『西窗語』三字中。美成藏此金針，不輕與人。（海綃說詞）

六醜 薔薇謝後作

正單衣試酒，悵客裏、光陰虛擲。願春暫留，春歸如過翼㊀，一去無迹。爲問家何在？夜來風雨，葬楚宮傾國㊁。釵鈿墮處遺香澤，亂點桃蹊，輕翻柳陌。多情爲誰追惜？但蜂媒蝶使，時叩窗槅。東園岑寂，漸蒙籠暗碧㊂，靜繞珍叢㊃底。成歎息：長條故惹行客，似牽衣待話，別情無極。殘英小、強簪巾幘㊄，終不似、一朶釵頭顫嫋，向人攲側。漂流處、莫趁潮汐，恐斷紅㊅、尚有相思字，何由見得？

【注解】

㊀過翼　飛鳥。　㊁楚宮傾國　喻落花，溫庭筠詩：『夜來風雨落殘花。』　㊂蒙籠暗碧　指綠葉。　㊃珍叢　指花叢。　㊄巾幘　幘音ㄗㄜ，入聲。巾幘，布帽。　㊅斷紅　唐盧渥應舉，偶到御溝，見紅葉上題詩云：『流水何太急，深宮竟日閑。殷勤謝紅葉，好去到人間。』事見雲溪友議。

【評箋】

龐元英云：唐小說記紅葉事凡四，其二雲溪友議，盧渥舍人應舉之歲，偶臨御溝，見紅葉上有詩云：『流水何太急，深宮竟日閑；殷勤謝紅葉，好去到人間。』本朝詞人，罕用此事，惟周清眞樂府兩用之。『六醜』詠落花云：『飄流處，莫趁潮汐，恐斷紅尚有相思字，何由見得？』脫胎換骨之妙極矣。（談藪）

周密云：宣和中，以李師師能歌舞稱；時周邦彥爲太學生，時遊其家，一夕，祐陵臨幸，倉卒避去。既而賦小詞，所謂『并刀如水，吳鹽勝雪』者。蓋紀此夕事也。未幾李被宣喚，遂歌於上前，問：『誰作？』以邦彥對，遂以解褐，自此通顯。既而朝廷賜酺，師師又歌『大酺』、『六醜』二解，上顧敎坊使袁綯問，綯曰：『此起居舍人新知潞州周邦彥作也。』問『六醜』之義，莫能對。召邦彥問之，對曰：『此犯六調，皆聲之美者，然絕難歌。』上喜，意將留行，且以近多祥瑞，將使播之樂章，命蔡元長叩之，邦彥云：『某老矣，頗悔少作。』會起居郎張果廉知邦彥嘗於親王席上作小詞贈舞鬟，云：『歌席上，無賴是橫波。寶髻玲瓏欹玉燕，繡巾柔膩掩香羅；何況會婆娑？無箇事，因甚斂雙蛾？淺淡梳妝疑是畫，惺忪言語勝聞歌；好處是情多。』爲蔡道其事，上知之，由是得罪。（浩然齋雅談）

沈際飛云：眞愛花者，一花將萼，移枕攜襆睡臥其下，以觀花之由微至盛、至落，至于萎地而後已，善哉。又云：漂流一段，節起新枝，枝發奇萼，長調不可得矣。（草堂詩餘正集）

周濟云：『願春暫留，春歸如過翼，一去無迹。』十三字千回百折，千鍾百鍊，以下乃鵾羽自逝。又云：不說人惜花，卻說花戀人；不從無花惜春，卻從有花惜春；不惜已簪之殘英，偏惜欲去之斷紅。（宋四家詞選）

陳廷焯云：『爲問家何在』，上文有『悵客裏光陰虛擲』之句，此處點醒題旨，旣突兀、又綿密，妙只五字束住。下文反覆纏綿，更不糾纏一筆，卻滿紙是羈愁抑鬱，且有許多不敢說處；言中有物，呑吐盡致。（白雨齋詞話）

譚獻云：『願春』二句，逆入平出，亦平入逆出。『爲問』三句，搏兔用全力。『靜遶』三句，處處斷、處處連。『殘英』句卽願春暫留也。「飄流』句卽春歸如過翼也。末二句仍在逆挽。片玉所獨。（譚評詞辨）

黃蓼園云：自歎年老遠宦，意境落寞；借花起興，以下是花、是自己，比興無端，指與物化，奇情四溢，不可方物，人巧極而天工生矣！結處意致尤纏綿無已。（蓼園詞選）

蔣敦復云：淸眞『六醜』一詞，精深華妙，後來作者，罕能繼踪。（芬陀利室詞話）

夜飛鵲

河橋送人處，涼夜何其。斜月遠、墜餘輝，銅盤燭淚已流盡，霏霏涼露沾衣。相將散離會，探風前津鼓，樹杪參旗㊀。花驄會意，縱揚鞭、亦自行遲。　迢遞路回淸野，人語漸無聞，空帶愁歸。何意重經前地，遺鈿不見，斜徑都迷。兔葵燕麥，向斜陽欲與人齊。但徘徊班草㊁，欷歔㊂酹酒，極望天西。

【注解】

㊀參旗　參，星名。參旗，旗上畫有星辰。　㊁班草　布草而坐。　㊂欷歔　揚雄方言：『哀而不泣曰欷歔。』

【評箋】

沈際飛云：今之人，務爲欲別不別之狀，以博人憐，避人議，而眞情什無二三矣。能使華騮會意，非眞情所濟格乎？（草堂詩餘正集）

陳元龍云：王介甫詩：『班草歎行衣上淚』，又：『待追西路聊班草』，或即如班荆之義也。（片玉詞注）

黃蓼園云：自將行至遠送，又自去後寫懷望之情，層次井井而意致綿密，詞采穠深，時出雄厚之句，耐人咀嚼。（蓼園詞選）

周濟云：班草是歡會處，酹酒是送人處，二處皆前地也，雙起故須雙結。（宋四家詞選）

梁啓超云：『兔葵燕麥』二語，與柳屯田之『曉風殘月』，可稱送別詞中雙絕，皆鎔情入景也。（藝蘅館詞選）

陳洵云：『河橋送人處』逆入，『何意重經前地』平出。換頭三句，將上闋盡化烟雲，然後轉出下句，事過情留，低徊無盡。（海綃說詞）

滿庭芳　夏日溧水無想山作

風老鶯雛，雨肥梅子㈠，午陰嘉樹清圓。地卑山近，衣潤費鑪煙。人靜烏鳶自樂㈡，小橋外、新綠濺濺。憑闌久，黃蘆苦竹，疑泛九江船㈢。　年年，如社燕㈣，飄流瀚海㈤，來寄修椽㈥。且莫思身外㈦，長近尊前。憔悴江南倦客，不堪聽、急管繁絃。歌筵畔，先安枕簟㈧，容我醉時眠。

【注解】

㈠雨肥梅子　杜甫詩：『紅綻雨肥梅。』　㈡人靜烏鳶自樂　杜甫詩：『人靜烏鳶樂。』　㈢疑泛九江船　白居易琵琶行：『住近湓江地低溼，黃蘆苦竹繞宅生。』　㈣社燕　燕春社來，秋社去，故稱社燕。　㈤瀚海　今蒙古大沙漠，古稱瀚海，又作翰海。名義考：『以飛沙若浪，人馬相失若沈，視猶海然，非眞有水之海也。』　㈥修椽　椽音ㄔㄨㄢ；修椽，高大屋簷。　㈦莫思身外　杜甫詩：『莫思身外無窮事。』　㈧簟　音ㄉㄧㄢ，席也。

【評箋】

沈義父云：詞中多有句中韻，人多不曉，不惟讀之可聽，而歌詩最要叶韻應拍，不可以爲閑字而不押。如『木蘭花慢』云：『傾城盡尋勝去』，『城』字是韻。又如『滿庭芳』過處『年年如社燕』，『年』字是韻，不可不察也。（樂府指迷）

沈際飛云：『衣潤費爐烟』，景語也，景在『費』字。（草堂詩餘正集）

許昂霄云：通首疎快，實開南宋諸公之先聲。『人靜烏鳶樂』，杜句也；『黃蘆苦竹』，出香山琵琶行。（詞綜偶評）

陳廷焯云：美成詞有前後若不相蒙者，正是頓挫之妙。如『滿庭芳』上半闋云：『人靜烏鳶自樂，小橋外新綠濺濺，凭闌久，黃蘆苦竹，擬泛九江船。』正擬縱樂矣，下忽接云：『年年如社燕，飄流瀚海，來寄修椽。且莫思身外，長近樽前。憔悴江南倦客，不堪聽急管繁絃。歌筵畔，先安枕簟，容我醉時眠。』是烏鳶雖樂，社燕自苦；九江之船，卒未嘗泛。此中有多少說不出處；或是依人之苦，或有患失之心，但說得雖哀怨卻不激烈；沈鬱頓挫中別饒蘊藉。後人爲詞，好作盡頭語，令人一覽無餘，有何趣味？（白雨齋詞話）

譚獻云：『地卑』二句，覺離騷廿五，去人不遠。『且莫』二句，杜詩韓筆。（譚評詞辨）

周濟云：體物入微，夾入上下文，中似褒似貶，神味最遠。（宋四家詞選）

先著云：黃蘆苦竹，此非詞家所常設字面，至張玉田『意難忘』詞猶特見之，可見當時推許大家者自有在，決非後人以土泥脂粉爲詞耳。（詞潔）

黃蓼園云：此必其出知順昌後作。前三句見春光已去。地卑至九江船，言其地之僻也。年年三句，見宦情如逆旅。且莫思句至末，寫其心之難遣也。末句妙于語言。（蓼園詞選）

鄭文焯云：案清眞集强煥序云：『溧水爲負山之邑，待制周公元祐癸酉爲邑長於斯；所治後圃有亭曰「姑射」，有堂曰「蕭閒」，皆取神仙中事，揭而名之。』此云無想山，蓋亦美成所名，亦神仙家言也。（鄭校清眞集）

梁啓超云：最頹唐語最含蓄。（藝蘅館詞選）

陳洵云：方喜嘉樹，旋苦地卑；正羨烏鳶，又懷蘆竹；人生苦樂萬變，年年爲客，何時了乎！且莫思身外，則一齊放下。急管繁絃，徒增煩惱，固不如醉眠之自在耳。詞境靜穆，想見襟度，柳七所不能爲也。（海綃說詞）

過秦樓

水浴清蟾㈠，葉喧涼吹，巷陌馬聲初斷。閒依露井，笑撲流螢㈡，惹破畫羅輕扇。人靜夜久憑闌，愁不歸眠，立殘更箭㈢。歎年華一瞬，人今千里，夢沈書遠。空見說鬢怯瓊梳，容消金鏡，漸懶趁時勻染。梅風地溽，虹雨苔滋，一架舞紅㈣都變。誰信無聊爲伊，才減江淹㈤，情傷荀倩㈥。但明河影下，還看稀星數點。

【注解】

㈠清蟾　明月。　㈡笑撲流螢　杜牧詩：『輕羅小扇撲流螢。』　㈢更箭　古代以銅壺盛水，壺中立箭以計時刻。周禮：『挈壺氏漏水法，更箭以漆桐爲之。』　㈣舞紅　指落花。　㈤才減江淹　南史云：『江淹少時，宿于江亭，夢人授五色筆，因而有文章。後夢郭璞取其筆，自此爲詩無美句，人稱才盡。』　㈥情傷荀倩　世說云：『荀奉倩妻曹氏有豔色，妻常病熱，奉倩以冷身熨之。妻亡，歎曰：「佳人難再得。」人弔之，不哭而神傷，未幾，奉倩亦亡。』

【評箋】

周濟云：『梅風地溽，虹雨苔滋，一架舞紅都變』三句意味深厚。（宋四家詞選）

陳洵云：換頭三句，承『人今千里』，『梅風』三句，承『年華一瞬』，然後以『無聊爲伊』三句結情，以『明河影下』兩句結景。篇法之妙，不可思議。（海綃說詞）

花犯

粉牆低，梅花照眼，依然舊風味。露痕輕綴，疑淨洗鉛華㈠，無限佳麗。去年勝賞曾孤倚，冰盤同燕喜㈠。更可惜、雪中高樹，香篝㈢熏素被。今年對花最悤悤，相逢似有恨，依依愁悴。吟望久，青苔上，旋看飛墜。相將見、翠丸㈣薦酒，人正在、空江煙浪裏。但夢想、一枝瀟灑，黃昏斜照水㈤。

【注解】

㈠淨洗鉛華　王安石梅詩：『不御鉛華知國色。』　㈡冰盤同燕喜：指梅子薦酒，韓愈詩：『冰盤夏薦碧實脆。』　㈢香篝卽薰籠，『香篝薰素被』喻『梅花如篝雪如被』。　㈣翠丸　指梅子。　㈤黃昏斜照水　用林逋『疏影橫斜水清淺，暗香浮動月黃昏』詠梅詩句。

【評箋】

鄭文焯云：『同燕喜』草堂作『共』。案『共』卽『供』字。杜詩：『開筵得屢供。』此蓋言梅花供一醉之意，較『同』字意長；後人因此字宜平，誤會『共』意，遂改作『同』，不知『同』字與上句『孤倚』義未洽也。（鄭校清眞集）

林洪云：剝梅浸雪釀之，露一宿，取去，蜜漬之，可薦酒，詞正用此意。（山家清供）

黃昇云：此只詠梅花而紆徐反覆，道盡三年間事，圓美流轉如彈丸。（花庵詞選）

周濟云：淸眞詞之淸婉者如此，故知建章千門，非一匠所營。（宋四家詞選）

黃蓼園云：總是見宦跡無常，情懷落寞耳。忽借梅花以寫，意超而思永。言梅猶是舊風情，而人則離合無常，去年與梅共安冷淡，今年梅正開而人欲遠別，梅似含愁悴之意而飛墜；梅子將圓，而人在空江中，時夢想梅影而已。（蓼園詞選）

譚獻云：『依然』句逆入。『去年』句平出。『今年』句放筆爲直幹。『吟望久』以下，筋搖脈動。『相將見』二句，如顏魯公書，力透紙背。（譚評詞辨）

陳洵云：只『梅花』一句點題，以下卻在題前盤旋。換頭一筆鉤轉。『相將』以下，卻在題後盤旋。收處復一筆鉤轉。往來順逆，磬控自如，圓美不難，難在拙厚。又云：『正在』應『相逢』，『夢想』應『照眼』；結構天然，渾然無迹。又云：此詞體備剛柔，手段開闊，後來稼軒有此手段，無此氣韻，若白石則並不能開闊矣。（海綃說詞）

對宿煙收，春禽靜，飛雨時鳴高屋。牆頭青玉旆㊀，洗鉛霜都盡，嫩梢相觸。潤逼琴絲㊁，寒侵枕障，蟲網吹黏簾竹。郵亭無人處，聽檐聲不斷，困眠初熟。奈愁極頻驚，夢輕難記，自憐幽獨。行人歸意速，最先念、流潦妨車轂㊂。怎奈向蘭成㊃憔悴，衛玠清羸㊄，等閒時、易傷心目。未怪平陽客㊅，雙淚落、笛中哀曲。況蕭索、青蕪國㊆，紅糝㊇鋪地，門外荊桃如菽㊈。夜游共誰秉燭？

【注解】

㊀青玉旆　形容新竹。　㊁潤逼琴絲　王充論衡：『天且雨，琴弦緩。』　㊂流潦妨車轂　途中積水，車不能行。　㊃蘭成　庾信小字蘭成，有哀江南賦。　㊄衛玠　晉人，人聞其名，觀者如堵。先有羸疾，成病而死，年二十七，人以爲看殺衛玠。見世說。　㊅平陽客　漢馬融，性好音樂，能鼓琴吹笛，臥平陽時，聽客舍有人吹笛甚悲，因作笛賦。見文選。　㊆青蕪國　雜草叢生地區。溫庭筠詩：『花庭忽作青蕪國。』　㊇紅糝　糝音ㄙㄢˇ，米粒。紅糝指落花。　㊈菽　豆類。

【評箋】

王灼云：世間有離騷，惟賀方回、周美成時時得之。賀『六州歌頭』、『望湘人』、『吳音子』諸曲，周『大酺』、『蘭陵王』諸曲，最奇崛。（碧鷄漫志）

沈義父云：詞中用事，使人姓名，須委曲得不用出最好。淸眞詞多要兩人名對使，亦不可學他。如『宴淸都』云：『庾信愁多，江淹恨極。』『西平樂』云：『東陵晦迹，彭澤歸來。』『大酺』云：『蘭成憔悴，衛玠淸羸。』『過秦樓』云：『才減江淹，情傷荀倩』之類是也。（樂府指迷）

李攀龍云：『自憐幽獨』，又『共誰秉燭』，如常山蛇勢，首尾自相響應。（草堂詩餘雋）

周濟云：『怎奈向』宋人語『向』作『一向』二字解，今語向來也。（宋四家詞選）

譚獻云：『牆頭』三句，辟灌皆有賦心，前周後吳，所以爲大家也。『行人』二句，亦新亭之淚。『况蕭索』下，一句一折，一步一態，然周昉美人，非時世妝也。（譚評詞辨）

陳銳云：淸眞詞『大酺』云：『牆頭靑玉旆。』『玉』字以入代平。下文云：『郵亭無人處』，句法皆四平仄。夢窗此句，第四字亦用入聲，守律之嚴如此。（褒碧齋詞話）

梁啓超云：『流潦妨車轂』句，託想奇拙，淸眞最善用之。（藝衡館詞選）

許昂霄云：通首俱寫雨中情景。（詞綜偶評）

陳洵云：自『宿烟收』至『相觸』六句，屋外景。『潤逼』至『簾竹』三句，屋內景。『困眠初熟』四字逆出，『聽簷聲不斷』，是未眠熟前情景。『郵亭』上九句是驚覺後情事。困眠則聽，驚覺則愁；『郵亭』一句，作中間停頓；奈愁極二句，作兩邊照應。曰『烟收』、曰『禽靜』，則不特無人。蟲網吹黏，鉛霜洗盡；靜中始見，總趨歸『幽獨』二字。『行人歸意速』陡接，『最先念流潦妨車轂』倒提；復以『怎奈向』三字鉤轉，將上闋所有情事總納入『傷心目』三字中。『未怪平陽客』墊起，『况蕭索靑蕪國』跌落，『共誰秉燭』與『自憐幽獨』，顧盼含情，神光離合，乍陰乍陽，美成信天人也。（海綃說詞）

解語花 上元

風消焰蠟，露浥烘鑪㊀，花市光相射。桂華㊁流瓦，纖雲散、耿耿素娥欲下。衣裳淡雅，看楚女纖腰一把。簫鼓喧、人影參差，滿路飄香麝。　因念都城放夜㊂，望千門如晝，嬉笑游冶。鈿車羅帕，相逢處、自有暗塵隨馬㊃。年光是也，惟只見、舊情衰謝。淸漏移、飛蓋歸來，從舞休歌罷。

【注解】

㊀烘鑪　指花燈。　㊁桂華　代表月光。　㊂放夜　陳元龍片玉集注引新記：『京城街衢有金吾曉暝傳呼以禁夜行。惟正月十五夜勅金吾弛禁前後路一日，謂之「放夜」。』　㊃暗塵隨馬　蘇味道詩：『暗塵隨馬去，明月逐人來。』

【評箋】

張炎云：昔人詠節序，不唯不多，付之歌喉者，類是率俗。如周美成『解語花』詠元夕，史邦卿『東風第一枝』賦立春，『喜遷鶯』賦燈夕，不獨措辭精粹，又且見時節風物之感，人家宴樂之同。（詞源）

劉體仁云：詞起結最難，而結尤難于起，須結得有『不愁明月盡，自有夜珠來』之妙乃得。美成元宵云：『任舞休歌罷』，則何以稱焉？（七頌堂詞繹）

李攀龍云：上是佳人遊玩，下是燈下相逢，一氣呵成。（草堂詩餘雋）

周濟云：此美成在荊南作，當與『齊天樂』同時，到處歌舞太平，京師尤爲絕盛。（宋四家詞選）

陳廷焯云：後半闋縱筆揮灑，有水逝雲卷，風馳電掣之感。（白雨齋詞話）

王國維云：詞忌用替代字，美成『解語花』之『桂華流瓦』，境界極妙，惜以『桂華』二字代月耳。夢窗以下，則用代字更多。其所以然者，非意不足則語不妙也。蓋意足則不暇代，語妙則不必代。此少游之『小樓連苑，繡轂雕鞍』，所以爲東坡所譏也。（人間詞話）

蝶戀花

月皎驚烏棲不定，更漏將闌，轣轆㊀牽金井。喚起兩眸清炯炯㊁，淚花落枕紅緜冷。執手霜風吹鬢影㊂，去意徊徨，別語愁難聽。樓上闌干㊃橫斗柄，露寒人遠雞相應。

【注解】

㊀轣轆　汲水器，即滑車。　㊁炯炯　炯音ㄐㄩㄥˇ，炯炯，發光貌。　㊂霜風吹鬢影　李賀詩：『春風吹鬢影。』　㊃闌干　橫斜貌。古樂府：『月沒參橫，北斗闌干。』

【評箋】

沈際飛云：『喚起』句，形容睡起之妙。（草堂詩餘正集）

王世貞云：美成能作景語，不能作情語；能入麗字，不能入雅字，以故價微劣於柳。然至『枕痕一線紅生肉』，又『喚起兩眸，淸炯炯，淚花落枕紅綿冷。』其形容睡起之妙，眞能動人。（藝苑卮言）

黃蓼園云：按首一闋言未行前聞烏驚漏殘，轆轤響而驚醒淚落。次闋言別時情況淒楚，玉人遠而惟雞相應，更覺淒婉矣。（蓼園詞選）

解連環

怨懷無託，嗟情人斷絕，信音遼邈。縱妙手、能解連環㈠，似風散雨收，霧輕雲薄。燕子樓㈡空，暗塵鎖、一牀絃索。想移根換葉，盡是舊時，手種紅藥㈢。汀洲漸生杜若㈣，料舟依岸曲，人在天角。漫記得、當日音書，把閒語閒言，待總燒卻。水驛春回，望寄我、江南梅萼。拚今生、對花對酒，爲伊淚落。

【注解】

㈠解連環　秦遺齊王玉連環，齊王后引椎推破，對秦使說：『謹以解矣。』見國策。　㈡燕子樓　見前蘇軾『永遇樂』注。

㈢紅藥　紅色芍藥。　㈣杜若　香草名。楚辭湘夫人篇有：『搴汀洲兮杜若』句。

【評箋】

李攀龍云：形容閨婦哀情，有無限懷古傷今處，至末尤見詞語壯麗，體度豔冶。（草堂詩餘雋）

拜星月慢

夜色催更，淸塵收露，小曲幽坊月暗。竹檻燈窗，識秋娘㈠庭院。笑相遇，似覺瓊枝玉樹相倚，暖日明霞光爛。水盼㈡蘭情，總平生稀見。　畫圖中、舊識春風面，誰知道、自到瑤臺㈢畔。眷戀雨潤雲溫，苦驚風吹散。念荒寒、寄宿無人館，重門閉，敗壁秋蟲歎。怎奈向㈣、一縷相思，隔溪山不斷。

【注解】

㈠秋娘　見前『瑞龍吟』注。　㈡水盼　謂目如秋水。　㈢瑤臺　仙人所居，見拾遺記。　㈣怎奈向　見前秦觀『八六子』注。

【評箋】

卓人月云：蟲曰歎，奇。實甫草橋店許多鋪寫，當爲此一字屈首。（詞統）

李攀龍云：上相遇間，如瓊玉生光；下相思處，渾如溪山隔斷。（草堂詩餘雋）

周濟云：全是追思，卻純用實寫。但讀前半闋，幾疑是賦也。換頭再爲加倍跌宕之，他人萬萬無此力量。（宋四家詞選）

潘游龍云：前一晌留情，此一縷相思，無限傷感。（古今詩餘醉）

黃蓼園云：『驚風』句，怨有所歸也，可以怨矣；『隔溪』句，饒有敦厚之致。（蓼園詞選）

關河令

秋陰時晴漸向暝，變一庭淒冷。佇聽寒聲，雲深無雁影。　更深人去寂靜，但照壁、孤燈相映。酒已都醒，如何消夜永？

【評箋】

周止庵云：淡永。

綺寮怨

上馬人扶殘醉，曉風吹未醒。映水曲、翠瓦朱檐，垂楊裏、乍見津亭。當時曾題敗壁，蛛絲罥、淡墨苔暈青。念去來、歲月如流，徘徊久、歎息愁思盈。去去倦尋路程，江陵舊事，何曾再問楊瓊㊀。舊曲淒清，斂愁黛、與誰聽？尊前故人如在，想念我、最關情。何須渭城㊁，歌聲未盡處，先淚零。

【注解】

㊀楊瓊　陳注片玉集：『楊瓊事未詳。』白居易詩：『就中猶有楊瓊在，堪上東山伴謝公。』　㊁渭城　王維渭城曲：『渭城朝雨浥輕塵，客舍青青柳色新。勸君更進一杯酒，西出陽關無故人。』

尉遲杯

隋隄路，漸日晚、密靄生煙樹。陰陰淡月籠沙，還宿河橋深處。無情畫舸，都不管、煙波隔前浦。等行人、醉擁重衾，載將離恨歸去㊀。因思舊客京華，長偎傍疏林，小檻歡聚。冶葉倡條㊁俱相識，仍慣見珠歌翠舞。如今向、漁村水驛，夜如歲、焚香獨自語。有何人、念我無聊，夢魂凝想鴛侶。

【注解】

㊀載將離恨歸去　唐鄭仲賢詩：『亭亭畫舸繫寒潭，直到行人酒半酣。不管煙波與風雨，載將離恨過江南。』　㊁冶葉倡條　指歌伎，李商隱詩：『冶葉倡條偏相識。』

【評箋】

沈際飛云：蘇詞『只載一船離恨向西州』；秦詞『載取暮愁歸去』；又是一觸發。（草堂詩餘正集）

周濟云：南宋諸公所斷不能到者，出之平實，故勝。又云：一結拙甚。（宋四家詞選）

譚獻云：『無情』二句，沈著，因思句見筆法，漁村水驛是挽，收處牽意。（譚評詞辨）

陳洵云：隋堤一境、京華一境、漁村水驛一境，總入『焚香獨自語』一句中，鴛侶則不獨自矣。只用實說，樸拙渾厚，尤清眞之不可及處。『長偎傍』九字，紅友謂於『傍』字豆，正可不必。『偎傍疎林』與『小檻歡聚』是搓挪對。『治葉倡條』，『珠歌翠舞』；『俱相識』，『仍慣見』；皆如此法。（海綃說詞）

西河 金陵懷古

佳麗地㈠，南朝盛事誰記？山圍故國繞淸江，髻鬟對起。怒濤寂寞打孤城㈡，風檣遙度天際。斷崖樹，猶倒倚，莫愁艇子誰繫㈢？空餘舊迹鬱蒼蒼，霧沉半壘。夜深月過女牆來，傷心東望淮水。酒旗戲鼓甚處市？想依稀王謝鄰里，燕子不知何世㈣，向尋常巷陌人家相對，如說興亡斜陽裏。

【注解】

㈠佳麗地　謝朓詩：『金陵帝王州，江南佳麗地。』　㈡怒濤寂寞打孤城　劉禹錫金陵詩：『山圍故國周遭在，潮打孤城寂寞回。淮水東邊舊時月，夜深還過女牆來。』　㈢莫愁艇子誰繫　樂府詩：『莫愁在何處，住在石城西，艇子折兩槳，催送莫愁來。』莫愁原不在金陵，但宋代已有金陵之傳說。　㈣燕子不知何世　劉禹錫詩：『朱雀橋邊野草花，烏衣巷口夕陽斜。舊時王、謝堂前燕，飛入尋常百姓家。』

【評箋】

曾三異云：周美成詞金陵懷古，用莫愁字；金陵石頭城，非莫愁所在；前輩指其誤。予嘗守郢，郡治西偏臨漢江上，石崖峭壁可長數十丈，兩端以繩續之，流傳此爲石頭城。莫愁名見古樂府，意者是神，漢江之西岸，至今有莫愁村，故謂艇子往來是也。莫愁像有石本，衣冠甚古，不知何時流傳郢中。郢中倡女，嘗擇一人名以莫愁，示存古意，亦僭瀆矣。（同話錄）

卓人月云：瞿宗吉西湖十景云：『鈴音自語，也似說成敗。』許伯揚詠隋河柳云：『如將亡國恨，說與路人知。』都與此詞末句一例。（詞統）

沈際飛云：介甫『桂枝香』獨步不得。又云：與彥高：『舊時王、謝堂前燕子，飛向誰家。』遜婉切。（草堂詩餘正集）

許昂霄云：檃括唐句，渾然天成。『山圍故國繞清江』四句形勝，『莫愁艇子曾繫』三句古迹，『酒旗戲鼓甚處市』至末，目前景物。（詞綜偶評）

梁啓超云：張玉田謂清眞最長處，在善融化古人詩句，如自己出。讀此詞，可見詞中三昧。（藝蘅館詞選）

瑞鶴仙

悄郊原帶郭，行路永、客去車塵漠漠。斜陽映山落，斂餘紅猶戀，孤城闌角。凌波㈠步弱，過短亭、何用素約。有流鶯勸我，重解繡鞍，緩引春酌。不記歸時早暮，上馬誰扶，醒眠朱閣。驚飆㈡動幕，扶殘醉、繞紅藥。歎西園已是，花深無地，東風何事又惡？任流光過卻，猶喜洞天㈢自樂。

【注解】

㈠凌波　形容歌女步伐輕盈。洛神賦：『凌波微步，羅襪生塵。』　㈡驚飆　驚人暴風，飆或作飈，讀作ㄅㄧㄠ。　㈢洞天　道家謂神仙所在之地。

【評箋】

王明清云：美成以待制提舉南京鴻慶宮，自杭徙居睦州，夢中作『瑞鶴仙』一闋，既覺猶能全記，了不詳其所謂也。未幾遇方臘之亂，欲還杭州舊居，而道路兵戈已滿，僅得脫免。入錢塘門，見杭人倉皇奔避，如蜂屯蟻沸；視落日在鼓角樓檐間，即詞中所謂『斜陽映山落，斂餘霞猶戀，孤城闌角』者應矣。舊居既不可往，是日無處得食，忽稠人中有呼待制何往者，乃鄉人之侍兒，素所識也；且曰：『月昃必未食，能舍車過酒家乎？』美成從之，驚遽間，連引數杯，腹枵頓解。則詞中所謂：『凌波步弱，過短亭、何用素約？有流鶯勸我，重解繡鞍，緩引春酌』之句應矣。飲罷覺微醉，耳目惶惑，不敢少留，乃徑出城北；江漲橋斷，諸寺士女已盈滿，不能駐足，獨一小寺經閣，偶無人，遂宿其上。即詞中所謂：『不記歸時早暮，上馬誰扶，醒眠朱閣』者應矣。已聞兩浙盡爲賊據，因自計方領南京鴻慶宮，有齋廳可居，乃挈家往焉。則詞中所謂：『念西園已是花深無地，東風何事又惡？任流光過了，歸來洞天自樂』之句又應矣！美成生平好作樂府，末年夢中得句，而字字皆應，豈偶然哉？（玉照新志）

李攀龍云：自斟自酌，獨往獨來，其莊漆園乎？其邵堯叟乎？其葛天、無懷氏乎？（草堂詩餘雋）

周濟云：只閒閒說起，又云『不扶殘醉』，不見紅藥之繫情，東風之作惡；因而追溯昨日送客後，薄暮入城，因所攜之妓倦游，訪伴小憩，復成酣飲。換頭三句，反透出一『醒』字；驚飆句倒插『東風』，然後以『扶殘醉』三字點睛，結構精奇，金鍼度盡。（宋四家詞選）

許昂霄云：『任流光過卻』緊接上文；『猶喜洞天自樂』，收拾中間。（詞綜偶評）

浪淘沙慢

晝陰重，霜凋岸草，霧隱城堞。南陌脂車㊀待發，東門帳飲㊁乍闋。正拂面、垂楊堪攬結，掩紅淚㊂、玉手親折。念漢浦、離鴻去何許？經時信音絕。

情切，望中地遠天闊，向露冷、風清無人處，耿耿寒漏咽。嗟萬事難忘，惟是輕別。翠尊未竭，憑斷雲、留取西樓殘月。

羅帶光消紋衾疊，連環解、舊香頓歇；怨歌永、瓊壺敲盡缺㊃。恨春去、不與人期，弄夜色、空餘滿地梨花雪。

【注解】

㊀脂車　以脂塗車轄。　㊁東門帳飲　漢疏廣辭歸，公卿大夫設祖道，供帳東都門外送行。見漢書。　㊂紅淚　蜀妓灼灼以軟綃聚紅淚寄裴質，見麗情集。　㊃瓊壺敲盡缺　晉王敦酒後，詠魏武樂府：『老驥伏櫪，志在千里。烈士暮年，壯心不已。』以如意擊唾壺爲節，壺口盡缺。見世說新語。

【評箋】

萬樹云：美成『浪淘沙慢』，精綻悠揚，爲千古絕調。（詞律）

周濟云：空際出力，夢窗最得其訣，『翠尊未竭，憑斷雲、留取西樓殘月。』三句一氣趕下，是清眞長技，又云：鉤勒勁健峭舉。（宋四家詞選）

譚獻云：『正拂面』二句，以見離忘在此。『翠尊』三句，所謂以無厚入有間也。『斷』字『殘』字，皆不輕下。末三句本是人去不與春期，翻說是無聊之思。（譚評詞辨）

陳廷焯云：美成詞操縱處有出人意表者。如『浪淘沙慢』一闋，上二疊寫別離之苦，如『掩紅淚、玉手親折』等句，故作瑣碎之筆，至末段蓄勢在後，驟雨飄風，不可遏抑。歌至曲終，覺萬彙哀鳴，天地變色，老杜所謂『意慳關飛動，篇終接混茫』也。（白雨齋詞話）

王國維云：美成『浪淘沙慢』詞，精壯頓挫，已開北曲之先聲。（人間詞話）

陳洵云：自『曉陰重』至『玉手親折』，全述往事。東門、京師，漢浦，則美成今所在也。『經時信音絕』，逆挽。『念』字益幻。『不與人期』者，不與人以佳期也。梨雪無情，固不如拂面垂楊。（海綃說詞）

應天長

條風㈠布暖，霏霧弄晴，池臺徧滿春色。正是夜堂無月，沈沈暗寒食。梁間燕，前社客㈡，似笑我、閉門愁寂。亂花過、隔院芸香㈢，滿地狼藉。長記那回時，邂逅㈣相逢，郊外駐油壁㈤。又見漢宮傳燭㈥，飛煙五侯宅。青青草，迷路陌。強載酒、細尋前迹。市橋遠、柳下人家，猶自相識。

【注解】

㈠條風　易緯：『立春條風至。』說文：『東北曰融風。』段玉裁云：『調風、條風、融風一也。』　㈡前社客　社，祭社神之日有春秋二社，立春後五戊爲春社，立秋後五戊爲秋社。陳元龍注片玉集引歐陽脩燕詩：『長到春秋社前後，爲誰去了爲誰來。』

㈢芸香　芸乃一種香草，可避蠹魚。此處所謂芸香，指亂花之香氣。　㈣邂逅　音ㄒㄧㄝ ㄍㄡ，不期而遇。　㈤油壁車壁以油飾之車名油壁車。南齊蘇小小詩：『妾乘油壁車，郎乘青驄馬；何處結同心？西陵松柏下。』　㈥漢宮傳燭　唐韓翃詩：『春城無處不飛花，寒食東風御柳斜。日暮漢宮傳蠟燭，輕烟散入五侯家。』漢桓帝封單超新豐侯，徐璜武原侯，具瑗東武侯，左悺上蔡侯，唐衡漁陽侯，世謂五侯，見後漢書宦者傳。

【評箋】

李攀龍云：上半敘景色寥寂，下半與人世暌絕。又云：不用介子推典實，但意俱是不求名、不徼功，似有埋光剷彩之卓識。（草堂詩餘雋）

先著云：美成『應天長』空、淡、深、遠，石帚專得此種筆意。（詞潔）

周濟云：『池臺』二句生辣，『青青草下』，反剔所尋不見。（宋四家詞選）

陳洵云：布暖弄晴，已將後闋遊興之神攝起。夜堂無月，從閉門中見。梁燕笑人，亂花過院，一有情、一無情，全爲愁寂二字出力。後闋全是閉門中設想。『強載酒，細尋前跡』，言意欲如此也。人家相識，反應『邂逅相逢』。（海綃說詞）

夜遊宮

葉下斜陽照水，捲輕浪、沈沈千里。橋上酸風射眸子㊀，立多時，看黃昏燈火市。古屋寒窗底，聽幾片、井桐飛墜。不戀單衾再三起，有誰知，爲蕭娘㊁書一紙？

【注解】

㊀酸風射眸子　李賀詩：『東關酸風射眸子。』　㊁蕭娘　唐人泛稱女子為蕭娘，楊巨源詩：『風流才子多春思，腸斷蕭娘一紙書。』

【評箋】

周濟云：此亦是層層加倍寫法，本只不戀單衾一句耳，加上前闋，方覺精力彌滿。（宋四家詞選）

賀鑄

鑄字方回，衞州人。孝惠皇后族孫，娶宗女，授右班殿直。元祐中通判泗州，又倅太平州，退居吳下，自號慶湖遺老。有東山詞，見名家詞本及四印齋所刻詞本，又有涉園景宋金元明本續刊本及彊村叢書刊本。

張耒云：方回樂府妙絕一世，盛麗如游金、張之堂，妖冶如攬嬙、施之袪，幽索如屈、宋，悲壯如蘇、李。（東山詞序）

王灼云：賀方回語意精新，用心甚苦，集中如『青玉案』者甚衆，大抵卓然自立，不肯浪下筆。（碧雞漫志）

陸游云：方回狀貌奇醜，謂之賀鬼頭。喜校書，朱黃未嘗去手。詩文皆高，不獨工長短句也。潘邠老贈方回詩云：『詩束牛腰藏舊稿，書訛馬尾辨新讎。』有二子：曰房，曰廩，房從方，廩從回，蓋寓父字於二子名也。（老學庵筆記）

張炎云：賀方回、吳夢窗皆善於煉字面者，多於李長吉、溫庭筠詩中來。（詞源）

李清照云：賀詞苦少典重。（詞論）

蔣一葵云：方回少爲武弁，以定力寺絕句見奇於舒王，知名當世。詩文咸高古可法，不特工於長短句。（堯山堂外紀）

劉體仁云：惟片言而居要，乃一篇之警策，詞有警句，則全首俱動。若賀方回非不楚楚，總拾人牙慧，何足比數！（七頌堂詞繹）

先著云：方回長調便有美成意，殊勝晏、張。（詞潔）

周濟云：耆卿鎔情入景故淡遠，方回鎔景入情故穠麗。（介存齋論詞雜著）

陳廷焯云：方回詞胸中眼中，另有一種傷心說不出處，全得力於楚騷，而運以變化，允推神品。又云：方回詞極

沈鬱，而筆勢卻又飛舞，變化無端，不可方物，吾烏乎測其所至。（白雨齋詞話）

王國維云：北宋名家以方回爲最次，其詞如歷下、新城之詩，非不華贍，惜少眞味。（人間詞話）

青玉案

淩波㊀不過橫塘㊁路，但目送、芳塵去。錦瑟㊂華年誰與度？月橋花院，瑣窗㊃朱戶，只有春知處。　飛雲冉冉蘅皋㊄暮，彩筆新題斷腸句。試問閒愁都幾許？一川煙草，滿城風絮，梅子黃時雨㊅。

【注解】

㊀淩波　見前周邦彥『瑞鶴仙』注。　㊁橫塘　鑄有小築在姑蘇盤門外十餘里。見中吳紀聞。　㊂錦瑟　周禮樂器圖：『雅瑟二十三絃，頌瑟二十五絃，飾以寶玉者曰寶瑟，繪文如錦曰錦瑟。』李商隱詩：『錦瑟無端五十絃，一絃一柱思華年。』馮浩箋注：『言瑟而言錦瑟、寶瑟，猶言琴而曰玉琴、瑤琴，亦泛例也。』　㊃瑣窗　後漢書梁冀傳：『窗牖皆有綺疏青瑣。』李賢注：『青瑣，謂刻爲瑣文，而以青飾之也。』　㊄蘅皋　蘅，杜蘅，香草。皋，澤。曹植洛神賦：『爾迺稅駕乎蘅皋。』古詩：『日暮碧雲合，佳人殊未來。』　㊅梅子黃時雨　宋陳肖岩庚溪詩話：『江南五月梅熟時，霖雨連旬，謂之黃梅雨。』宋周紫芝竹坡詩話：『賀方回嘗作「青玉案」詞有「梅子黃時雨」之句，人皆服其工，士大夫謂之「賀梅子」。』宋潘子眞云：『寇萊公詩，「杜鵑啼處血成花，梅子黃時雨如霧」世推賀方回所作「梅子黃時雨」爲絕唱，蓋用萊公語也。』黃庭堅詩：『解道當年腸斷句，只今惟有賀方回。』

【評箋】

埤雅云：四五月間，梅欲黃落則木潤土溽，柱礎皆濕，蒸鬱成雨，謂之梅雨。三月雨爲迎梅，五月雨爲熟梅。

周紫芝云：賀方回嘗作『青玉案』，有『梅子黃時雨』之句，人皆服其工，士大夫謂之『賀梅子』。郭功父有示耿天騭一詩，王荆公嘗爲之書其尾云：『廟前古木藏馴狐，豪氣英風亦何有？』方回晚倅姑孰，與功父游甚歡。方回寡髮，功父指其髻謂曰：

『此眞「賀梅子也」。』方回乃招其殺曰：『君可謂「郭馴狐」。』功父嫚而辭，故有此語。（竹坡詩話）

羅大經云：詩家有以山喩愁者，杜少陵云：『憂端如山來，澒洞不可掇。』趙嘏云：『夕陽樓上山重疊，未抵閑愁一倍多。』是也。有以水喩愁者，李頎云：『請量東海水，看取淺深愁。』李後主云：『問君能有多少愁？恰似一江春水向東流。』秦少游云：『落紅萬點愁如海』是也。賀方回云：『試問閑愁都幾許？一川烟草，滿城風絮，梅子黃時雨。』蓋以三者比愁之多也，尤爲新奇，兼興中有比，意味更長。（鶴林玉露）

沈謙云：『一川烟草，滿城風絮，梅子黃時雨。』不特善于喩愁，正以瑣碎爲妙。（塡詞雜說）

先著云：方回『靑玉案』詞工妙之至，無跡可尋，語句思路亦在目前，而千人萬人不能湊拍。（詞潔）

沈際飛云：疊寫三句閑愁，眞絕唱！（草堂詩餘正集）

劉熙載云：賀方回『靑玉案』詞收四句云：『試問閑愁都幾許？一川烟草，滿城風絮，梅子黃時雨。』其末句好處全在『試問』句呼起，及與上『一川』二句並用耳。或以方回有『賀梅子』之稱，專賞此句誤矣。且此句原本寇萊公『梅子黃時雨如霧』詩句，然則何不目萊公爲『寇梅子』耶？（藝概）

黃蓼園云：所居橫塘斷無宓妃到，然波光淸幽，亦常目送芳塵，第孤寂自守，無與爲歡，惟有春風相慰藉而已。後段言幽居腸斷，不盡窮愁，惟見烟草風絮，梅雨如霧，共此旦晚，無非寫其境之鬱勃岑寂耳。（蓼園詞選）

感皇恩

蘭芷滿汀洲，游絲橫路。羅襪塵生步迎顧，整鬟顰黛，脈脈兩情難語。細風吹柳絮、人南渡。　回首舊游，山無重數。花底深、朱戶何處？半黃梅子，向晚一簾疏雨。斷魂分付與、春將去。

薄倖

淡妝多態，更的的㈠、頻回眄睞。便認得琴心㈡先許，欲綰㈢合歡雙帶。記畫堂、風月逢迎，輕顰淺笑嬌無奈。向睡鴨鑪邊，翔鴛屏裏，羞把香羅暗解。自過了燒燈㈣後，都不見踏青挑菜㈤。幾回憑雙燕，丁寧深意，往來卻恨重簾礙。約何時再，正春濃酒困，人間晝永無聊賴。厭厭睡起，猶有花梢日在。

【注解】

㈠的的　明媚貌。　㈡琴心　見前晏殊『木蘭花』注。　㈢綰　音ㄨㄢ，繫也。　㈣燒燈　元宵放燈。　㈤踏青挑菜　古以二月二日爲挑菜節，見乾淳歲時記。

【評箋】

沈際飛云：無奈是嬌之神。又云：一派閒情，閒裏著忙。（草堂詩餘正集）

李攀龍云：凡閨情之詞，淡而不厭，哀而不傷，此作當之。（草堂詩餘雋）

浣溪沙

不信芳春厭老人，老人幾度送餘春，惜春行樂莫辭頻。巧笑豔歌皆我意，惱花顛酒拼君瞋，物情惟有醉中眞。

浣溪沙

樓角初消一縷霞，淡黃楊柳暗棲鴉，玉人和月摘梅花。笑撚粉香歸洞戶㈠，更垂簾幕護窗紗，東風寒似夜來些㈡。

【注解】

㈠洞戶　互相通達之戶。　㈡些　夔峽、湘湖人禁咒句尾皆稱『些』，如今釋家念娑婆訶之合聲，見沈括夢溪筆談。

【評箋】

胡仔云：詞句欲全篇皆妙，極為難得，如賀方回『淡黃楊柳暗棲鴉』之句，寫景可謂造微入妙；若其全篇，則不逮矣。（苕溪漁隱叢話）

楊慎云：此詞句句綺麗，字字清新，當時賞之以為花間、蘭畹不及，信然。（詞品）

沈際飛云：『淡黃』句，與秦處度『藕葉清香勝花氣』，寫景詠物，造微入妙。（草堂詩餘正集）

徐釚云：起句作『鴛外紅綃一縷霞』本王子安滕王閣賦，此子可云善盜。（詞苑叢談）

石州慢

薄雨收寒，斜照弄晴，春意空闊。長亭柳色纔黃，倚馬何人先折？煙橫水漫，映帶幾點歸鴻，平沙消盡龍荒㊀雪。猶記出關來，恰如今時節。　將發，畫樓芳酒，紅淚㊁清歌，便成輕別。回首經年，杳杳音塵都絕。欲知方寸㊂，共有幾許新愁？芭蕉不展丁香結㊃。憔悴一天涯，兩厭厭風月。

【注解】

㊀龍荒　即龍沙，塞外通稱。　㊁紅淚　血淚。　㊂方寸　見前柳永『采蓮令』注。　㊃『芭蕉不展丁香結』　李商隱詩。丁香花蕾叢生，喻人愁心不解。

【評箋】

王灼云：賀方回『石州慢』，予見其藁，『風色收寒，雲影弄晴。』改作『薄雨收寒，斜照弄晴。』又『冰垂玉筯，向午滴瀝簷楹，泥融消盡牆陰雪。』改作『煙橫水際，映帶幾點歸鴻，東風消盡龍沙雪。』（碧雞漫志）

吳曾云：方回眷一姝，別久，姝寄詩云：『獨倚危闌淚滿襟，小園春色懶追尋。深恩縱似丁香結，難展芭蕉一寸心。』賀因賦此詞，先敘分別時景色，後用所寄詩語有『芭蕉不展丁香結』之句。（能改齋漫錄）

張宗橚云：按『芭蕉不展丁香結，同向春風各自愁。』李玉溪代贈詩句也。（詞林紀事）

蝶戀花㊀

幾許傷春春復暮，楊柳淸陰，偏礙游絲度。天際小山桃葉步，白蘋花滿湔㊁裙處。竟日微吟長短句，簾影燈昏，心寄胡琴語。數點㊂雨聲風約住，朦朧淡月雲來去。

【注解】

㊀蝶戀花　陽春白雪卷二載此首，注云：『賀方回改徐冠卿詞。』　㊁湔　音ㄐㄧㄢ，洗也。　㊂數點　李冠詞亦有此二句。

天門謠　登采石蛾眉亭㊀

牛渚天門險，限南北、七雄豪占。淸霧斂，與閒人登覽。待月上潮平波灩灩，塞管輕吹新阿濫㊁。風滿檻，歷歷數、西州更點。

【注解】

㊀蛾眉亭　輿地紀勝云：采石山北臨江有磯，曰采石，曰牛渚，上有蛾眉亭。安徽通志云：蛾眉亭在當塗縣北二十里，據牛渚絕壁，前直二梁山，夾江對峙如蛾眉然，故名。　㊁阿濫　即阿濫堆　曲名。驪山有鳥名阿濫堆，唐玄宗以其聲翻爲曲，人競效吹，見中朝故事。

天香

煙絡橫林，山沈遠照，迤邐㊀黃昏鐘鼓。燭映簾櫳，蛩㊁催機杼，共苦淸秋風露。不眠思婦，齊應和、幾聲砧杵。驚動天涯倦宦，駸駸㊂歲華行暮。當年酒狂自負，謂東君㊃、以春相付。流浪征驂北道，客檣南浦，幽恨無人晤語。賴明月曾知舊游處，好伴雲來，還將夢去。

【注解】

㊀迤邐　音ㄧˇ ㄌㄧˇ，延續也。　㊁蛩　音ㄑㄩㄥˊ，秋蟲。　㊂駸駸　駸音ㄑㄧㄣ，駸駸，馬奔馳貌，喻時間迅速。　㊃東君　司春之神。

【評箋】

朱孝臧云：橫空盤硬語。（手批東山樂府）

望湘人

厭鶯聲到枕，花氣動簾，醉魂愁夢相半。被惜餘薰，帶驚賸眼，幾許傷春春晚。淚竹㊀痕鮮，佩蘭香老，湘天濃暖。記小江風月佳時，屢約非煙㊁游伴。須信鸞絃㊂易斷，奈雲和㊃再鼓，曲中人遠。認羅襪無蹤，舊處弄波清淺。青翰㊄棹艤，白蘋洲畔，儘目臨皋飛觀。不解寄、一字相思，幸有歸來雙燕。

【注解】

㊀淚竹　堯有二女，爲舜妃。舜死後，二女洒淚于竹，成爲斑竹。見博物志。　㊁非烟　唐武公業妾，姓步氏。皇甫枚有非烟傳。　㊂鸞絃　漢武外傳：「西海獻鸞膠，武帝絃斷，以膠續之，絃二頭遂相着，終月射，不斷，帝大悅。」後世就稱續娶爲「續膠」或「續絃」。　㊃雲和　樂器名，首爲雲象，琴瑟都可稱。　㊄青翰　船。刻鳥于船，塗以青色，故名。說苑：「鄂君子晳之汎舟於新波之中也，乘青翰之舟。」

【評箋】

沈際飛云：驚自聲而到枕，花何氣而動簾，可稱艷藻。『厭』字崢峋。又云：曲意不斷，折中有折。又云：厭驚而幸燕，文人無賴。（草堂詩餘正集）

李攀龍云：詞雖婉麗，意實展轉不盡，誦之隱隱如奏清廟朱絃，一唱三歎。（草堂詩餘雋）

黃蓼園云：意致濃腴，得騷、辨之遺韻。張文潛稱其樂府妙絕一世，幽索如屈、宋，悲壯如蘇、李，斷推此種。（蓼園詞選）

綠頭鴨

玉人家，畫樓珠箔㊀臨津。託微風彩簫流怨，斷腸馬上曾聞。宴堂開、豔妝叢裏，調琴思、認歌顰。麝蠟煙濃，玉蓮漏短，更衣不待酒初醺。繡屏掩、枕鴛相就，香氣漸暾暾㊁。回廊影、疏鐘淡月，幾許消魂？

翠釵分、銀箋封淚，舞鞋從此生塵。任蘭舟、載將離恨，轉南浦、背西曛㊂。記取明年，薔薇謝後，佳期應未誤行雲㊃。鳳城遠、楚梅香嫩，先寄一枝春。青門外，祇憑芳草，尋訪郎君。

【注解】

㊀珠箔　箔音ㄅㄛ，入聲，簾也。　㊁暾暾　暾音ㄊㄨㄣ，暾暾，香氣盛滿意。　㊂曛　音ㄒㄩㄣ，日入餘光也。　㊃行雲　見前晏幾道『木蘭花』注。

張元幹

元幹字仲宗，別號蘆川居士，長樂人，向伯恭之甥。紹興中，坐送胡邦衡詞，得罪除名。有蘆川詞一卷，見六十家詞刊本。又二卷本，有雙照樓景宋、元、明詞本。

四庫全書提要云：全集以『賀新郎』詞及『寄詞』一闋為壓卷，其詞慷慨悲涼，數百年後尚想其抑塞磊落之

氣。然其他作則多清麗婉轉，與秦觀、周邦彥可以肩隨。（蘆川詞提要）

周必大云：長樂張元幹字仲宗，在政和、宣和間，已有能樂府聲。今傳于世，號蘆川集，凡百六十篇，以『賀新郎』二篇爲首。（益公題跋）

毛晉云：人稱其長於悲憤，及讀花庵、草堂所選，又極嫵秀之致，眞堪與片玉、白石並垂不朽。（蘆川詞跋）

石州慢

寒水㊀依痕，春意漸回，沙際㊁煙闊。溪梅晴照生香，冷蕊數枝爭發。天涯舊恨，試看幾許消魂？長亭門外山重疊。不盡眼中青，是愁來時節。　情切，畫樓深閉，想見東風，暗消肌雪。孤負枕前雲雨，尊前花月。心期切處，更有多少淒涼，殷勤留與歸時說。到得再相逢，恰經年離別。

【注解】

㊀寒水　杜甫詩：『寒水依痕淺。』　㊁沙際　杜甫詩：『春從沙際歸。』

【評箋】

黃蓼園云：仲宗於紹興中，坐送胡銓及李綱詞除名。起三句是望天意之回。『寒枝競發』，是望謫者復用也。『天涯舊恨』至『時節』，是目斷中原又恐不明也。『想見東風消肌雪』，是遠念同心者應亦瘦損也。『負枕前雲雨』，是借夫婦以喻朋友也。因送友而除名，不得已而託於思家，意亦苦矣。（蓼園詞選）

蘭陵王

捲珠箔，朝雨輕陰乍閣。闌干外、煙柳弄晴，芳草侵階映紅藥。東風妒花惡，吹落梢頭嫩蕚。屏山掩、沈水倦熏，中酒心情怯杯勺㈠。尋思舊京洛，正年少疏狂，歌笑迷著。障泥油壁㈡催梳掠，曾馳道同載，上林攜手，燈夜初過早共約，又爭信飄泊。寂寞，念行樂。甚粉淡衣襟，音斷絃索，瓊枝璧月㈢春如昨。悵別後華表，那回雙鶴㈣。相思除是，向醉裏、暫忘卻。

【注解】

㈠杯勺　盛酒之器，即以代表酒。　㈡障泥油壁　障泥原爲馬腹上護泥之布墊，此處即以代表馬。油壁原爲車上油飾之壁，此處即以代表車。　㈢瓊枝璧月　喻美好生活。　㈣雙鶴　見前王安石『千秋歲』注。

【評箋】

李攀龍云：上是酒後見春光，中是約後誤佳期，下是相思如夢中。（草堂詩餘雋）

葉夢得

夢得字少蘊，吳縣人，清臣曾孫。紹聖四年進士，累官龍圖閣直學士，帥杭州。高宗朝，除尙書右丞江東安撫使，兼知建康府行宮留守，移知福州，提舉洞霄宮。居吳興弁山，自號石林居士。有石林詞一卷，見六十家詞刊本及葉德輝刊本。

關注云：葉公妙齡詞甚婉麗，綽有溫、李之風。晚歲落其華而實之，能於簡淡時出雄傑，合處不減東坡。

王灼云：後來學東坡者葉少蘊、蒲大受，亦得六七，其才力比晁、黃差劣。（碧鷄漫志）

毛晉云：石林居士晚年居卞山下，奇石森列，藏書數萬卷，嘯詠自娛。所撰詞一卷，與蘇、柳並傳，綽有林下風，不作柔語殢人，眞詞家逸品也。（石林詞跋）

馮煦云：葉少蘊主持王學，所著石林詩話，陰抑蘇、黃，而其詞顧挹蘇氏之餘波，豈此道與所向學，固多歧出耶。

賀新郎

睡起流鶯語，掩蒼苔房櫳向晚，亂紅無數。吹盡殘花無人見，惟有垂楊自舞。漸暖靄、初回輕暑，寶扇重尋明月影，暗塵侵、上有乘鸞女㈠。驚舊恨，遽如許。江南夢斷橫江渚，浪黏天、葡萄漲綠㈡，半空煙雨。無限樓前滄波意，誰采蘋花㈢寄取？但悵望、蘭舟容與，萬里雲帆何時到？送孤鴻、目斷千山阻。誰為我，唱金縷㈣。

【注解】

㈠乘鸞女　龍城錄：『九月望日，明皇遊月宮見素娥千餘人，皆皓衣乘白鸞。』　㈡葡萄漲綠　李白詩：『遙看漢水鴨頭綠，恰似葡萄初潑醅。』　㈢蘋花　柳宗元詩：『春風無限瀟湘意，欲采蘋花不自由。』　㈣金縷　曲名。

【評箋】

周密云：石林詞『誰採蘋花寄與』，又『悵望蘭舟容與』，或以為重押韻，遂改為『寄取』，殊無義理。蓋容與之『與』自音預，乃去聲也。揚子雲河東賦云：『靈輿安步，風流容與。』注：天子之容服而安豫，與讀為豫。漢禮樂志：『練時日，淡容與。』注：安閑，皆去聲。（浩然齋雅談）

劉昌詩云：石林『賀新郎』詞有『誰採蘋花寄與，但悵望蘭舟容與。』下『與』字去聲。漢禮樂志：『練時日，澹容與。』顏注：閒舒也。今歌者不辨音義，乃以其疊兩與字，妄改上與作『寄取』而不以為非，良可歎也。慶元庚申，石林之孫筠守臨江，嘗從容語及，謂賦此詞時年方十八，而傳者乃云『為儀眞妓女作』。詳味句意皆不相干，或是書此以遺之爾。（蘆浦筆記）

沈際飛云：一意一機，自語自話。草木花鳥字面迭來，不見質實，受知於蔡元長，宜也。（草堂詩餘正集）

虞美人 雨後同幹譽、才卿置酒來禽(一)花下作

落花已作風前舞，又送黃昏雨。曉來庭院半殘紅，惟有游絲，千丈嫋晴空。殷勤花下同攜手，更盡杯中酒。美人不用斂蛾眉，我亦多情，無奈酒闌時。

【注解】

(一)來禽　即林檎之別名。今花紅即古林檎，北方又稱沙果。

【評箋】

沈際飛云：下場頭話偏自生情生姿，顛播妙耳。（草堂詩餘正集）

汪藻

藻字彥章，德興人。崇寧中第進士，高宗朝累官中書舍人，兼直學士院，擢給事中，遷兵部侍郎兼侍講，又拜翰林學士，出知外郡。奪職，居永州卒。有浮溪詞一卷，見彊村叢書刊本。

蔣一葵云：汪字彥章，自作玩鷗亭於愚溪口，有詞一卷。（堯山堂外紀）

沈雄云：汪藻詞亦美贍，一時不為流傳者，曾為張邦昌雪罪故也。（沈雄古今詞話）

點絳脣

新月娟娟，夜寒江靜山銜斗。起來搔首，梅影橫窗瘦。好箇霜天，閒卻傳杯手。君知否？亂鴉啼後，歸興濃如酒。

【評箋】

王明清云：汪彥章在京師，嘗作『點絳脣』詞云云。紹興中，彥章知徽州，仍令席間歌之。坐客有挾怨者亟納檜相，指爲新製以譏會之。會之怒，諷言者遜之于永。（玉照新志）

張宗橚云：按知稼翁詞注，彥章出守泉南，移知宣城，內不自得，乃賦『點絳脣』詞『新月娟娟，夜寒江靜山銜斗』云云。公時在泉南簽幕，依韻作詞送之云：『嫩綠嬌紅，砌成別恨千千斗。短亭回首，不是緣春瘦。一曲陽關，杯送纖纖手。還知否？鳳池歸後，無路陪尊酒。』比有能改齋漫錄載汪在翰苑，屢致言者，嘗作『點絳脣』詞，其末句『晚鴉啼後，歸夢濃如酒。』或問曰：『歸夢濃如酒，何以在晚鴉啼後？』汪曰：『無奈這一隊聒噪何！』不惟失其實，而改竄二字，殊乖本義。知稼翁與彥章同時，雖有和詞，確而可據。不知明清何以云在京師作，與虎臣漫錄約略相同，當出好事者附會耳。又按起末四句，知稼翁所引覺稍遜，故仍從漫錄本。（詞林紀事）

黃蓼園云：霜天無酒，落寞可知，寫來卻蘊藉。（蓼園詞選）

潘游龍云：此乃『月落烏啼霜滿天』景。（古今詩餘醉）

劉一止

一止字行簡，湖州歸安人。宣和三年進士，紹興初召試，除祕書省校書郎，歷給事中，進敷文閣待制，致仕。有苕溪樂章一卷，見彊村叢書刊本。

喜遷鶯 曉行

曉光催角，聽宿鳥未驚，鄰鷄先覺。迤邐煙村，馬嘶人起，殘月尙穿林薄。淚痕帶霜微凝，酒力衝寒猶弱。歎倦客，悄不禁重染，風塵京洛。 追念人別後，心事萬重，難覓孤鴻託。翠幌嬌深，曲屏香暖，爭念歲華飄泊。怨月恨花煩惱，不是不曾經著。者情味、望一成消減，新來還惡。

【評箋】

陳振孫云：行簡是詞盛稱京師，號『劉曉行』。（直齋書錄解題）

許昂霄云：『宿鳥』以下七句，字字眞切，覺曉行情景，宛在目前，宜當時以此得名。（詞綜偶評）

先著云：前半曉行景色在目，雖不及竹山之工，正是雅詞。（詞潔）

韓　嘐

嘐字子耕，號蕭閒，有蕭閒詞，趙萬里輯得四首。

況周頤云：韓子耕詞妙處在一鬆字，非功力甚深不辦。（蕙風詞話）

高陽臺　除夜

頻聽銀籤㈠，重然絳蠟㈡，年華袞袞㈢驚心。餞舊迎新，能消幾刻光陰？老來可慣通宵飲？待不眠、還怕寒侵。掩淸尊、多謝梅花，伴我微吟。

鄰娃已試春妝了，更蜂腰㈣簇翠，燕股橫金。句引東風，也知芳思難禁。朱顏那有年年好，逞豔遊、贏取如今。恣登臨、殘雪樓臺，遲日園林。

【注解】

㈠銀籤　指更漏。　㈡絳蠟　指紅燭。　㈢袞袞　即匆匆意。　㈣蜂腰　翦綵爲蜂爲燕以飾鬢。

【評箋】

況周頤云：此等詞語淺情深，妙在字句之表；便覺刻意求工，是無端多費氣力。（蕙風詞話）

李邴

邴字漢老，號雲龕居士，濟州任城人，昭玘猶子。崇寧五年進士，累官翰林學士。紹興初，拜參知政事資政殿學士，寓泉州卒，謚文敏。

王應麟云：南渡三詞人：李邴、汪藻、樓鑰也。（小學紺珠）

王灼云：李漢老富麗而韻平平。（碧鷄漫志）

漢宮春

瀟灑江梅，向竹梢疏處，橫兩三枝。東君也不愛惜，雪壓霜欺。無情燕子，怕春寒、輕失花期。卻是有、年年塞雁，歸來曾見開時。清淺小溪如練，問玉堂㈠何似，茅舍疏籬？傷心故人去後，冷落新詩。微雲淡月，對江天、分付他誰。空自憶 清香未減，風流不在人知。

【注解】

㈠玉堂　謂豪貴之宅第，古樂府：『黃金爲君門，白玉爲君堂。』

【評箋】

按直齋書錄解題、苕溪漁隱叢話均以爲晁冲之撰，惟樂府雅詞錄爲李漢老作。

王明淸云：漢老少日作『漢宮春』詞，膾炙人口，所謂『問玉堂何似茅舍疏籬』者是也。政和間，自王省丁憂歸山東，服終造朝，舉國無與談者，方悵悵無計。時王黼爲首相，忽遣人招至東閣開宴，出其家姬十數人，酒半，唱是詞侑觴，大醉而歸。數日，遂有館閣之命。（揮麈錄）

張宗橚云：按苕溪漁隱叢話，政和間，晁冲之叔用作此詞獻蔡攸，是時方興大晟樂府，攸攜此詞呈其父。與揮麈餘異。（詞林紀事）

楊愼云：李漢老名邴，號雲龕居士。父昭玘，元祐名士，東坡門生。漢老才學世其家者也。其『漢宮春』梅詞入選最佳。（詞品）

許昂霄云：圓美流轉，何減美成。（詞綜偶評）

陳與義

與義字去非，自號簡齋居士，洛人。登政和二年上舍甲科，紹興中，歷中書舍人，拜翰林學士，知制誥，尋參知政事，提舉洞霄宮。有無住詞一卷，見六十家詞刊本及彊村叢書本。

黃昇云：去非詞雖不多，語意超絕，識者謂可摩坡仙之壘。（花庵詞選）

毛晉云：或問劉須溪，宋詩簡齋至矣，畢竟比坡公何如？須溪云：『論詩如花，論高品則色不如香；論逼眞則香不如色。』雖黃具在，予于其詞亦云。（無住詞跋）

四庫全書提要云：此言天拔，不作柳嚲鶯嬌之態，亦無蔬筍之氣，殆於首首可傳，不能以篇帙之少而廢之。方回瀛奎律髓稱杜甫爲一祖，而以黃庭堅、陳師道及與義爲三宗。如以詞論，則師道爲勉强學步，庭堅爲利鈍互陳，皆迥非與義之敵矣。（無住詞提要）

臨江仙

高詠楚詞酬午日，天涯節序怱怱。榴花不似舞裙紅，無人知此意，歌罷滿簾風。　萬事一身傷老矣，戎葵㊀凝笑牆東。酒杯深淺去年同，試澆橋下水，今夕到湘中。

【注解】

㊀戎葵　今蜀葵，花如木槿。

臨江仙　夜登小閣憶洛中舊游

憶昔午橋㊀橋上飲，坐中多是豪英。長溝流月去無聲，杏花疏影裏，吹笛到天明。二十餘年如一夢，此身雖在堪驚。閒登小閣看新晴，古今多少事，漁唱起三更㊁。

【注解】

㊀午橋　在洛中，唐裴度有別墅在午橋。　㊁三更　古代刻漏之法，自昏至曉分為五刻，即五更。三更正當午夜也。

【評箋】

胡仔云：清婉奇麗，簡齋惟此詞為最優。（苕溪漁隱叢話）

張炎云：眞是自然而然。（詞源）

沈際飛云：意思超越，腕力排奡，可摩坡仙之壘。又云：流月無聲巧語也，吹笛天明爽語也，漁唱三更冷語也，功業則歉，文章自優。（草堂詩餘正集）

李攀龍云：『天地無情吾鬢老，江山有恨古人休』，亦弔古傷今之意。（草堂詩餘雋）

王世貞云：子瞻『與誰同坐？明月淸風我』，『明月幾時有？把酒問青天』，快語也；『大江東去，浪淘盡千古風流人物』，壯語也；『杏花疏影裏，吹笛到天明』，爽語也。此詞在濃與淡之間。（藝苑卮言）

彭孫遹云：詞以自然為宗，但自然不從追琢中來，亦率易無味。如所云絢爛之極，仍歸平淡。若使語意淡遠者稍加刻劃，鏤金錯彩者漸近天然，則駸駸乎絕唱矣。若無住詞之『杏花疏影裏，吹笛到天明』，石林詞之『美人不用斂蛾眉，我亦多情無奈酒闌時』，自然而然者也。（金粟詞話）

張宗橚云：按思陵嘗喜簡齋『客子光陰詩卷裏，杏花消息雨聲中』之句，惜此詞未經乙覽。不然其受知更當如何耶？（詞林紀事）

陳廷焯云：筆意超脫，逼近大蘇。（白雨齋詞話）

劉熙載云：詞之好處有在句中者，有在句之前後際者，陳去非『虞美人』『吟詩日日待春風，及至桃花開後卻匆匆』，此好在句中者也；『臨江仙』『杏花疏影裏，吹笛到天明』，此因仰承『憶昔』，俯注『一夢』，故此二句不覺豪酣轉成悵悒，所謂好在句外者也。儻謂現在如此，則騃甚矣。（藝概）

黃蓼園云：按『長溝流月』即『月湧大江流』之意，言自去滔滔而興會不歇。首一闋是憶舊，至第二闋則感懷也。（蓼園詞選）

蔡伸

伸字伸道，自號友古居士，莆田人，忠惠公襄之孫。政和五年進士，歷倅徐、楚、饒、真四州。有友古詞一卷，見六十家詞刊本。

蘇武慢

雁落平沙，煙籠寒水，古壘鳴笳聲斷。青山隱隱，敗葉蕭蕭，天際暝鴉零亂。樓上黃昏，片帆千里歸程，年華將晚。望碧雲空暮㈠，佳人何處，夢魂俱遠。憶舊游、邃館朱扉，小園香徑，尚想桃花人面㈡。書盈錦軸，恨滿金徽㈢，難寫寸心幽怨。兩地離愁，一尊芳酒淒涼，危闌倚徧。儘遲留、憑仗西風，吹乾淚眼。

【注解】

㈠碧雲空暮　見前賀鑄『青玉案』注。　㈡桃花人面　崔護詩：『人面桃花相映紅。』　㈢徽　繫琴絃之繩。

柳梢青

數聲鶗鴂，可憐又是、春歸時節。滿院東風，海棠鋪繡，梨花飄雪。丁香露泣殘枝，算未比、愁腸寸結。自是休文㊀，多情多感，不干風月。

【注解】

㊀休文　梁沈約字休文，武康人，仕宋及齊。以不得大用，鬱鬱成病，消瘦異常。

周紫芝

紫芝之字少隱，宣城人。紹興中登第，歷官樞密院編修、知興國軍。有竹坡詞三卷，見六十家詞刊本。

孫競云：竹坡樂府清麗婉曲，非苦心刻意爲之。（竹坡詞序）

毛晉云：紫芝嘗評王次卿詩云：「如江平風霽，微波不興，而洶湧之勢，澎湃之聲，固已隱然在其中。」其詞約略似之。（竹坡詞跋）

鷓鴣天

一點殘釭㊀欲盡時，乍涼秋氣滿屏幃。梧桐葉上三更雨㊁，葉葉聲聲是別離。調寶瑟，撥金猊㊂，那時同唱鷓鴣詞。如今風雨西樓夜，不聽清歌也淚垂。

【注解】

㊀釭　燈也，江淹別賦：『冬釭凝兮夜何長。』　㊁三更雨　溫飛卿詞：『梧桐樹，三更雨，不道離情正苦。一葉葉，一聲聲，空階滴到明。』　㊂金猊　香爐。

踏莎行

情似游絲，人如飛絮，淚珠閣定空相覷。一溪煙柳萬絲垂，無因繫得蘭舟住。　雁過斜陽，草迷煙渚，如今已是愁無數。明朝且做莫思量，如何過得今宵去！

李甲

李甲字景元，華亭人。劉毓盤輯其詞凡十四首。

帝臺春

芳草碧色，萋萋徧南陌。暖絮亂紅，也似知人，春愁無力。憶得盈盈拾翠侶，共攜賞、鳳城㊀寒食。到今來，海角逢春，天涯爲客。　愁旋釋、還似織；淚暗拭，又偷滴。漫倚徧危闌，儘黃昏也，只是暮雲凝碧。拚則而今已拚了，忘則怎生便忘得。又還問鱗鴻㊁，試重尋消息。

【注解】

㊀鳳城　京都之城。　㊁鱗鴻　卽魚雁，古謂魚雁可以傳書。

【評箋】

潘游龍云：『拚則』二句，詞意極淺，正未許淺人解得。（古今詩餘醉）

憶王孫

萋萋芳草憶王孫，柳外樓高空斷魂，杜宇聲聲不忍聞。欲黃昏，雨打梨花深閉門。

【評箋】

花庵詞選作李重元詞，當從之。

沈際飛云：一句一思。又云：因樓高曰空，因閉門曰深，俱可味。（草堂詩餘正集）

黃蓼園云：高樓望遠，『空』字已悽惻，況聞杜宇？末句尤比興深遠，言有盡而意無窮。（蓼園詞選）

万俟詠

詠字雅言，自號詞隱，崇寧中充大晟府製撰。有大聲集，周美成爲序，山谷亦稱之爲一代詞人。近趙萬里輯得其詞二十七首。

黃昇云：雅言之詞，詞之聖者也，發妙音於律呂之中，運巧思於斧鑿之外，平而工，和而雅，比諸刻琢句意而求精麗者，遠矣。（花庵詞選）

王灼云：万俟雅言，元祐時詩賦科老手也，三舍法行，不復進取，放意歌酒，自稱大梁詞隱。每出一章，信宿喧傳都下。政和初，召試補官，寘大晟樂府製撰之職。新廣八十四調，患譜弗傳，雅言請以盛德大業及祥瑞事迹制詞實譜，有旨依月用律進新曲，自此新譜稍傳。又云：雅言初自集分兩體曰雅詞，曰側豔，目之曰勝萱麗藻。後召試入官，以側豔體無賴太甚，削去之。再編成集，分五體：曰應制，曰風月脂粉，曰雪月風光，曰脂粉才情，曰雜類，周美成目之曰大聲。（碧雞漫志）

三臺 清明應制

見梨花初帶夜月，海棠半含朝雨。內苑春、不禁過青門，御溝漲、潛通南浦。東風靜，細柳垂金縷，望鳳闕非煙非霧。好時代、朝野多歡，徧九陌㈠、太平簫鼓。乍鶯兒百囀斷續，燕子飛來飛去。近綠水、臺榭映鞦韆，鬬草聚、雙雙遊女。餳㈡香更、酒冷踏青路，會暗識、夭桃朱戶。向晚驟、寶馬雕鞍，醉襟惹、亂花飛絮。正輕寒輕暖漏永，半陰半晴雲暮。禁火天、已是試新妝，歲華到、三分佳處。清明看、漢蠟傳宮炬，散翠煙、飛入槐府㈢。斂兵衛、閶闔門開，住傳宣、又還休務㈣。

【注解】

㈠九陌　都城大路。劉禹錫詩：『九陌人人走馬看。』　㈡餳　音ㄒㄧㄣ，麥芽糖。宋祁寒食詩：『簫聲吹暖賣餳天。』

㈢槐府　門前植槐，貴人宅第。　㈣休務　宋人語，猶云辦公休止也。

【評箋】

李攀龍云：鋪敘有條，如收拾天下春歸肺腑狀。（草堂詩餘雋）

徐伸

仲字幹臣，三衢人。政和初，以知音律爲太常典樂，出知常州。有青山樂府，今不傳。

二郎神

悶來彈鵲，又攪碎、一簾花影。漫試著春衫，還思纖手，熏徹金猊燼冷。動是愁端如何向？但怪得新來多病。嗟舊日沈腰㊀，如今潘鬢㊁，怎堪臨鏡？　重省，別時淚溼，羅衣猶凝㊂。料爲我厭厭，日高慵起，長託春醒㊃未醒。雁足㊄不來，馬蹄難駐，門掩一庭芳景。空竚立，盡日闌干，倚徧晝長人靜。

【注解】

㊀沈腰　梁沈約致書徐勉：『老病百日數旬，革帶常應移孔。』見南史本傳。　㊁潘鬢　潘岳秋興賦：『斑鬢髟以承弁兮，素髮颯以垂領。』岳字安仁，晉中牟人。美姿容，辭藻絕麗，尤善爲哀誄之文。晉書有傳。　㊂凝　讀去聲。　㊃醒　音イム，病酒。　㊄雁足　漢書蘇武傳：『天子射上林中得雁，足有係帛書，言武等在某澤中。』後人每借以稱送書信者。

【評箋】

王明淸云：徐幹臣，三衢人。政和初以知音律爲太常典樂，出知常州。嘗自製轉調『二郎神』詞云云，旣成，會開封尹李孝壽來牧吳門。李以嚴治京兆，人號閻羅。道出郡下，幹臣大合樂燕勞之。喻羣倡令謳此詞，必待其問而止。倡如戒，歌至三四，李果詢之。幹臣蹙額曰：『某頃有一侍婢，色藝冠絕，前歲以亡室不容逐去。今聞在蘇州一兵官處，累遣信欲復來，而今之主公靳之，感慨賦此詞，中所敍多其書中語。今適有天幸，公擁麾于彼，不審能爲我地否？』李云：『此甚不難，可無慮也。』旣次無錫，賓贊者請受謁次第。李云：『郡官當至楓橋。』橋距城十里而遠，翌日艤舟其所，官吏上下，望風股栗。李一閱刺字，忽大怒云：『都監在法，不許出城，迺亦至此。郡中萬一有火盜之虞，豈不殆哉？』斥都監下階荷校送獄。又數日，取其供牘判奏字，其家震懼求援，宛轉哀鳴致懇。李笑曰：『且還徐典樂之妾了來理會。』兵官者解其指，卽日承命，然後舍之。（揮麈餘話）

張侃云：徐幹臣侍兒旣去，作轉調『二郎神』，悉用平日侍兒所道底言語。史志道與幹臣善，一見此詞，蹤跡其所在而歸之。使魯直知此與之同時，『可惜國香天不管，隨緣流落小民家』之句，無從而發也。（拙軒集）

黃昇云：青山詞多雜調，惟『二郎神』一曲，天下稱之。（花庵詞選）

許昂霄云：此作多說別後情事，起句從舉頭聞鵲喜翻出。（詞綜偶評）

黃蓼園云：婉曲。（蓼園詞選）

王闓運云：妙手偶得之作。（湘綺樓詞選）

田爲

爲字不伐，崇寧間供職大晟樂府。

黃昇云：「工於樂府。」（花庵詞選）

王灼云：「田不伐才思與雅言抗行，不聞有側豔。」（碧雞漫志）

江神子慢

玉臺挂秋月，鉛素淺、梅花傅香雪。冰姿潔，金蓮㈠襯、小小凌波羅襪。雨初歇，樓外孤鴻聲漸遠，遠山外、行人音信絕。此恨對語猶難，那堪更寄書說。教人紅消翠減，覺衣寬金縷，都爲輕別。太情切，消魂處、畫角黃昏時節。聲嗚咽。落盡庭花春去也，銀蟾㈡迥、無情圓又缺。恨伊不似餘香，惹鴛鴦結。

【注解】

㈠金蓮　謂女子之纖足。南史齊東昏侯紀：「又鑿金爲蓮花以貼地，令潘妃行其上，曰：『此步步生蓮花也。』」　㈡銀蟾　明月。

曹組

組字元寵，潁昌人，緯弟。宣和三年進士，召試中書，換武階，兼閤門宣贊舍人，仍給事殿中，官止副使。有箕潁集。

洪邁云：紹興中，曹勛使金，好事者戲作小詞，其後闋云：『單于若問君家世，說與教知，便是「紅窗迥」底兒。』謂勛父元寵，昔以此曲著名也。（夷堅志）

王灼云：今有過鈞容班教坊問曰：『某宜何歌？』必曰：『汝宜唱田中行、曹元寵小令。』（碧鷄漫志）

黃昇云：曹元寵工謔詞，有寵於徽宗，任睿思殿待制。（花庵詞選）

驀山溪 梅

洗妝眞態，不作鉛華御。竹外一枝斜㊀，想佳人天寒日暮㊁。黃昏院落，無處著淸香，風細細，雪垂垂，何況江頭路。　月邊疏影，夢到消魂處。結子欲黃時，又須作廉纖細雨。孤芳一世，供斷有情愁，消瘦損東陽㊂也，試問花知否？

【注解】

㊀竹外一枝斜　蘇軾詩：『竹外一枝斜更好。』　㊁天寒日暮　杜甫詩：『天寒翠袖薄，日暮倚修竹。』　㊂東陽　梁沈約曾爲東陽守。

【評箋】

楊愼云：曹元寵梅詞『竹外一枝斜，想佳人天寒日暮。』用東坡『竹外一枝斜更好』之句也。徽宗時禁蘇學，元寵又近幸之臣，而暗用蘇句，其所謂掩耳盜鈴者。噫，姦臣醜正惡直，徒爲勞爾！（詞品）

李攀龍云：由玉爲骨冰爲魂，耿耿獨與參黃昏，其國色天香，方之佳人，幽趣何如？（草堂詩餘雋）

沈際飛云：微思遠致，愧黏題裝飾者，結句自淸俊脫塵。（草堂詩餘正集）

李玉

賀新郎

篆縷消金鼎㊀，醉沈沈、庭陰轉午，畫堂人靜。芳草王孫知何處？惟有楊花糝㊁徑。漸玉枕、騰騰春醒，簾外殘紅春已透，鎮無聊、殢㊂酒厭厭病。雲鬢亂，未忺㊃整。江南舊事休重省，徧天涯尋消問息，斷鴻難倩㊄。月滿西樓憑闌久，依舊歸期未定。又只恐瓶沈金井㊅，嘶騎㊆不來銀燭暗，枉教人立盡梧桐影。誰伴我，對鸞鏡。

【注解】

㊀篆縷消金鼎　香烟上升如綫，又如篆字。金鼎，香爐。　㊁糝　音ㄙㄢˇ，飄散。　㊂殢　音ㄉㄧˋ，困極。　㊃忺　音ㄒㄧㄢ，欲也。　㊄倩　音ㄑㄧㄢˋ，請也。　㊅瓶沈金井　白居易新樂府，『井底引銀瓶』：『瓶沈簪折知奈何，似妾今朝與君別。』　㊆嘶騎　騎讀ㄐㄧˋ，馬。

【評箋】

黃昇云：李君詞雖不多見，然風流蘊藉，盡此篇矣。（花庵詞選）

李攀龍云：上有芳草王孫遊之思，下又是銀瓶欲斷絕之意。（草堂詩餘雋）

沈際飛云：李君止一詞，風情耿耿。（草堂詩餘正集）

黃蓼園云：幽秀中自饒雋旨。（蓼園詞選）

陳廷焯云：此詞綺麗風華，情韻並盛，允推名作。（白雨齋詞話）

廖世美

燭影搖紅 題安陸㊀浮雲樓

靄靄春空，畫樓森聳凌雲渚。紫薇㊁登覽最關情，絕妙誇能賦。惆悵相思遲暮，記當日、朱闌共語。塞鴻難問，岸柳何窮，別愁紛絮。催促年光，舊來流水知何處？斷腸何必更殘陽，極目傷平楚。晚霽波聲帶雨㊂，悄無人舟橫野渡。數峯江上，芳草天涯，參差煙樹。

【注解】

㊀安陸　今湖北安陸縣。　㊁紫薇　星名，位於北斗東北。　㊂帶雨　韋應物詩：『春潮帶雨晚來急，野渡無人舟自橫。』

【評箋】

況周頤云：『塞鴻難問，岸柳何窮，別愁紛絮。』神來之筆，卽已佳矣。換頭云：『催促年光，舊來流水知何處。斷腸何必更殘陽，極目傷平楚。晚霽波聲帶雨，悄無人、舟橫野渡。』語淡而情深，令子野、太虛輩爲之，容或未必能到。此等詞一再吟誦，輒沁人心脾，畢生不能忘。花庵絕妙詞選中，眞能不愧『絕妙』二字，如世美之作，殊不多覯。（蕙風詞話）

呂濱老

濱老一作渭老，字聖求，秀州人。宣和末朝士，有聖求詞一卷，見六十家詞刊本。

趙師秀云：聖求詞婉媚深窈，視美成、耆卿伯仲。（聖求詞序）

毛晉云：其詠梅詞寄調『東風第一枝』，先輩與坡仙『西江月』並稱。（聖求詞跋）

楊愼云：聖求在宋，不甚著名，而詞甚工。（詞品）

薄倖

青樓春晚，晝寂寂、梳勻又懶。乍聽得、鴉啼鶯哢，惹起新愁無限。記年時、偸擲春心，花前隔霧遙相見。便角枕㈠題詩，寶釵貰㈡酒，共醉青苔深院。怎忘得、迴廊下，攜手處、花明月滿。如今但暮雨，蜂愁蝶恨，小窗閒對芭蕉展。卻誰拘管？儘無言閒品秦箏，淚滿參差雁。腰肢漸小，心與楊花共遠。

【注解】

㈠角枕　枕以角飾者。詩唐風：『角枕粲兮。』　㈡貰　音ㄕ，賒也。

魯逸仲

厲鶚云：孔夷字方平，號滍皋先生，元祐中隱士，劉攽、韓維之畏友。（宋詩紀事）

王灼云：蘭畹曲會，孔寧極先生之子方平所集；序引稱無爲、莫知非；其自作者稱魯逸仲，皆方平隱名，如子虛、烏有、亡是之類。孔平日自號滍皋漁父，與姪處度齊名，李方叔詩酒侶也。（碧雞漫志）

黃昇云：詞意婉麗，似万俟雅言。（花庵詞選）

南浦

風悲畫角，聽單于㈠、三弄落譙門。投宿駸駸征騎，飛雪滿孤邨。酒市漸闌燈火，正敲窗、亂葉舞紛紛。送數聲驚雁，乍離煙水，嘹唳度寒雲。好在半朧淡月，到如今、無處不消魂。故國梅花歸夢，愁損綠羅裙㈡。爲問暗香閒豔，也相思、萬點付啼痕。算翠屏應是，兩眉餘恨倚黃昏。

【注解】

㈠單于　唐曲有小單于。單音ㄔㄢ。　㈡綠羅裙　家中着綠羅裙之人。

【評箋】

李攀龍云：上是旅思淒涼之景況，下是故鄉懷望之神情。（草堂詩餘雋）

黃蓼園云：細玩詞意，似亦經靖康亂後作也。第詞旨含蓄，耐人尋味。（蓼園詞選）

陳廷焯云：此詞遣詞琢句，工絕警絕，最令人愛。『好在』二語眞好筆仗。『爲問』二語淋漓痛快，筆仗亦佳。（白雨齋詞話）

岳飛

飛字鵬舉，相州湯陰人。宣和間應眞定宣撫幕，累立戰功。南渡歷少保，河南北諸路招討使，進樞密副使，封武昌郡開國公，罷爲萬壽觀使。爲秦檜所陷，殞大理寺獄。淳熙六年賜謚武穆，嘉定四年追封鄂王，淳祐六年改謚忠武。

滿江紅

怒髮衝冠，憑闌處、瀟瀟雨歇。擡望眼、仰天長嘯，壯懷激烈。三十功名塵與土，八千里路雲和月。莫等閒、白了少年頭，空悲切。

靖康恥㊀，猶未雪；臣子憾，何時滅。駕長車踏破、賀蘭山㊁缺。壯志飢餐胡虜肉，笑談渴飲匈奴血。待從頭、收拾舊山河，朝天闕。

【注解】

㊀靖康恥　靖康，宋欽宗年號。金人陷京，虜徽、欽二帝北去。

㊁賀蘭山　在寧夏自治區。

【評箋】

陳郁云：武穆收復河南罷兵表云：『莫守金石之約，難充谿壑之求；暫圖安而解倒懸，猶之可也，欲遠慮而尊中國，豈其然乎？』故作『小重山』云：『欲將心事付瑤琴，知音少，絃斷有誰聽？』指主和議者。又作『滿江紅』，忠憤可見。其不欲等閒白了少年頭，可以明其心事。（藏一話腴）

劉體仁云：詞有與古詩同義者，『瀟瀟雨歇』，易水之歌也。（七頌堂詞繹）

沈際飛云：膽量、意見、文章悉無今古。又云：有此願力，是大聖賢、大菩薩。（草堂詩餘正集）

陳廷焯云：何等氣概！何等志向！千載下讀之，凜凜有生氣焉。『莫等閒』二語，當為千古箴銘。（白雨齋詞話）

文徵明嘗和其詞云：拂拭殘碑，勅飛字、依稀堪讀。慨當初倚飛何重，後來何酷？果是功成身合死，可憐事去言難贖。最無辜、堪恨更堪憐，風波獄。豈不惜、中原蹙，且不念、徽欽辱。但徽欽既返，此身何屬？千載休談南渡錯，當時自怕中原復。笑區區、一檜亦何能，逢其欲。（詞統）

張掄

掄字材甫，號蓮社居士，南渡故老。有蓮社詞一卷，見四印齋刊本及彊村叢書刊本。

毛晉云：材甫好填詞應制，極其華豔；每進一詞，上即命宮人以絲竹寫之。嘗同曾覿、吳琚輩進『柳梢青』諸闋，上極欣賞，賜賚甚渥。（蓮社詞跋）

燭影搖紅　上元有懷

雙闕㊀中天，鳳樓㊁十二春寒淺。去年元夜奉宸游，曾侍瑤池㊂宴。玉殿珠簾盡捲，擁羣仙、蓬壺㊃閬苑。五雲㊄深處，萬燭光中，揭天絲管。　馳隙流年，恍如一瞬星霜換。今宵誰念泣孤臣，回首長安遠。可是塵緣未斷，漫惆悵、華胥㊅夢短。滿懷幽恨，數點寒燈，幾聲歸雁。

【注解】

㈠雙闕　天子宮門有雙闕。　㈡鳳樓　指禁內樓觀。鮑照代陳思王京洛篇：『鳳樓十二重，四戶八綺窗。』　㈢瑤池　仙境。穆天子傳：『觴西王母于瑤池之上。』　㈣蓬壺　古代傳說，海中三神山，其一名蓬萊，又作蓬壺。見拾遺記。閬苑，亦神仙所居。　㈤五雲　謂祥瑞之雲備五色者。　㈥華胥　列子：『黃帝晝寢，夢遊華胥之國。』

【評箋】

李攀龍云：上述往事，下歎來年，神情一呼一吸。又云：此撫景寫情，俱見其榮光易度，夢醒無幾，真畫出風前燭影，紅光在目。（草堂詩餘雋）

沈際飛云：材甫親目靖康之變，前段追憶徽廟，後直指目前，哀樂各至。（草堂詩餘正集）

黃蓼園云：清壯。（蓼園詞選）

程　垓

垓字正伯，眉山人。有書舟詞，詞有紹熙王偁序，是垓亦紹熙間人也。後人謂垓與蘇軾爲中表兄弟，非是。

毛晉云：正伯與子瞻中表兄弟，故集中多溷蘇作。其『酷相思』諸闋，詞家皆極欣賞，謂秦七、黃九莫及也。（書舟詞跋）

太平樂府云：程正伯以詞名，尤尚書謂正伯之文過於詞，此乃議正伯之大者。昔晏叔原以大臣子爲靡麗之詞，其政事堂中舊客，尙欲其捐有餘之才，以勉未至之德。蓋叔原獨以詞名，他文不及也。少游、魯直則已兼之，故陳無已之作，自云不減秦七、黃九，夫亦推重其詞耳。謂正伯爲秦、黃則可，爲叔原則不可。（沈雄古今詞話引）

馮煦云：程正伯淒婉綿麗，與草窗所錄絕妙好詞家法相近，故是正鋒，雖與子瞻爲中表昆弟，而門徑絕不相入。（六十一家詞選例言）

夜來風雨悤悤，故園定是花無幾。愁多怨極，等閒孤負，一年芳意。柳困桃慵，杏青梅小，對人容易。算好春長在，好花長見，原只是、人憔悴。回首池南舊事，恨星星㊀、不堪重記。如今但有，看花老眼，傷時清淚。不怕逢花瘦，只愁怕、老來風味。待繁紅亂處，留雲借月，也須拚醉。

【注解】

㊀星星　喻白也。謝靈運詩：『戚戚感物歎，星星白髮垂。』

【評箋】

陳廷焯云：正伯辭工於發端，『留雲借月』，四字奇妙。（白雨齋詞話）

張孝祥

孝祥字安國，歷陽烏江人。紹興二十四年廷試第一，孝宗朝，累遷中書舍人直學士院，領建康留守。尋以荊南湖北路安撫使請祠，進顯謨閣直學士，致仕卒。有于湖詞二卷，見六十家詞刊本。又于湖居士樂府四卷，有雙照樓景刊宋、元、明本詞本；又于湖先生長短句五卷，拾遺一卷，有涉園景宋、金、元、明詞刊本及四部叢刊影宋本。

湯衡云：湯嘗從公游，見公平昔爲詞，未嘗著稿，筆酣興健，頃刻即成，無一字無來處。（張紫微雅詞序）

葉紹翁云：張孝祥精於翰墨，人稱『紫府仙』。（四朝聞見錄）

陳應行云：比游荊、湖間，得公于湖集所作長短句凡數百篇，讀之泠然洒然，眞非煙火食人辭語。予雖不及識荊，然其瀟散出塵之姿，自在如神之筆，邁往凌雲之氣，猶可以想見也。（于湖先生雅詞序）

查禮云：于湖詞聲律宏邁，音節振拔，氣雄而調雅，意緩而語峭。（銅鼓書堂遺稿）

六州歌頭

長淮望斷，關塞莽然平。征塵暗，霜風勁，悄邊聲。黯消凝，追想當年事，殆天數，非人力；洙泗㈠上，絃歌地，亦羶㈡腥。隔水氈鄉，落日牛羊下，區脫㈢縱橫。看名王宵獵㈣，騎火一川明，笳鼓悲鳴，遣人驚。念腰間箭，匣中劍，空埃蠹，竟何成！時易失，心徒壯，歲將零，渺神京。干羽㈤方懷遠，靜烽燧，且休兵。冠蓋使，紛馳鶩，若為情。聞道中原遺老，常南望、翠葆霓旌㈥。使行人到此，忠憤氣填膺，有淚如傾。

【注解】

㈠洙、泗　洙水泗水，孔子講學地。禮檀弓：『我與女事夫子于洙、泗之間。』　㈡羶　音ㄕㄢ，羊臭。　㈢區脫　胡兒候漢之土室。區讀ㄡ，同甌。漢書蘇武傳：『區脫捕得雲中生口。』　㈣名王宵獵　指金酋夜獵。　㈤干羽　書大禹謨：『舞干羽於兩階。』干，木盾；羽，旗幟；皆舞者手執。　㈥翠葆霓旌　翠葆，天子之旗，翠羽為飾。霓旌，儀仗一種，折羽毛，染五彩，綴縷為旌，似虹霓之氣。見漢書司馬相如傳注。

【評箋】

朝野遺記云：安國在建康留守席上賦此歌闋，魏公為罷席而入。

毛晉云：于湖『歌頭』諸曲駿發踔厲，寓以詩人句法者也。（于湖詞跋）

陳廷焯云：張孝祥『六州歌頭』一闋，淋漓痛快，筆飽墨酣，讀之令人起舞。惟『忠憤氣填膺』一句提明，轉淺、轉顯、轉無餘味。或亦聳當途之聽，出於不得已耶？（白雨齋詞話）

劉熙載云：詞莫要於有關係，張元幹仲宗因胡邦衡謫新州，作『賀新郎』送之，坐是除名，然身雖黜，而義不可沒也。張孝祥安國於建康留守席上賦『六州歌頭』，致感重臣罷席。然則詞之興觀羣怨，豈下於詩哉。（藝概）

念奴嬌

洞庭青草㈠，近中秋、更無一點風色。玉界瓊田㈡三萬頃，著我扁舟一葉。素月分輝，銀河共影，表裏俱澄澈。怡然心會，妙處難與君說。應念嶺海經年㈢，孤光自照，肝膽皆冰雪。短髮蕭騷襟袖冷，穩泛滄浪空闊。盡挹西江，細斟北斗，萬象㈣爲賓客。扣舷獨嘯，不知今夕何夕。

【注解】

㈠青草　湖名，以湖中多生青草，故名青草湖。湖在湖南岳陽縣西南，湘水所匯。　㈡玉界瓊田　形容湖中月光皎潔。

㈢嶺海經年　孝祥曾知靜江府，兼廣南西路經略安撫使，罷官後，又起知潭州，權荆湖南路提點刑獄公事。　㈣萬象　外界一切自然景象。

【評箋】

田藝蘅云：杜工部『關山同一點』，岑嘉州『嚴灘一點舟中月』，又：『草頭一點疾如飛』，又：『西看一點是關樓』，又：『淨中雲一點』，花蕊夫人云：『繡簾一點月窺人』，張安國詞『更無一點風色』，夫月、雲、風也，馬也，樓也，皆謂之一點，甚奇。（留青日札）

葉紹翁云：張于湖嘗舟過洞庭，月照龍堆，金沙盪射，公得意命酒，唱歌所作詞，呼羣吏而酌之，曰：『亦人子也。』其坦率皆類此。（四朝聞見錄）

魏了翁云：張于湖有英姿奇氣，著之湖湘間，未爲不遇。洞庭所賦在集中最爲傑特。方其吸江酌斗，賓客萬象時，詎知世間有紫微青瑣哉！（鶴山大全集）

黃蓼園云：寫景不能繪情，必少佳致。此題詠洞庭，若只就洞庭落想，縱寫得壯觀，亦覺寡味。此詞開首從洞庭說至玉界瓊田三萬頃，題已說完，即引入扁舟一葉。以下從舟中人心跡與湖光映帶寫，隱現離合，不可端倪，鏡花水月，是二是一。自爾神采

高騫，興會洋溢。（蓼園詞選）

王闓運云：飄飄有凌雲之氣，覺東坡『水調』猶有塵心。（湘綺樓詞選）

韓元吉

元吉字无咎，號南澗，許昌人。維四世孫，呂東萊之外舅也。寓居信州，隆興間官吏部尚書。有南澗詩餘一卷，見彊村叢書刊本。

黃昇云：南澗名家，文獻政事文學，爲一代冠冕。（花庵詞選）

六州歌頭

東風著意，先上小桃枝。紅粉膩，嬌如醉，倚朱扉。記年時，隱映新妝面，臨水岸，春將半，雲日暖，斜橋轉，夾城西。草軟沙平，跋馬㈠垂楊渡，玉勒爭嘶。認蛾眉，凝笑臉，薄拂燕脂，繡戶曾窺，恨依依。共攜手處，香如霧，紅隨步，怨春遲。消瘦損，憑誰問？只花知，淚空垂。舊日堂前燕，和煙雨，又雙飛。人自老，春長好，夢佳期。前度劉郎，幾許風流地，花也應悲。但茫茫暮靄，目斷武陵溪㈡，往事難追。

【注解】

㈠跋馬　馳馬。　㈡武陵溪　用陶潛桃花源記事。

好事近

凝碧舊池㈠頭，一聽管絃淒切。多少梨園㈡聲在，總不堪華髮。杏花無處避春愁，也傍野煙發。

惟有御溝聲斷，似知人嗚咽。

【注解】

㈠凝碧池　王維被安祿山所拘，賦詩云：「萬戶傷心生野烟，百官何日再朝天，秋槐葉落空宮裏，凝碧池頭奏管弦。」　㈡梨園　演劇的地方。唐明皇選坐部伎子弟三百，教于梨園，號皇帝梨園弟子。宮女數百，亦稱梨園弟子。見唐書禮樂志。

【評箋】

金史交聘表云：大定十三年三月癸巳朔，宋遣試禮部尚書韓元吉，利州觀察使鄭齋與等賀萬春節。按宋孝宗乾道九年為金世宗大定十三年，南澗汴京賜宴之詞，當是此時作。

麥孺博云：賦體如此，高于比興。（藝蘅館詞選）

袁去華

去華字宣卿，奉新人。紹興進士，知石首縣。有宣卿詞一卷，見四印齋刊宋元三十一家詞本。

瑞鶴仙

郊原初過雨，見數葉零亂，風定猶舞。斜陽挂深樹，映濃愁淺黛，遙山媚嫵。來時舊路，尚巖花、嬌黃半吐。到而今惟有、溪邊流水，見人如故。　無語，郵亭深靜，下馬還尋，舊曾題處。無聊倦旅，傷離恨，最愁苦。縱收香藏鏡，他年重到，人面桃花在否？念沈沈小閣幽窗，有時夢去。

劍器近

夜來雨，賴倩得東風吹住。海棠正妖饒處，且留取。悄庭戶，試細聽鶯啼燕語，分明共人愁緒，怕春去。

佳樹，翠陰初轉午。重簾未捲，乍睡起，寂寞看風絮。偸彈淸淚寄煙波，見江頭故人，爲言憔悴如許。彩箋無數，去卻寒暄㊀，到了渾無定據。斷腸落日千山暮。

【注解】

㊀寒暄　寒溫，問寒問暖語言。

安公子

弱柳千絲縷，嫩黃勻徧鴉啼處。寒入羅衣春尙淺，過一番風雨。問燕子來時，綠水橋邊路，曾畫樓、見箇人人否？料靜掩雲窗，塵滿哀絃危柱。庾信愁如許，爲誰都著眉端聚。獨立東風彈淚眼，寄煙波東去。念永晝春閒，人倦如何度？閒傍枕、百囀黃鸝語。喚覺來厭厭，殘照依然花塢。

陸淞

淞字子逸，號雪溪，山陰人。官辰州守，放翁雁行也。

瑞鶴仙

臉霞紅印枕，睡覺來、冠兒還是不整。屛閒麝煤㊀冷，但眉峯壓翠，淚珠彈粉。堂深晝永，燕交飛、風簾露井。恨無人說與，相思近日，帶圍寬盡。

重省，殘燈朱幌，淡月紗窗，那時風景。陽臺路迥，雲雨夢㈡，便無準。待歸來，先指花梢教看，欲把心期細問。問因循過了青春，怎生意穩？

【注解】

㈠蘚煤　墨之異稱。李建中詩：『松烟蘚煤陰雨寒。』　㈡雲雨夢　見前晏幾道『木蘭花』注。

【評箋】

陳鵠云：南渡初，南班宗子寓居會稽，爲近屬，士子最盛。園亭甲於浙東，一時座客皆騷人墨士，陸子逸嘗與焉。士有侍姬盼盼者，色藝殊絕，公每屬意焉。一日宴客，偶睡，不預捧觴之列。陸因問之，士卽呼至，其枕痕猶在臉。公爲賦『瑞鶴仙』有『臉霞紅印枕』之句，一時盛傳，逮今爲雅唱。後盼盼亦歸陸氏。（耆舊續聞）

張炎云：陸雪窗『瑞鶴仙』、辛稼軒『祝英臺近』，皆景中帶情，而存騷雅。故其燕酣之樂，別離之愁，回文題葉之思，峴首西州之淚，一寓於詞。若能屏去浮豔，樂而不淫，是亦漢、魏樂府之遺意。（詞源）

沈際飛云：詞以弄月嘲風爲主，辭復出鶯吭燕舌之間，不近乎情不可，鄰於鄭、衛則甚。景而帶情，騷而存雅，不在茲乎？委婉深厚，不忍隨口念過，漢、魏遺意。（草堂詩餘正集）

賀裳云：『待歸來』下，迷離婉妮。（皺水軒詞筌）

先著云：能如此作情詞，亦復何傷。（詞潔）

王闓運云：小說造爲詠歌姬睡起之詞，不顧文理。本事之附會，大要如此。（湘綺樓詞選）

董毅云：刺時之言。（續詞選）

陸游

游字務觀，號放翁，越州山陰人。佃之孫，宰之子，以蔭補登仕郎。隆興初，賜進士出身。范成大帥蜀，爲參議官，累知嚴州。嘉泰初，詔同修國史兼祕書監，陞寶章閣待制，致仕卒。有放翁詞一卷，見六十家詞刊本。又渭南詞二卷，有雙照樓景刊宋元明本詞本。

毛晉云：孝宗一日問周益公曰：『今代詩人亦有如唐李白者？』益公以放翁對，由是人競呼為小李白。（劍南詩稿跋）

葉紹翁云：陸游字務觀，去聲，蓋母氏夢秦少游而生公，故以秦名為字，而字其名云。（四朝聞見錄）

劉克莊云：放翁、稼軒一掃纖豔，不事斧鑿，但時時掉書袋，要是一癖。（後村詩話）

黃昇云：范致能為蜀帥，務觀在幕府，主賓唱酬短章大篇，人爭傳誦之。（花庵詞選）

毛晉云：楊用修云：『纖麗處似淮海，雄快處似東坡。』予謂超爽處更似稼軒耳。（放翁詞跋）

四庫全書提要云：楊慎詞品謂游『纖麗處似淮海，雄快處似東坡。』平心而論，游之本意蓋欲驛騎於兩家之間，故奄有其勝而皆不能造其極。要之詩人之言終為近雅，與詞人之冶蕩有殊，其短其長，故具在是也。（放翁詞提要）

許昂霄云：南渡後唯放翁為詩家大宗，詞亦掃盡纖淫，超然拔俗。（詞綜偶評）

馮煦云：劍南屏除纖豔，獨往獨來，其逋峭沈鬱之概，求之有宋諸家，無可方比。（六十一家詞選例言）

劉熙載云：陸放翁詞安雅清瞻，其尤佳者，在蘇、秦間。然乏超然之致，天然之韻，是以人得測其所至。（藝概）

劉師培云：劍南之詞屏除纖豔，清眞絕俗，逋峭沈鬱，而出之以平淡之詞，例以古詩，亦元亮、右丞之匹，此道家之詞也。（論文雜記）

卜算子 詠梅

驛外斷橋邊，寂寞開無主。已是黃昏獨自愁，更著風和雨。　無意苦爭春，一任羣芳妒。零落成泥碾⊖作塵，只有香如故。

【注解】

㊀碾　音ㄋ一ㄢ，用圓輪之物旋轉壓之曰碾。

【評箋】　卓人月云：末句想見勁節。（詞統）

陳　亮

亮字同甫，婺州永康人。淳熙中，詣闕上書。光宗紹熙四年策進士，擢第一，授簽書建康府判官廳公事，未知而卒。端平初，謚文毅。有龍川詞一卷，補遺一卷，見六十家詞刊本。又有四印齋刊本。

葉水心云：同甫長短句四卷，每一章成，輒自歎曰，平生經濟之懷略已陳矣，予所謂微言，多此類也。

毛晉云：龍川詞讀至卷終，不作一妖語媚語，殆所稱不受人憐者與。（龍川詞跋）

水龍吟

鬧花深處樓臺，畫簾半捲東風軟。春歸翠陌，平沙茸嫩，垂楊金淺。遲日催花，淡雲閣雨，輕寒輕暖。恨芳菲世界，游人未賞，都付與鶯和燕。　寂寞憑高念遠，向南樓、一聲歸雁。金釵鬭草㊀，青絲勒馬，風流雲散。羅綬㊁分香，翠綃封淚，幾多幽怨？正消魂又是，疏煙淡月，子規聲斷。

【注解】

㊀鬬草　古代有鬬草之戲。宗懍荆楚歲時記：『競採百藥，謂百草以蠲除毒氣，故世有鬬草之戲。』　㊁羅綬　羅帶。

【評箋】　沈際飛云：有能賞而不知者，有欲賞而不得者，有似賞而不眞者，人不如鶯也，人不如燕也。（草堂詩餘正集）

李攀龍云：春光如許，遊賞無方，但愁恨難消，不無觸物生情。（草堂詩餘雋）

劉熙載云：同甫『水龍吟』云：『恨芳菲世界游人未賞，都付與鶯和燕』，言近指遠，直有宗留守大呼渡河之意。（藝概）

黃蓼園云：『鬧花深處層樓』見不事事也，『東風軟』卽東風不競之意也。遲日淡雲，輕寒輕暖，一曝十寒之喻也。好世界不求賢共理，惟與小人游玩如鶯燕也。『念遠』者念中原也，『一聲歸雁』謂邊信至，樂者自樂，憂者徒憂也。（蓼園詞選）

陳廷焯云：此詞『念遠』二字是主，故目中一片春光，觸我愁腸，都成眼淚。（白雨齋詞話）

范成大

成大字致能，號石湖居士，吳郡人。紹興二十四年進士，孝宗時累官吏部尚書，拜參知政事，進資政殿學士，提舉洞霄宮，卒謚文穆。有石湖詞一卷，見知不足齋叢書刊本，又見彊村叢書刊本。趙萬里有重訂本。

劉漫塘云：范致能、陸務觀以東南文墨之彥，至爲閫帥。在幕府日，賓主唱酬，每一篇出，人以先覩爲快。（沈雄古今詞話引）

陳廷焯云：石湖詞音節最婉轉，讀稼軒詞後讀石湖詞，令人心平氣和。（白雨齋詞話）

憶秦娥

樓陰缺，闌干影臥東廂月。東廂月，一天風露，杏花如雪。　隔煙催漏金虯㈠咽，羅幃黯淡燈花結。燈花結，片時春夢，江南天闊。

【注解】

㈠金虯　虯音ㄑㄧㄡ，龍子有角者。金虯，漏箭之飾。

【評箋】

鄭文焯云：范石湖『憶秦娥』「片時春夢，江南天闊」，乃用岑嘉州『枕上片時春夢中，行盡江南數千里』詩意，蓋隱括餘例也。（絕妙好詞校錄）

眼兒媚

萍鄉道中乍晴，臥輿中困甚，小憩柳塘。

酣酣㊀日腳紫煙浮，妍暖破輕裘。困人天色，醉人花氣，午夢扶頭㊁。　春慵恰似春塘水，一片縠紋愁。溶溶曳曳㊂，東風無力，欲避還休。

【注解】

㊀酣酣　暖意。　㊁扶頭　酒名。白居易詩：「一榼扶頭酒。」　㊂溶溶曳曳　蕩漾貌。

【評箋】

沈際飛云：字字軟溫，着其氣息即醉。（草堂詩餘別集）

許昂霄云：換頭『春慵』緊接『困』字、『醉』字來，細極。（詞綜偶評）

王闓運云：自然移情，不可言說，綺語中仙語也。（湘綺樓詞選）

霜天曉角

晚晴風歇，一夜春威折。脈脈花疏天淡，雲來去，數枝雪。　勝絕，愁亦絕，此情誰共說。惟有兩行低雁，知人倚畫樓月。

辛棄疾

棄疾，字幼安，號稼軒，濟南歷城人。耿京聚兵山東，節制忠義軍馬，留掌書記。紹興三十二年，令奉表南歸，高宗召見，授承務郎。寧宗朝累官浙東安撫使，加龍圖閣待制，進樞密都承旨卒。德祐初以謝枋得請，贈少師，諡忠敏。有稼軒長短句十二卷，見涉園影宋金元明本詞續刊本及四印齋所刻詞刊本。又稼軒詞四卷，有六十家詞刊本。又有稼軒甲乙丙丁集四卷本。

岳珂云：稼軒以詞名，有所作輒數十易稿，累月未竟，其刻意如此。（桯史）

陳謨云：蔡光工於詞，靖康中陷金，辛幼安以詩詞謁蔡曰：『子之詩則未也，他日當以詞名家。』（懷古錄）

范開云：其詞之爲體如張樂洞庭之野，無首無尾，不主故常；又如春雲浮空，卷舒起滅，隨所變態，無非可觀。（稼軒詞序）

劉克莊云：公所作，大聲鏜鞳，小聲鏗鍧；橫絕六合，掃空萬古；其穠麗綿密處，亦不在小晏、秦郎之下。（後村詩話）

楊愼云：近日作詞者，惟周美成、姜堯章，而以東坡爲詞詩，稼軒爲詞論；此說固當。蓋曲者曲也，固當以委曲爲體；然徒狃於風情婉孌，則亦易厭。回視稼軒，豈非萬古一淸風哉！又云：孫位畫水，張南本畫火，吳道子畫，楊繪塑，崔顥賦黃鶴樓，太白賦鳳凰臺，陳簡齋詩，辛稼軒詞，同能不如獨勝也。（詞品）

毛晉云：詞家爭鬥穠纖，而稼軒率多撫時感事之作，磊落英多，絕不作妮子態；宋人以東坡爲詞詩，稼軒爲詞論，善評也。（稼軒詞跋）

王士禛云：石勒云：『大丈夫磊磊落落，終不學曹孟德、司馬仲達狐媚。』讀稼軒詞當作如是觀。（花草蒙拾）

彭孫遹云：稼軒詞，胸有萬卷，筆無點塵，激昂排宕，不可一世。今人未有稼軒一字，輒紛紛爲異同之論，宋玉罪人，可勝三歎！（金粟詞話）

鄒祗謨云：稼軒詞，中調、小令亦間作嫵媚語，觀其得意處，眞有壓倒古人之意。（遠志齋詞衷）

樓敬思云：稼軒驅使莊、騷、經、史，無一點斧鑿痕，筆力甚峭。（詞林紀事引）

劉體仁云：文字總要生動，鏤金錯采，所以爲笨伯也。詞尤不可參一死句，辛稼軒非不自立門戶，但是散仙入神，非正法眼藏；改之處處吹影，乃博刀圭之譏，宜矣。（七頌堂詞繹）

俞彥云：唐詩三變愈下，宋詞殊不然，歐、蘇、秦、黃足當高、岑、王、李；南渡以後，矯矯陡健，即不得稱中宋、晚宋也。惟辛稼軒自度粱肉，不勝前哲，特出奇險爲珍錯供，與劉後村輩，俱曹洞旁出，學者正可欽佩，不必反唇併捧心也。（爰園詞話）

四庫全書提要云：棄疾詞慷慨縱橫，有不可一世之概；於倚聲家爲變調，而異軍特起，能于剪翠刻紅之外，屹然別立一宗，迄今不廢。（稼軒詞提要）

黃梨莊云：辛稼軒當弱宋末造，負管、樂之才，不能盡展其用，一腔忠憤，無處發洩；觀其與陳同父抵掌談論，是何等人物；故其悲歌慷慨，抑鬱無聊之氣，一寄之於其詞，今欲與搔首傅粉者比，是豈知稼軒者？（詞苑叢談引）

周濟云：稼軒不平之鳴，隨處輒發，有英雄語，無學問語，故往往鋒穎太露。然其才情富，思力果銳，南北兩朝，實無其匹，無怪流傳之廣且久也。又云：世以蘇、辛並稱，蘇之自在處，辛偶能到之，辛之當行處，蘇必不能到。二公之詞，不可同語也。又云：後人以粗豪學稼軒，非徒無其才，並無其情，稼軒固是才大，然情至處，後人萬不能及。（介存齋論詞雜著）又云：軒稼斂雄心，抗高調，變溫婉，成悲涼。（宋四家詞選序論）

吳衡照云：辛稼軒別開天地，橫絕古今，論、孟、詩小序、左氏春秋、南華、離騷、史、漢、世說、選學、李、杜詩，拉雜運用，彌見其筆力之峭。（蓮子居詞話）

陳廷焯云：辛稼軒，詞中之龍也，氣魄極雄大，意境卻極沈鬱。不善學之，流入叫囂一派，論者遂集矢於稼軒，稼軒不受也。又云：稼軒詞彷彿魏武詩，自是有大本領、大作用人語。（白雨齋詞話）

江順詒云：稼軒仙才，亦霸才也。（詞學集成）

馮煦云：稼軒負高世之才，不可羈勒；能於唐、宋諸大家外，別樹一幟，自茲以降，詞家遂有門戶主奴之見，而才氣橫軼者，羣樂其豪縱而效之，乃至里俗俘囂之子，亦靡不推波助瀾，自託辛、劉，以屏蔽其陋，則非稼軒之咎，而不善學者之咎也。（宋六十家詞選例言）

劉熙載云：稼軒詞龍騰虎擲，任古書中理語、瘦語，一經運用，便得風流，天姿是何夐異？又云：宋史本傳稱其雅善長短句，悲壯激烈。又稱謝校勘過其墓旁，有疾聲大呼於堂上，若鳴其不平然。則其長短句之作，固莫非假之鳴者哉！（藝概）

王國維云：南宋詞人，白石有格而無情，劍南有氣而乏韻；其堪與北宋人頡頏者，唯一幼安耳。近人祖南宋而祧北宋，以南宋之詞可學，北宋不可學也；學南宋者，不祖白石，則祖夢窗，以白石、夢窗可學，幼安不可學也；學幼安者，率祖其粗獷，滑稽處可學，佳處不可學也；幼安之佳處，在有性情、有境界；卽以氣象論，亦有傍素波、干青雲之概，寧後世齷齪小子所可擬耶！（人間詞話）

謝章鋌云：稼軒是極有性情人，學稼軒者，胸中須先具一段眞氣、奇氣，否則雖紙上奔騰，其中俄空焉，亦蕭蕭索索，如牖下風耳。又云：晏、秦之妙麗，源於李太白、溫飛卿；姜、史之清眞，源於張志和、白香山；惟蘇、辛在詞中藩籬獨闢矣。讀蘇、辛詞，知詞中有人，詞中有品，不敢自爲菲薄。然辛以畢生精力注之，比蘇尤爲橫出矣。吳子律云：『辛之於蘇，猶詩中山谷之視東坡也，東坡之大，殆不可以學而至。』此論或不盡然。蘇風格自高，而性情頗歉；辛卻纏綿悱惻。且辛之造語俊於蘇，若僅以大論也，則室之大不如堂，而以堂爲室，可乎？（賭棋山莊詞話）

況周頤云：東坡、稼軒其秀在骨，其厚在神。（香海棠館詞話）

賀新郎 別茂嘉十二弟

綠樹聽鵜鴂㊀，更那堪、鷓鴣聲住，杜鵑聲切。啼到春歸無啼處，苦恨芳菲都歇。算未抵人間離別，馬上琵琶㈡關塞黑，更長門㈢、翠輦辭金闕，看燕燕㈣，送歸妾。將軍百戰身名裂，向河梁㈤、回頭萬里。故人長絕。易水㈥蕭蕭西風冷，滿座衣冠似雪。正壯士、悲歌未徹。啼鳥還知如許恨，料不啼、清淚長啼血，誰共我，醉明月？

【注解】

㈠鵜鴂　鳥名，常于春分鳴。　㈡馬上琵琶　石崇王明君辭序：『昔公主嫁烏孫，令琵琶馬上作樂，以慰其道路之思，其送明君亦必爾也。』　㈢長門　漢武帝陳皇后被貶居長門宮。　㈣燕燕　詩經邶風燕燕序：『衛莊姜送歸妾也。』　㈤河梁　文選李陵與蘇武詩：『攜手上河梁，遊子暮何之？』　㈥易水　荆軻自燕入秦，太子與賓客白衣冠送行至易水，見史記刺客列傳。

【評箋】

劉過龍洲詞『沁園春』題『送辛幼安弟赴桂林官』，當即為茂嘉。

沈雄云：稼軒『賀新郎』『綠樹聽鵜鴂』一首，盡集許多怨事，全與太白擬恨賦相似。（沈雄古今詞話）

劉體仁云：稼軒：『盃！汝前來』，毛穎傳也。『誰共我醉明月』，恨賦也。皆非詞家本色。（七頌堂詞繹）

張惠言云：茂嘉蓋以得罪謫徙，故有是言。（張惠言詞選）

周濟云：前半闋北都舊恨，後半闋南渡新恨。（宋四家詞選）

許昂霄云：上三項說婦人，此二項言男子；中間不敘正位，卻羅列古人許多離別，如讀文通別賦，亦創格也。（詞綜偶評）

陳廷焯云：稼軒詞自以『賀新郎』一篇為冠；沈鬱蒼涼，跳躍動盪，古今無此筆力。（白雨齋詞話）

梁啟超云：『賀新郎』調，以第四韻之單句為全首筋節，如此句最可學。（藝蘅館詞選）

王國維云：稼軒『賀新郎』詞送茂嘉十二弟，章法絕妙，且語語有境界，此能品而幾於神者。然非有意為之，故後人不能學也。（人間詞話）

念奴嬌 書東流㈠村壁

野塘花落，又悤悤過了淸明時節。剗地㈡東風欺客夢，一枕雲屏寒怯。曲岸持觴，垂楊繫馬，此地曾經別。樓空人去，舊遊飛燕能說。 聞道綺陌東頭，行人曾見，簾底纖纖㈢月。舊恨春江流不盡，新恨雲山千疊。料得明朝，尊前重見，鏡裏花㈣難折。也應驚問，近來多少華髮？

【注解】

㈠東流 今池州有東流縣，稼軒自江西過此。 ㈡剗地 猶云無端也。 ㈢纖纖 喻足。 ㈣鏡裏花 空幻之意。圓覺經：『用此思維，辨於佛鏡，猶如空華，復結空果。』

【評箋】

陳廷焯云：悲而壯，是陳其年之祖。『舊恨』二語，矯首高歌，淋漓悲壯。（白雨齋詞話）

譚獻云：大踏步出來，與眉山同工異曲。然東坡是衣冠偉人，稼軒則弓刀游俠。『樓空』二句，可識其淸新俊逸兼之故實。（譚評詞辨）

梁啓超云：此南渡之感。（藝蘅館詞選）

漢宮春 立春

春已歸來，看美人頭上，裊裊春幡㈠。無端風雨，未肯收盡餘寒。年時燕子，料今宵夢到西園。渾未辨、黃柑薦酒，更傳靑韭堆盤㈡。 卻笑東風，從此便薰梅染柳，更沒些閒。閒時又來鏡裏，轉變朱顏。淸愁不斷，問何人會解連環。生怕見花開花落，朝來塞雁先還。

【注解】

㈠春幡　苕溪漁隱叢話云：『荊楚歲時記云：「立春日悉翦綵爲燕子以戴之。」故歐陽永叔詩云：「不驚樹裏禽初變，共喜釵頭燕已來。」鄭毅夫云：「漢殿鬬簪雙綵燕，併知春色上釵頭。」皆立春日帖子詩也。』　㈡堆盤　遵生八牋：『立春日作五辛盤，以黃柑釀酒，謂之洞庭春色。故蘇詩云：「辛盤得青韭，臘酒是黃柑。」』

【評箋】

周濟云：『春幡』九字，情景已極不堪。燕子猶記年時好夢，黃柑青韭，極寫晏安酖毒。換頭又提動黨禍，結用雁與燕激射，卻捎帶五國城舊恨。辛詞之怨，未有甚於此者。（四家詞選）

譚獻云：以古文長篇法行之。（復堂詞話）

陳廷焯云：稼軒詞其源出自楚騷，起勢飄灑。（白雨齋詞話）

賀新郎　賦琵琶

鳳尾龍香撥㈠，自開元霓裳曲罷，幾番風月。最苦潯陽江頭客㈡，畫舸亭亭待發。記出塞、黃雲堆雪。馬上離愁㈢三萬里，望昭陽、宮殿孤鴻沒，絃解語，恨難說。遼陽驛使音塵絕，瑣窗寒、輕攏慢撚㈣，淚珠盈睫。推手㈤含情還卻手，一抹梁州㈥哀徹。千古事、雲飛煙滅。賀老㈦定場無消息，想沈香亭㈧北繁華歇，彈到此，爲嗚咽。

【注解】

㈠鳳尾龍香撥　楊貴妃琵琶以龍香板爲撥，以邏逤檀爲槽，有金縷紅紋，蹙成雙鳳。見明皇雜錄。　㈡潯陽江頭客　謂白居易，白居易有琵琶行，起句云：『潯陽江頭夜送客。』　㈢馬上離愁　見前『賀新郎』注。　㈣輕攏慢撚　攏音ㄌㄨㄥˇ，撚音ㄋㄧㄢˇ，皆琵琶手法。樂府雜錄云：『裴興奴長于攏撚。』琵琶行：『輕攏漫撚抹復挑。』　㈤推手　推手前曰琵，引卻曰琶，因以爲名。見釋名。　㈥梁州　琵琶曲有轉關六幺、濩索梁州，見蔡寬夫詩話。　㈦賀老　唐賀懷智善彈琵琶，見明皇雜錄。元稹連昌宮詞:『夜半月高絃索鳴,賀老琵琶定場屋。』 ㈧沈香亭 亭以沈香為之。唐玄宗賞花沈香亭,命李白賦清平調三章,有『沈香亭北倚闌干』句,見太眞外傳。

【評箋】

陳霆云:此篇用事最多,然圓轉流麗,不為事所使,的是妙手。(渚山堂詞話)

周濟云:『記出塞』句,言謫逐正人,以致亂離。『遼陽』句言晏安江沱,不復北望。(宋四家詞選)

陳廷焯云:此詞運典雖多,卻一片感慨,故不嫌堆垛。心中有淚,故筆下無一字不嗚咽。(白雨齋詞話)

梁啟超云:琵琶故事,網羅臚列,亂雜無章,殆如一團野草;惟其大氣足以包舉之,故不粗率,非望人勿學步也。(藝蘅館詞選)

水龍吟 登建康賞心亭㈠

楚天千里淸秋,水隨天去秋無際。遙岑遠目,獻愁供恨,玉簪螺髻。落日樓頭,斷鴻聲裏,江南游子,把吳鈎㈡看了,闌干拍徧,無人會、登臨意。 休說鱸魚堪膾,儘西風季鷹㈢歸未?求田問舍㈣,怕應羞見,劉郎才氣。可惜流年,憂愁風雨,樹猶如此㈤。倩何人喚取,紅巾翠袖,搵英雄淚?

【注解】

㈠『水龍吟』 此詞為辛棄疾三十歲時在建康通判任上所作。賞心亭,丁謂作,見詩話總龜。 ㈡吳鈎 夢溪筆談云:『唐人詩多有言吳鈎者。吳鈎,刀名也。』 ㈢季鷹 世說:『張季鷹在洛,見秋風起,因思吳中菰菜羹鱸魚膾,曰:「人生貴得適意爾,何能羈宦數千里以要名爵!」遂命駕便歸。』 ㈣求田問舍 三國志:『許汜論陳元龍豪氣未除,謂昔過下邳,見元龍無主客禮,自上大床臥,使客臥下床。劉備曰:「君有國士名,而不留心救世,乃求田問舍,言無可采,是元龍所諱也。如我當臥百尺樓上,臥君于地,何但上下床之間哉!」』 ㈤樹猶如此 世說:『桓溫見昔時種柳,皆已十圍,慨然曰:「木猶如此,人何以堪？」」

【評箋】

陳洵云：「起句破空而來，秋無際，從『水隨天去』中見；『玉簪螺髻』之『獻愁供恨』，從遠目中見；『江南游子』，從『斷腸落日』中見；純用倒捲之筆。『吳鉤看了，闌干拍遍』，仍縮入『江南游子』上；『無人會』縱開，『登臨意』收合。後片愈轉愈奇，季鷹未歸則鱸膾徒然一轉，劉郎羞見則田舍徒然一轉，如此則江南游子亦惟長抱此憂，以老而已；卻不說出，而以『樹猶如此』作半面語縮住。『倩何人』以下十三字，應『無人會登臨意』作結。稼軒縱橫豪宕，而筆筆能留，字字有脈絡如此；學者苟能於此求，則清眞、稼軒、夢窗，三家實一家，若徒視爲眞率，則失此賢矣！清眞、稼軒、夢窗，各有神采；清眞出於韋端已，夢窗出於溫飛卿，稼軒出於南唐李主，莫不有一己之性情境地，而平平轍跡，則殊途同歸。而或者以鹵莽學之，或者委爲不可學。嗚呼！鮮能知味，小技猶然，況大道乎。」（海綃說詞）

譚獻云：「裂竹之聲，何嘗不潛氣內轉。」（譚評詞辨）

陳廷焯云：「落落數語，不數王粲登樓賦。」（白雨齋詞話）

摸魚兒

淳熙己亥㊀，自湖北漕移湖南，同官王正之置酒小山亭爲賦。

更能消幾番風雨，匆匆春又歸去。惜春長怕花開早，何況落紅無數。春且住！見說道、天涯芳草無歸路。怨春不語，算只有殷勤，畫檐蛛網，盡日惹飛絮。

長門事㊁，準擬佳期又誤，蛾眉曾有人妒。千金縱買相如賦，脈脈此情誰訴？君莫舞！君不見、玉環飛燕㊂皆塵土。閒愁最苦，休去倚危闌，斜陽正在，煙柳斷腸處。

【注解】

㊀淳熙己亥　宋孝宗淳熙六年，辛棄疾時年四十歲。　㊁長門事　司馬相如長門賦序云：「孝武皇帝陳皇后，時得幸，頗妒，

別在長門宮，愁悶悲思。聞蜀郡成都司馬相如，天下工爲文，奉黃金百斤爲相如、文君取酒。因于解悲愁之辭。而相如爲文，以悟主上，陳皇后復得親幸。』　㈢玉環飛燕　玉環，楊貴妃小字；飛燕，趙飛燕，漢成帝皇后號。

【評箋】

羅大經云：詞意殊怨，斜陽烟柳之句，比之『未須愁日暮，天際是輕陰』者異矣。在漢、唐時，寧不賈種豆種桃之禍？然聞壽皇見此詞，頗不悅，終不加以罪，可謂盛德。（鶴林玉露）

張侃云：康伯可『曲游春』詞頭句云：『臉薄難藏淚，恨柳風不與吹斷行色。』惜別之意已盡。辛幼安『摸魚兒』詞頭句云：『更能消幾番風雨，匆匆春又歸去。』惜春之意亦盡。二公才調絕人，不被腔律拘縛，至『但掩袖，轉面啼紅，無言應得。』與『閑愁最苦。休去倚危闌，斜陽正在，烟柳斷腸處。』其惜別惜春之意愈無窮。（拙軒集）

沈際飛云：李涉詩：『野寺尋花春已遲，背巖惟有兩三枝；明朝攜酒猶堪賞，爲報春風且莫吹。』辛用其意。（草堂詩餘正集）

許昂霄云：『春且住』二句，是留春之辭。結句即義山『夕陽無限好，只是近黃昏』之意。斜陽以喻君也。（詞綜偶評）

陳廷焯云：『更能消幾番風雨』一章，詞意殊怨，然姿態飛動，極沈鬱頓挫之致。起處『更能消』三字，是從千回萬轉後倒折出來，眞是有力如虎。又云：怨而怒矣！然沈鬱頓宕，筆勢飛舞，千古所無。『春且住』三字一喝，怒甚。結得愈淒涼、愈悲鬱。（白雨齋詞話）

譚獻云：權奇倜儻，純用太白樂府詩法。『見說道』句是開，『君不見』句是合。（譚評詞辨）

黃蓼園云：辭意似過于激切，第南渡之初，危如累卵，『斜陽』句亦危言聳聽之意耳！持重者多危詞，赤心人少甘語，亦可以諒其志哉！（蓼園詞選）

梁啓超云：迴腸盪氣，至於此極；前無古人，後無來者。（藝蘅館詞選）

王闓運云：『算只有』三句是指張浚秦檜一流人。（湘綺樓詞選）

永遇樂　㈠京口北固亭懷古

千古江山，英雄無覓、孫仲謀處。舞榭歌臺，風流總被、雨打風吹去。斜陽草樹，尋常巷陌，人道寄奴㈡曾住。想當年金戈鐵馬㈢，氣吞萬里如虎。元嘉草草㈣，封狼居胥，贏得倉皇北顧。四十三年㈤，望中猶記、烽火揚州路。可堪回首、佛狸祠㈥下，一片神鴉社鼓。憑誰問廉頗老矣㈦，尚能飯否？

【注解】

㈠『永樂遇』　此乃辛棄疾六十五歲守京口時作。　㈡寄奴　宋武帝劉裕小字寄奴，曾住丹徒京口里。　㈢金戈鐵馬　金屬製之戈，披著鐵甲之馬。　㈣元嘉草草　元嘉，宋文帝年號。宋文帝曾謂聞王玄謨論兵，使人有封狼居胥之意。（狼居胥，山名，在今蒙古。漢霍去病戰勝匈奴，封狼居胥山）後命王玄謨北伐，大敗而歸。　㈤四十三年　辛棄疾由一二〇四年（宋寧宗嘉泰四年）知鎮江府，距其在一一六二年奉表南歸，路經揚州，正是四十三年。　㈥佛狸　魏太武帝小名。宋文帝元嘉二十七年，魏太武帝南侵至瓜步。此蓋借魏太武以喻金主亮南侵。佛狸祠即太武帝之廟。　㈦廉頗老矣　廉頗在梁，趙王思復得頗，頗亦思復用。趙使使者視頗，頗為之一飯斗米，肉十斤，被甲上馬以示可用。事見史記廉頗藺相如列傳。

【評箋】

岳珂云：稼軒以詞名，每宴，必令侍姬歌其所作，特好「賀新郎」一詞，自誦其警句曰：「我見青山多嫵媚，料青山見我應如是。」又曰：「不恨古人吾不見，恨古人不見吾狂耳！」每至此，輒拊髀自笑，顧問坐客何如？皆嘆譽如出一口。既而作「永遇樂」序北府事，首章曰：「千古江山，英雄無覓，孫仲謀處。」又曰：「尋常巷陌，人道寄奴曾住。」其寓感概者則曰：「不堪回首，佛狸祠下，一片神鴉社鼓。憑誰問廉頗老矣，尚能飯否？」特置酒招數客，使妓迭歌，益自擊節，徧問客，必使摘其疵；客遜謝不可，或措一二語，不契其意，又弗答。余時年最少，率然對曰：「童子無知，何敢有議？然必欲如范希文，以千金求嚴陵記一字之易，則晚進竊有議也。」稼軒喜，使畢其說。余曰：「前篇豪視一世，獨首尾二腔警語差相似，新作微覺用事多耳。」稼軒大喜，謂座客曰：「夫夫也，實中於痼。」乃味改其語，日數十易，累月未竟。（程史）

羅大經云：此詞雋壯可喜。（鶴林玉露）

楊慎云：辛詞當以京口北固亭懷古「永遇樂」為第一。（詞品）

先著云：發端便欲涕落，後段一氣奔注，筆不得遏。廉頗自擬，慷慨壯懷，如聞其聲。謂此詞用人名多者，尙是不解詞味。（詞潔）
周濟云：有英主則可以隆中興，此是正說。英主必起於草澤，此是反說。又云：繼世圖功，前車如此。（宋四家詞選）
譚獻云：起句嫌有獷氣，且使事太多，宜爲岳氏所譏；非稼軒之盛氣，勿輕染指也。（譚評詞辨）
陳廷焯云：句句有金石聲音，吾怖其神力。（白雨齋詞話）
繼昌云：此閱悲壯蒼涼，極詠古能事。（左庵詞話）

木蘭花慢 滁州送范倅㊀

老來情味減，對別酒，怯流年。況屈指中秋，十分好月，不照人圓。無情水都不管，共西風、只管送歸船。秋晚蓴鱸㊁江上，夜深兒女燈前。　征衫，便好去朝天，玉殿正思賢。想夜半承明，留教視草㊂，卻遣籌邊。長安，故人問我，道愁腸殢酒㊃只依然。目斷秋霄落雁，醉來時響空弦。

【注解】

㊀滁州送范倅　稼軒知滁州，在宋孝宗乾道八年，明年三十三。范倅名昂，字里無考。　㊁蓴鱸　用張翰事，見前『水龍吟』注。　㊂視草　爲皇帝草擬制詔之稿。　㊃殢酒　殢音ㄉㄧˋ，困也。

祝英臺近

寶釵分，桃葉渡，煙柳暗南浦。怕上層樓，十日九風雨。斷腸片片飛紅，都無人管，更誰勸啼鶯聲住？　鬢邊覷，應把花卜歸期，纔簪又重數。羅帳燈昏，哽咽夢中語。是他春帶愁來，春歸何處？卻不解帶將愁去。

【評箋】

張端義云：呂婆，呂正己之妻，正己爲京畿漕，有女事辛幼安，因以微事觸其怒，竟逐之，今稼軒『桃葉渡』詞因此而作。（貴耳集）

陳鵠云：辛幼安詞：『是他春帶愁來，春歸何處，卻不解帶將愁去。』人皆以爲佳，不知趙德莊『鵲橋仙』詞云：『春愁元自逐春來，卻不肯隨春歸去。』蓋德莊又體李漢老楊花詞：『驀地便和春帶將歸去。』大抵後輩作詞，無非前人已道底句，特善能轉換耳。（耆舊續聞）

張侃云：辛幼安『祝英臺』云：『是他春帶愁來，春歸何處，又不解和愁歸去。』王君玉『祝英臺』云：『可堪妒柳羞花，下牀都嬾，便瘦也教春知道。』前一詞欲春帶愁去，後一詞欲春知道瘦。近世春晚詞，少有比者。（拙軒集）

沈際飛云：唐詩：『莫作商人婦，金釵當卜錢。』不能擅美。又云：怨春、問春，口快心靈，非關勦襲。（草堂詩餘正集）

沈謙云：稼軒詞以激揚奮厲爲工，至『寶釵分、桃葉渡』一曲，昵狎溫柔，魂銷意盡，詞人伎倆，眞不可測。（塡詞雜說）

譚獻云：『斷腸』三句，一波三過折，末三句託興深切，亦非全用直語。（譚評詞辨）

張惠言云：此與德祐太學生二詞用意相似，點點飛紅，傷君子之棄；流鶯，惡小人得志也；春帶愁來，其刺趙、張乎？（張惠言詞選）

黃蓼園云：按此閨怨詞也。史稱稼軒人材，大類溫嶠、陶侃，周益公等抑之，爲之惜。此必有所託，而借閨怨以抒其志乎！言自與良人分釵後，一片烟雨迷離，落紅已盡，而鶯聲未止，將奈之何乎？次闋言問卜，欲求會而間阻實多，而憂愁之念將不能自已矣；意致悽惋，其志可憫。史稱葉衡入相，薦棄疾有大略，召見提刑江西，平劇盜，兼湖南安撫，盜起湖、湘，棄疾悉平之。後奏請於湖南設飛虎軍，詔委以規畫。時樞府有不樂者，數阻撓之；議者以聚斂聞，降御前金字牌停住；棄疾開陳本末，繪圖繳進，上乃釋然。詞或作於此時乎？（蓼園詞選）

青玉案 元夕

東風夜放花千樹㈠，更吹落星如雨。寶馬雕車香滿路，鳳簫聲動，玉壺光轉，一夜魚龍舞㈡。蛾兒㈢雪柳黃金縷，笑語盈盈暗香去。衆裏尋他千百度，驀然回首，那人卻在，燈火闌珊㈣處。

【注解】

㈠花千樹　蘇味道詩：『火樹銀花合，星橋鐵鎖開。』指燈，星如雨亦指燈。　㈡魚龍舞　指魚燈龍燈各樣燈彩。　㈢蛾兒　指婦人頭上妝飾。　㈣闌珊　衰落之意。

【評箋】

彭孫遹云：稼軒『驀然回首，那人卻在燈火闌珊處。』秦、周之佳境也。（金粟詞話）

譚獻云：稼軒心胸發其才氣，改之而下則獷。起二句賦色瑰異，收處和婉。（譚評詞辨）

梁啓超云：自憐幽獨，傷心人別有懷抱。（藝蘅館詞選）

王國維云：古今成大事業、大學問者，必經過三種境界：『昨夜西風凋碧樹，獨上高樓，望盡天涯路。』此第一境也。『衣帶漸寬終不悔，爲伊消得人憔悴。』此第二境也。『衆裏尋他千百度，回頭驀見，那人正在，燈火闌珊處。』此第三境也。此等語皆非大詞人不能道，然遽以此意解釋諸詞，恐晏、歐諸公所不許也。（人間詞話）

鷓鴣天　鵝湖㈠歸病起作

枕簟溪堂冷欲秋，斷雲依水晚來收。紅蓮相倚渾如醉，白鳥無言定自愁。書咄咄㈡，且休休㈢，一邱一壑也風流。不知筋力衰多少，但覺新來懶上樓。

【注解】

㈠鵝湖　在江西鉛山縣東北十五里。　㈡咄咄　晉殷浩廢黜，常書空作咄咄怪事字，見晉書。　㈢休休　美也。司空圖隱居中條山，作休休亭，見唐書。

【評箋】

沈際飛云：生派愁絕與花鳥，卻自然。後段一本作：『無限事，不勝愁；那堪魚雁兩悠悠，秋懷不識知多少。』（草堂詩餘正集）

周濟云：詞中有此大筆。（宋四家詞選）

黃蓼園云：其有匪風、下泉之思乎？可以悲其志矣。妙在結二句放開寫，不卽不離尙含住。（蓼園詞選）

陳廷焯云：信筆寫去，格調自蒼勁，意味自深厚，不必劍拔弩張，洞穿已過七札，斯爲絕技。（白雨齋詞話）

況周頤云：『不知』二句入詞佳，入詩便稍覺未合。詞與詩體格不同處，其消息卽此可參。（蕙風詞話）

菩薩蠻 ㊀書江西造口㊁壁

鬱孤臺㊂下淸江水，中間多少行人淚。西北是長安㊃，可憐無數山。青山遮不住，畢竟東流去。江晚正愁余，山深聞鷓鴣㊄。

【注解】

㊀『菩薩蠻』 此詞是辛棄疾三十六歲任江西提點刑獄時作。㊁造口 今名皁口鎭，在江西萬安縣南六十里。㊂鬱孤臺 在江西省贛縣西南。淸江指贛江。㊃長安 本漢、唐舊都，後通作京師之代稱。㊄聞鷓鴣 俗謂鷓鴣鳴聲爲『行不得也哥哥』，此喻恢復無望。

【評箋】

羅大經云：南渡初金人追隆祐太后御舟至造口，不及而還。鷓鴣之句，謂恢復之事行不得也。（鶴林玉露）

卓人月云：忠憤之氣，拂拂指端。（詞統）

周濟云：借水怨山。（宋四家詞選）

陳廷焯云：稼軒書江西造口壁一章，用意用筆，洗胎溫韋殆盡，然大旨正見脗合。（白雨齋詞話）

譚獻云：西北二句，宕逸中亦深鍊。（譚評詞辨）

梁啓超云：『菩薩蠻』如此大聲鏜鞳，未曾有也。（藝蘅館詞選）

姜夔

夔，字堯章，鄱陽人。蕭東父識之于年少客遊，妻以兄子；因寓居吳興之武康，與白石洞天爲鄰，自號白石道人。慶元中，曾上書乞正太常雅樂，得免解訖；不第而卒。有白石詞一卷，見六十家詞刊本。又四卷本，有四庫全書本，乾隆寫本，陸鍾輝本，張弈樞本，江春本，姜忠肅祠堂本，揚州知不足齋本，倪耘劬本，倪鴻本，榆園叢書本，四印齋本。六卷本有彊村叢書本，沈遜齋本，鄭文焯校本。

徐獻忠云：堯章長於音律，嘗著大樂議，欲正廟樂。慶元三年，詔付奉常，有司將掌令太常寺與議大樂，時嫉其能，是以不獲盡其所議，人大惜之。（吳興掌故集）

陳郁云：白石道人氣貌若不勝衣，而筆力足以扛百斛之鼎；家無立錐，而一飯未嘗無食客；圖史翰墨之藏，汗牛充棟：襟懷灑落，如晉、宋間人。意到語工，不期於高遠而自高遠。（藏一話腴）

黃昇云：白石詞極精妙，不減清眞，其高處有美成所不能及。（花庵詞選）

樂府紀聞云：鄱陽姜堯章流寓吳興，嘗暇日遊金閶，裴回弔古，賦『柳枝詞』，有『行人悵望蘇臺柳，曾與吳王掃落花』之句，楊誠齋極喜誦之。蕭東父尤愛其詞，以其兄之子妻之。（沈雄古今詞話引）

沈義父云：白石清勁知音，亦未免有生硬處。（樂府指迷）

張炎云：姜白石如野雲孤飛，去留無迹。（詞源）

毛晉云：范石湖評堯章詩云：『有裁雲縫月之妙手，敲金戛玉之奇聲。』予於其詞亦云。（白石詞跋）

張宗橚云：按毛晉云云，乃楊誠齋評白石除夜自石湖歸苕溪十絕句，非石湖語也。（詞林紀事）

朱彝尊云：詞莫善於姜夔，宗之者張輯、盧祖皋、史達祖、吳文英、蔣捷、王沂孫、張炎、周密、陳允平、張翥、楊基，皆具夔之一體，基之後，得其門者寡矣。（詞綜序）

陳撰云：南宋詞人，浙東、西特甚，而審音之精，要以白石為極詣，先生事事精習，率妙絕神品，雖終身草萊，而風流氣韻，足以標映後世；當乾、淳間，俗學充斥，文獻湮替，乃能雅尚如此，洵稱豪傑之士矣。（玉几山房聽雨錄）

四庫全書提要：夔詩格高秀，爲楊萬里等所推；詞亦精深華妙，尤善自度新腔；故音節文采，並冠一時。（白石詞提要）

許昂霄云：詞中之有白石，猶文中之有昌黎也。（詞林紀事引）

宋翔鳳云：詞家之有姜石帚，猶詩家之有杜少陵，繼往開來，文中關鍵，其流落江湖不忘君國，皆借託比興於長短句寄之。（樂府餘論）

周濟云：白石脫胎稼軒，變雄健爲清剛，變馳驟爲疏宕，蓋二公皆極熱中，故氣味吻合；辛寬姜窄，寬故容蕆，窄故門硬。又云：白石小序甚可觀，苦與詞複，若序其緣起，不犯詞境，斯爲兩美矣。（宋四家詞選序論）又云：白石詞如明七子詩，看是高格響調，不耐人細思。又云：白石以詩法入詞，門徑淺狹，如孫過庭書，但使後人模仿。（介存齋論詞雜著）

先著云：張三影醉落魄詞，有『生香眞色人難學』之句。予謂生、香、眞、色四字，可以移評石帚之詞。又云：意欲靈動，不欲晦澀，語欲隱秀，不欲纖佻，人工勝則天趣減；梅溪、夢窗，自不能不讓白石出一頭地。（詞潔）

鄧廷禎云：詞家之有白石，猶書家之有逸少，詩家之有浣花，蓋緣識趣旣高，興象自別。（雙硯齋隨筆）

戈載云：白石之詞，淸氣盤空，如野雲孤飛，去留無迹；其高遠峭拔之致，前無古人，後無來者，眞詞中之聖也！（七家詞選）

馮煦云：白石爲南渡一人，千秋論定，無俟揚搉；樂府指迷獨稱其『暗香』、『疏影』、『揚州慢』、『一萼紅』

『琵琶仙』、『探春慢』、『淡黃柳』等曲，詞品則以詠蟀蟋『齊天樂』一闋爲最勝。其實石帚所作，超脫蹊徑，天籟人力，兩臻絕頂，筆之所至，神韻俱到；非如樂笑、二窗輩，可以奇對警句相與標目，又何事於諸調中强分軒輊也？野雲孤飛，去留無迹，彼讀姜詞者，必欲求下手處，則先自俗處能雅，滑處能澀始。（宋六十家詞選例言）

劉熙載云：姜白石詞幽韻冷香，令人挹之無盡，擬諸形容，在樂則琴，在花則梅也。又云：詞家稱白石曰白石老仙，或問畢竟與何仙相似？曰藐姑冰雪，蓋爲近之。（藝概）

孫麟趾云：識見低則出句不超，超者出乎尋常意計之外，白石多清超之句，宜學之。（詞選）

陳廷焯云：姜堯章詞清虛騷雅，每於伊鬱中饒蘊藉，清眞之勁敵，南宋一大家也。夢窗、玉田諸人，未易接武。又云：美成、白石，各有至處，不必過爲軒輊。頓挫之妙，理法之精，千古詞宗，自屬美成；而氣體之超妙，則白石獨有千古，美成亦不能至。（白雨齋詞話）

陳銳云：白石擬稼軒之豪快，而結體於虛。夢窗變美成之面貌，而鍊響於實。南渡以來，雙峯並峙，如盛唐之有李、杜矣！（褒碧齋詞話）

鄭文焯云：白石以沈憂善歌之士，意在復古，進大樂議，卒爲伶倫所阨；其志可悲，其學自足千古。叔夏論其詞如野雲孤飛，去留無迹，百世興感，如見其人。（鶴道人論詞書）

點絳脣

丁未(一)冬，過吳松(二)作。

燕雁無心，太湖西畔隨雲去。數峯淸苦，商略黃昏雨。　第四橋邊(三)，擬共天隨(四)住。今何許？憑闌懷古，殘柳參差舞。

【注解】

(一)丁未　孝宗淳熙十四年。姜夔自湖州往蘇州見范成大，道經吳松。　(二)吳松　一名松陵，又名笠澤，即今吳江。　(三)第四橋邊　蘇州府志：『甘泉橋一名第四橋，以泉品居第四也。』　(四)天隨　唐陸龜蒙號天隨子。吳郡圖經續志：『陸龜蒙宅在松江上甫里。』

【評箋】

卓人月云：『商略』二字誕妙。（詞統）

陳廷焯云：白石長調之妙，冠絕南宋，短章亦有不可及者，如『點絳脣』一闋，通首只寫眼前景物，至結處云：『今何許？憑闌懷古，殘柳參差舞。』感時傷事，只用『今何許』三字提倡，『憑闌懷古』下，僅以『殘柳』五字詠歎了之，無窮哀感，都在虛處；令讀者弔古傷今，不能自止，洵推絕調。（白雨齋詞話）

陳思云：案此闋爲誠齋以詩送謁石湖，歸途所作。詩集有姑蘇懷古詩。（白石道人年譜）

鷓鴣天　元夕有所夢

肥水(一)東流無盡期，當初不合種相思。夢中未比丹青見，暗裏忽驚山鳥啼。　春未綠，鬢先絲，人間別久不成悲。誰教歲歲紅蓮(二)夜，兩處沈吟各自知。

【注解】

(一)肥水　太平寰宇記：廬州合肥縣，肥水出縣西南八十里藍家山東南，流入於巢湖。　(二)紅蓮　謂燈也。

【評箋】

陳思云：案所夢卽『淡黃柳』之小喬宅中人也。（白石道人年譜）

鄭文焯云：紅蓮謂燈，此可與丁未元日金陵江上感夢之作參看。（鄭校白石道人歌曲）

踏莎行

自沔東來。丁未元日，至金陵江上，感夢而作。

燕燕輕盈，鶯鶯㈠嬌軟，分明又向華胥㈡見。夜長爭得薄情知？春初早被相思染。　別後書辭，別時針線，離魂暗逐郎行㈢遠。淮南皓月冷千山，冥冥歸去無人管。

【注解】

㈠燕燕鶯鶯　指所歡。蘇軾贈張先詩：『詩人老去鶯鶯在，公子歸來燕燕忙。』　㈡華胥　見前張掄『燭影搖紅』注。

㈢郎行　郎邊。

【評箋】

王國維云：白石之詞，余所最愛者，亦僅二語，曰：『淮南皓月冷千山，冥冥歸去無人管。』（人間詞話）

慶宮春

紹熙辛亥㈠除夕，余別石湖歸吳興，雪後夜過垂虹㈡嘗賦詩云：『笠澤茫茫雁影微，玉峯重疊護雲衣；長橋寂寞春寒夜，只有詩人一舸歸。』後五年冬，復與俞商卿、張平甫、銛朴翁㈢自封禺同載，詣梁溪。道經吳松，山寒天迥，雲浪四合，中夕相呼步垂虹，星斗下垂，錯雜漁火，朔吹凜凜，卮酒不能支。朴翁以衾自纏，猶相與行吟，因賦此闋，蓋過旬，塗稿乃定。朴翁咎余無益，然意所耽，不能自已也。平甫、商卿、朴翁皆工於詩，所出奇詭；余亦強追逐之，此行既歸，各得五十餘解。

雙槳蓴波，一蓑松雨，暮愁漸滿空闊。呼我盟鷗㈣，翩翩欲下，背人還過木末。那回歸去，蕩雲雪孤舟夜發。傷心重見，依約眉山，黛痕低壓。　采香徑㈤裏春寒，老子婆娑，自歌誰答？垂虹西望，飄然引去，此興平生難遏。酒醒波遠，正凝想明璫素襪㈥。如今安在？惟有闌干，伴人一霎。

【注解】

㈠紹熙辛亥　光宗二年。後五年，寧宗慶元二年丙辰。　㈡垂虹　吳江利往橋上有亭曰垂虹。　㈢銛朴翁　西湖遊覽志：『葛天民，字無懷，山陰人。初爲僧，名義銛，其後還初服，一時所交皆勝士。有二侍姬：一名如夢，一名如幻，見癸辛雜識。』俞商卿　咸淳臨安志：『俞灝字商卿，世居杭，父徙烏程，登紹熙四年第。張平甫　張鎡（功甫）異母弟名鑑。』　㈣盟鷗　謂居雲水之鄉，如與鷗鳥有約。　㈤采香徑　蘇州府志：『采香徑在香山之旁，小溪也。吳王種香于香山，使美人泛舟於溪水采香。今自靈岩山望之，一水直如矢，故俗名箭徑。』　㈥明璫素襪　指當時美人。曹植洛神賦：『凌波微步，羅襪生塵。』又『無微情以効愛兮，獻江南之明璫。』明璫卽明珠。

【評箋】

陸友仁云：近世以筆墨爲事者，無如姜堯章、趙子固二公，往余見姜堯章『慶春宮』詞，愛其詞翰丰茸，故備載之。（硯北雜志）

齊天樂　丙辰㈠歲與張功甫㈡會飲張達可之堂，聞屋壁間蟋蟀有聲，功甫約余同賦，以授歌者。功甫先成，詞甚美，余徘徊末利花間，仰見秋月，頓起幽思，尋亦得此。蟋蟀，中都㈢呼爲促織，善鬥；好事者或以三二十萬錢致一枚，鏤象齒爲樓觀以貯之。

庾郎㈣先自吟愁賦，淒淒更聞私語。露溼銅鋪㈤，苔侵石井，都是曾聽伊處。哀音似訴，正思婦無眠，起尋機杼。曲曲屏山，夜涼獨自甚情緒？　西窗又吹暗雨，爲誰頻斷續，相和砧杵？候館迎秋，離宮㈥弔月，別有傷心無數。豳詩㈦漫與，笑籬落呼燈，世間兒女。寫入琴絲，一聲聲更苦。

【注解】

㈠丙辰　宋寧宗慶元二年。　㈡張平甫　名鎡，張俊孫，有南湖集。　㈢中都　謂杭州。　㈣庾郎　庾信有哀江南賦。

㈤銅鋪　著門上以銜環者，銅爲之。李賀詩：『屈膝銅鋪鎖阿甄。』　㈥離宮　行宮，天子出巡憩于此。　㈦豳詩　指詩經豳風七月『七月在野，八月在宇，九月在戶，十月蟋蟀入我牀下』句。

【評箋】

王仁裕云：每秋時，宮中妃妾皆以小金籠閉蟋蟀置枕函畔，夜聽其聲。民間爭效之。（開元天寶遺事）

張宗橚云：余弟芷齋云：漢書王褒傳『蟋蟀俟秋吟。』師古注：『蟋蟀，今之促織也。』按蟋蟀呼促織，唐時已然，不始于宋之中都也。（詞林紀事）

張炎云：要知換頭，不可斷了曲意。如白石云：『曲曲屏山，夜涼獨自甚情緒？』於過變則云：『西窗又吹暗雨』，則曲意不斷矣。（詞源）

賀裳云：稗史稱韓幹畫馬，人入其齋，見幹身作馬形，凝思之極，理或然也。作詩文亦必如此始工。如史邦卿詠燕，幾於形神俱似矣；次則姜白石詠蟋蟀：『露濕銅鋪，苔侵石井，都是曾聽伊處。哀音似訴，正思婦無眠，起尋機杼。』又云：『西窗又吹暗雨，爲誰頻斷續，相和砧杵？』數語刻劃亦工。蟋蟀無可言而言聽蟋蟀者，正姚鉉所謂『賦水不當僅言水，而言水之前後左右』也。（皺水　詞筌）

劉體仁云：詞欲婉轉而忌複，不獨『不恨古人吾不見』與『我見青山多嫵媚』爲岳亦齋所誚，即白石之工，如『露濕銅鋪』與『候館吟秋』總是一法。（七頌堂詞繹）

許昂霄云：將蟋蟀與聽蟋蟀者層層夾寫，如環無端，眞化工之筆也。（詞綜偶評）

陳廷焯云：白石『齊天樂』一闋，全篇皆寫怨情，獨後半云：『笑籬落呼燈，世間兒女。』以無知兒女之樂，反襯出有心人之苦，最爲入妙；用筆亦別有神味，難以言傳。（白雨齋詞話）

陳銳云：姜堯章『齊天樂』詠蟋蟀最爲有名，然庾郎愁賦，有何出典？『豳詩』四字，太覺呆詮。至『銅鋪、石井，候館、離宮』，亦嫌重複。（褒碧齋詞話）

鄭文焯云：負暄雜錄：『鬥蛩之戲，始於天寶間，長安宮人，鏤象牙爲籠而畜之，以萬金之資，付之一啄。』此敍所記好事者云云。可知其習尚至宋宣政間，殆有甚於唐之天寶時矣。功父『滿庭芳』詞詠促織兒，淸雋幽美，實擅詞家能事，有觀止之歎；白

石別構一格，下闋託寄遙深，亦足千古已。（鄭校白石道人歌曲）

沈祥龍云：詞中虛字，猶曲中襯字，前呼後應，仰承俯注，全賴虛字靈活，其詞始妥溜而不板實。不特句首虛字宜講，句中虛字亦當留意。如白石詞云：『庾郎先自吟愁賦，淒淒更聞私語。』『先自』『更聞』，互相呼應，餘可類推。（論詞隨筆）

琵琶仙

吳都賦云：『戶藏煙浦，家具畫船。』惟吳興為然，春游之盛，西湖未能過也。己酉㊀歲，余與蕭時父㊁載酒南郭，感遇成歌。

雙槳來時，有人似舊曲桃根桃葉㊂。歌扇輕約飛花，蛾眉正奇絕。春漸遠，汀洲自綠，更添了幾聲啼鴂。十里揚州㊃，三生㊄杜牧，前事休說。又還是宮燭分煙㊅，奈愁裏匆匆換時節。都把一襟芳思，與空階榆莢㊆。千萬縷、藏鴨細柳，為玉尊、起舞回雪。想見西出陽關㊇，故人初別。

【注解】

㊀己酉　孝宗淳熙十六年。　㊁蕭時父　蕭德藻之姪，白石妻黨。　㊂桃根桃葉　桃葉晉王獻之妾，獻之嘗臨渡作歌贈之，桃葉作團扇歌以答。其妹名桃根。見古今樂錄。　㊃十里揚州　杜牧詩：『春風十里揚州路，卷上珠簾總不如。』　㊄三生　謂過去，現在，未來三世人生。白居易詩：『世說三生如不謬，共疑巢、許是前身。』　㊅宮燭分烟　見前周邦彥『應天長』注。　㊆空階榆莢　見前蘇軾『水龍吟』注。　㊇陽關　見前前周彥『綺寮怨』注。

【評箋】

鄭文焯云：白石『琵琶仙』題引吳都賦云：『戶藏煙浦，家具畫船。』惟吳興爲然。按二語見唐文粹所錄李庾西都賦，非吳都賦，白石誤。（絕妙好詞校錄）

顧廣圻云：文粹引李賦原文，作『戶閉煙浦，家藏畫舟。』白石作。『具』、『藏』，兩字均誤。又誤舟爲船，致失原韻；且移唐之西都於吳都，地理尤錯。（思適齋集）

張炎云：白石『琵琶仙』，少游『八六子』，全在情景交鍊，得言外意。（詞源）

沈際飛云：『春草碧色，春水綠波；送君南浦，傷如之何？』四語約是此篇。又云：融情會景，與少游『八六子』詞共傳。（草堂詩餘正集）

許昂霄云：『都把一襟芳思』至末，句句說景，句句說情，眞能融情景于一家者也。曲折頓宕，又不待言。（詞綜偶評）

八歸　湘中送胡德華

芳蓮墜粉，疏桐吹綠，庭院暗雨乍歇。無端抱影銷魂處，還見篠牆㊀螢暗，蘚階蛩切。送客重尋西去路，問水面、琵琶㊁誰撥？最可惜、一片江山，總付與啼鴂。長恨相逢未款，而今何事，又對西風離別？渚寒烟淡，棹移人遠，飄渺行舟如葉。想文君望久，倚竹愁生步羅襪㊂。歸來後、翠尊雙飲，下了珠簾，玲瓏閒看月。

【注解】

㊀篠牆　竹牆。篠音丅一幺。小竹。　㊁水面琵琶　白居易琵琶行有『忽聞水上琵琶聲』句。　㊂羅襪　李白詩：『玉階生白露，夜久侵羅襪。卻下水晶簾，玲瓏望秋月。』

【評箋】

許昂霄云：歷敘離別之情，而終以室家之樂，即豳風東山詩意也，誰謂長短句不源于三百篇乎？（詞綜偶評）

麥孺博云：全首一氣到底，刀揮不斷。（藝蘅館詞選）

陳廷焯云：離情激越，筆力精健，而意味仍是和婉，哀而不傷，眞詞聖也。（白雨齋詞話）

念奴嬌　余客武陵㊀，湖北憲治在焉；古城野水，喬木參天。余與二三友，日蕩舟其間，薄荷花而飲，意象幽閒，不類

人境。秋水且涸，荷葉出地尋丈，因列坐其下，上不見日，淸風徐來，綠雲自動；間於疏處，窺見游人畫船，亦一樂也。朅來(二)吳興，數得相羊(三)荷花中，又夜泛西湖，光景奇絕，故以此句寫之。

鬧紅一舸，記來時嘗與鴛鴦爲侶。三十六陂(四)人未到，水佩風裳無數。翠葉吹涼，玉容(五)消酒，更灑菰(六)蒲雨。嫣然(七)搖動，冷香飛上詩句。日暮，靑蓋亭亭，情人不見，爭忍淩波去？只恐舞衣寒易落，愁入西風南浦。高柳垂陰，老魚吹浪，留我花間住。田田多少，幾回沙際歸路。

【注解】

(一)武陵　今湖南常德縣。時蕭德藻爲湖北參議，姜夔客蕭邸。(二)朅　音ㄑ一せ入聲。去也。朅來猶言來。(三)相羊　同徜徉，離騷：『聊逍遙以相羊。』(四)三十六陂　宋人詩詞中常用三十六陂字，乃虛解，非實地。王安石詩：『三十六陂烟水，白頭想見江南。』(五)玉容　指荷花。(六)菰　植物名，一名茭，又名蔣。春月生新芽如筍，名茭白。(七)嫣然　笑貌。

【評箋】

麥孺博云：俊語。（藝蘅館詞選）

揚州慢

淳熙丙申(一)至日，余過維揚。夜雪初霽，薺麥彌望。入其城則四顧蕭條，寒水自碧，暮色漸起，戍角悲吟，余懷愴然，感慨今昔，因自度此曲。千巖老人(二)以爲有黍離之悲也。

淮左名都，竹西(三)佳處，解鞍少駐初程。過春風十里，盡薺麥靑靑。自胡馬(四)窺江去後，廢池喬木，猶厭言兵。漸黃昏，淸角吹寒，都在空城。杜郎(五)俊賞，算而今、重到須驚。縱豆蔻(六)詞工，靑樓(七)夢好，難賦深情。二十四橋(八)仍在，波心蕩冷月無聲。念橋邊紅藥，年年知爲誰生？

【注解】

㈠丙申　宋孝宗淳熙三年。　㈡千巖老人　蕭德藻字東夫，閩清人，紹興三十一年進士。　㈢竹西　亭名，在揚州城北五里。　㈣胡馬　紹興三十年，完顏亮南寇，江淮軍敗，中外震駭。亮不久爲臣下弑于瓜州。　㈤杜郎　杜牧。　㈥豆蔻　見柔觀『滿庭芳』注。　㈦青樓　妓院也。杜牧詩：『十年一覺揚州夢，贏得青樓薄倖名。』　㈧二十四橋　在江蘇省江都縣城西門外。杜牧詩：『二十四橋明月夜，玉人何處敎吹簫？』揚州畫舫錄云：『二十四橋，一名藥橋，卽吳家磚橋，古有二十四美人吹簫于此，故名。』

【評箋】

陳廷焯云：『猶厭言兵』四字，包括無限傷亂語，他人累千百言，亦無此韻味。（白雨齋詞話）

姜虬綠云：考千巖老人曾參議湖北，公客武陵，殆客蕭邸耶？傳謂蕭以兄子妻公，雖未定何年，大約丙申後、丙午前十年間事也。（白石道人詩詞年譜）

阮閱云：蜀岡者，維揚之地也。蜀岡之南，有竹西亭，修竹疏翠，後卽禪智寺也。取杜牧之：『斜陽竹西路，歌吹是揚州。』自蜀岡以南，景氣頓異，北風至此遂絕。（詩話總龜）

先著云：『無奈苕溪月，又喚我扁舟東下。』是『喚』字着力。『二十四橋仍在，波心蕩、冷月無聲。』是『蕩』字着力。所謂一字得力，通首光采，非鍊字不能，然鍊亦未易到。（詞潔）

許昂霄云：『荳蔻梢頭二月初』及『十年一覺揚州夢，贏得青樓薄倖名。』皆杜牧句。（詞綜偶評）

鄭文焯云：紹興三十年，完顏亮南寇，江淮軍敗，中外震駭；亮尋為其臣下殺於瓜州。此詞作於淳熙三年，寇平已十有六年，而景物蕭條，依然有廢池喬木之感，此與『淒涼犯』當同屬江淮亂後之作。（鄭校白石道人歌曲）

長亭怨慢

余頗喜自製曲。初率意爲長短句，然後協以律，故前後闋多不同。桓大司馬㈠云：『昔年種柳，依依漢南；今看搖落，悽愴江潭；樹猶如此，人何以堪？』此語余深愛之。

漸吹盡，枝頭香絮，是處人家，綠深門戶。遠浦縈回，暮帆零亂，向何許？閱人多矣，誰得似長亭樹？樹若有情時，不會得青青如此！　日暮，望高城不見，只見亂山無數。韋郎去也，怎忘得玉環㈡分付。第一是早早歸來，怕紅萼無人為主。算空有并刀，雖翦離愁千縷。

【注解】

㈠桓大司馬　桓溫事見世說新語。　㈡玉環　雲溪友議云：韋皋遊江夏，與青衣玉簫有情，約七年再會，留玉指環。八年，不至，玉簫絕食而歿。後得一歌姬，真如玉簫，中指肉隱如玉環。

【評箋】

許昂霄云：韋皋與玉簫別，留玉指環，約七年再會，以其地在江夏，故用之，後遂沿為通用語。（詞綜偶評）

先著云：「時」字湊，「不會得」三字呆，韋郎二句，口氣不雅；「只」字疑誤，「只」字喚不起「難」字。白石人工鎔鍊特甚此一二筆容是率處。（詞藻）

吳衡照云：白石「長亭怨慢」，引桓大司馬云云，乃庾信枯樹賦，非桓溫語。（蓮子居詞話）

麥孺博云：渾灝流轉，脫胎稼軒。（藝蘅館詞選）

孫麟趾云：路已盡而復開出之，謂之轉。如：「誰得似長亭樹，樹若有情時，不會得青青如此。」（詞逕）

淡黃柳

客居合肥，南城赤闌橋之西，巷陌淒涼，與江左異；惟柳色夾道，依依可憐。因度此曲，以紓客懷。

空城曉角㈡　吹入垂楊陌　馬上單衣寒惻惻　看盡鵝黃嫩綠　都是江南舊相識　正岑寂㈢　明朝又寒食　強攜酒　小橋宅㈣　怕梨花落盡成秋色㈤　燕燕飛來　問春何在　惟有池唐自碧

【注解】

㈠客居合肥　時在光宗紹熙二年辛亥　㈡曉角　早晨號角　㈢岑寂　文選鮑照舞鶴賦　去帝鄉之岑寂　注　岑

寂，猶高靜也。』　㈣小橋宅　指合肥所歡住處。　㈤梨花落盡成秋色　李賀詩：『梨花落盡成秋苑。』

【評箋】

鄭文焯云：長吉有『梨花落盡成秋苑』之句，白石正用以入詞，而改一『色』字協韻。當時淸眞、方回多取賀詩雋句爲字面。（鄭校白石道人歌曲）

譚獻云：白石、稼軒，同音笙磬，但淸脆與鏜鞳異響，此事自關性分。（譚評詞辨）

暗香

辛亥之冬，余載雪詣石湖㈠。止旣月，授簡索句，且徵新聲，作此兩曲，石湖把玩不已，使二妓肄習之，音節諧婉，乃名之曰：『暗香』、『疏影』。

舊時月色，算幾番照我，梅邊吹笛？喚起玉人，不管淸寒與攀摘。何遜㈡而今漸老，都忘卻春風詞筆。但怪得竹外疏花，香冷入瑤席。　江國，正寂寂，歎寄與路遙，夜雪初積。翠尊易泣，紅萼㈢無言耿相憶。長記曾攜手處，千樹壓、西湖寒碧。又片片、吹盡也，幾時見得？

【注解】

㈠石湖　在蘇州西南，與太湖通。范成大居此，因號石湖居士。　㈡何遜　南朝梁東海郯人，八歲能賦詩，文與劉孝綽齊名。嘗爲揚州法曹，廨舍有梅花一株，常吟詠其下。後居洛思之，請再往。抵揚州，花方盛開，遜對樹彷徨終日。杜甫詩：『東閣官梅動詩興，還如何遜在揚州。』　㈢紅萼　指梅花。

【評箋】

鄭文焯云：淸吟堂刻絕妙好詞，石帚『暗香』『翠尊易泣』注云：『泣』當作『竭』，不詳所出。近時坊刻，遂改作『竭』，按嘉泰本是『泣』字，當從之。黃孝邁湘春夜月：『空尊夜泣。』此可爲石帚作『泣』之證。弁陽是選本，作『泣』字，蓋坊本從淸吟堂校注所改耳！（絕妙好詞校錄）

陸友仁云：小紅，順陽公青衣也，有色藝。順陽公之請老，姜堯章詣之。一日，授簡徵新聲，堯章製『暗香』、『疏影』兩曲，分使二妓習之，音節淸婉。堯章歸吳興，公尋以小紅贈之，其夕大雪過垂虹，賦詩曰：『自作新詞韻最嬌，小紅低唱我吹簫，曲終過盡松陵路，回首煙波十四橋。』堯章每喜自度曲，吹洞簫，小紅輒歌而和之。堯章後以疾歿，故蘇石輓之云：『所幸小紅方嫁了，不然啼損馬塍花。』宋時花藥皆出東、西馬塍，兩馬塍皆名人葬處，白石歿後葬此。（硯北雜志）

張炎云：白石『疏影』、『暗香』、『揚州慢』、『一萼紅』、『琵琶仙』、『探春』、『八歸』、『淡黃柳』等曲，不惟淸空，且又騷雅，讀之使人神觀飛越。（詞源）

楊維禎云：元松陵陸子敬居分湖之北，疊石爲山，樹梅成林，取姜白石詞語，名其軒曰：『舊時月色。』（東維子集）

毛稚黃云：沈伯時樂府指迷論塡詞詠物不宜說出題字，余謂此說雖是，然作啞謎亦可憎，須令在神情離即間乃佳。如姜夔『暗香』詠梅云：『算幾番照我，梅邊吹笛。』豈害其佳？

許昂霄云：二詞如絳雲在霄，舒卷自如；又如琪樹玲瓏，金芝布護。（詞綜偶評）

周濟云：稼軒鬱勃故情深，白石放曠故情淺；稼軒縱橫故才大，白石局促故才小。惟『暗香』、『疏影』二詞，寄意題外，包蘊無窮，可與稼軒伯仲，餘俱據事直書，不過手意近辣耳。（介存齋論詞雜著）

鄧廷禎云：朱希眞之『引魂枝，消瘦一如無，但空裏疏花數點。』姜石帚之『長記曾攜手處，千樹壓、西湖寒碧。』一狀梅之少，一狀梅之多，皆神情超越，不可思議，寫生獨步也。（雙硯齋隨筆）

周濟云：前半闋言盛時如此，衰時如此。後半闋想其盛時，想其衰時。（宋四家詞選）

張惠言云：題白石湖詠梅，此爲石湖作也，時石湖蓋有隱遯之志，故作此二詞以沮之。白石石湖仙云：『須信石湖仙，似鴟夷飄然引去。』末云：『聞好語，明年定在槐府。』此與同意。又曰：首章已嘗有用世之志，今老無能，但望之石湖也。（張惠言詞選）

劉體仁云：落筆得『舊時月色』四字，便欲使千古作者，皆出其下。又云：詠梅嫌純是素色，故用『紅萼』字，此謂之破色筆。又恐突然，故先出『翠尊』字配之，說來甚淺，然大家亦不爲，此用意之妙，總使人不覺，則烹鍛之功也。又云：美成『花犯』云：『人正在、空江煙浪裏。』堯章云：『長記曾攜手處，千樹壓、西湖寒碧。』堯章思路，卻是從美成出，而能與之埒；由於用字高、鍊句密，泯來踪去跡矣！

鄭文焯云：案此二曲爲千古詞人詠梅絕調。以託喻遙深，自成馨逸；其暗香一解，凡三字句逗皆爲夾協。夢窗墨守綦嚴，但近世知者蓋寡，用特著之。（鄭校白石道人歌曲）

王闓運云：此二詞最有名，然語高品下，以其貪用典故也。又云：如此起法，卽不是詠梅矣。（湘綺樓詞選）

譚獻云：石湖詠梅，是堯章獨到處。『翠尊』二句，深美有騷、辨意。（譚評詞辨）

疏影

苔枝㊀綴玉，有翠禽小小，枝上同宿。客裏相逢，籬角黃昏，無言自倚修竹。昭君不慣胡沙遠，但暗憶、江南江北。想佩環月夜歸來㊁，化作此花幽獨。猶記深宮舊事㊂，那人正睡裏，飛近蛾綠。莫似春風，不管盈盈，早與安排金屋㊃。還教一片隨波去，又卻怨玉龍㊄哀曲。等恁時㊅、重覓幽香，已入小窗橫幅。

【注解】

㊀苔枝綴玉　苔梅有二種：一種苔蘚特厚，花甚多。一種苔如細絲，長尺餘。見武林舊事。　㊁佩環月夜歸來　杜甫詩：『畫圖曾識春風面，環佩空歸夜月魂。』　㊂深宮舊事　南朝宋武帝女，人日臥含章殿簷下，梅花飄著其額，成五出之花，因仿之爲梅花妝。　㊃金屋　漢武帝為膠東王時，曰：『若得阿嬌，當作金屋貯之。』見漢武故事。　㊄玉龍　笛名。羅隱詩：『玉龍無主渡頭寒。』　㊅恁時　何時。

【評箋】

張炎云：『暗香』、『疏影』兩曲，前無古人，後無來者；自立新意，眞爲絕唱。『疏影』前段用壽陽事，此皆用事不爲事所使。

李白云：『眼前有景道不得，崔顥題詩在上頭。』令作梅詞者，不能爲懷。（詞源）

劉體仁云：詠物至詞，更難於詩。卽：『昭君不慣胡沙遠，但暗憶江南江北。』亦費解。（七頌堂詞釋）

張惠言云：此章更以二帝之憤發之，故有昭君之句。（張惠言詞選）

周濟云：此詞以『相逢』、『化作』、『莫似』六字作骨，『莫似』五句，言其不能挽留，聽其自爲盛衰也。（宋四家詞選）

許昂霄云：別有爐鞴鎔鑄之妙，不僅以檃括舊人詩句爲能。『昭君不慣胡沙遠』四句，能轉法華，不爲法華所轉。又云：宋人詠梅，例以弄玉、太眞爲比，不若以明妃擬之尤有情致也。胡澹菴詩，亦有『春風自識明妃面』之句。『還教一片隨波去』二句，用筆如龍。（詞綜偶評）

蔣敦復云：詞原於詩，雖小小詠物，亦貴得風人比興之旨；唐、五代、北宋人詞，不甚詠物；南渡諸公有之，皆有寄託，白石石湖詠梅，暗指南北議和事，及碧山、草窗、玉潛、仁近諸遺民樂府補遺中，龍涎香、白蓮、蓴、蟹、蟬諸詠，皆寓其家國無窮之感，非區區賦物而已。（芬陀利室詞話）

謝章鋌云：『那人正睡裏，飛近蛾綠。』此卽熟事虛用之法。（賭棋山莊詞話）

譚獻云：『還教』二句，跌宕昭彰。（譚評詞辨）

開慶四明續志云：吳潛『暗香』、『疏影』二詞序云：『猶記己卯庚辰之間，初識堯章于維揚。至己丑嘉興再會，自此契闊。聞堯章死西湖，嘗助諸丈爲殯之。今又不知幾年矣！自昭忽錄示堯章「暗香」、「疏影」二詞，因信手酬酢，幷賚潘德久之詞云：「雪來比色，對淡然一笑，休喧笙笛。莫怪廣平，鐵石心腸爲伊折；偏是三花兩蕊，消萬古才人騷筆。倘記得醉臥東園，天幕地爲席。回首、往事寂，正雨暗霧昏，萬種愁積。錦江路悄，媒聘音沈，兩空憶，正是茅簷竹戶，難指望、凌煙金碧。憔悴了、羌管裏怨誰始得。」右「暗香」。「佳人步玉，待月來弄影，天挂參宿。冷透屏幃，淸入肌膚，風敲又聽簷竹。前村不管深雪閉，猶自繞、枝南枝北。算平生此段幽奇，古壓百花曾獨。閒想羅浮舊恨，有人正醉裏，姝翠蛾綠。夢斷魂驚，幾許淒涼，卻是千林梅屋。鷄聲野渡溪橋滑，又角引戍樓悲曲。怎得知、淸足亭邊，自在杖藜巾幅。」自注云：梅聖俞詩云：「十分淸意足。」余別墅有梅亭，扁曰「淸足」。右「疏影」。』

鄭文焯云：此蓋傷心二帝蒙塵，諸后妃相從北轅，淪落胡地，故以昭君託喻，發言哀斷。考唐王建塞上詠梅詩曰：『天山路邊一株梅，年年花發黃雲下，昭君已沒漢使回，前後征人誰繫馬？』白石詞意當本此。近世讀者多以意疏解，或有嫌其舉典，擬不於倫者，殆不自知其淺陋矣。詞中數語，純從少陵詠明妃詩義隱括，出以清健之筆，如聞空中笙鶴，飄飄欲仙；覺草窗、碧山所作弔雪香亭梅諸詞，皆人間語，視此如隔一塵，宜當時轉播吟口，爲千古絕唱也。至下闋藉宋書壽陽公主故事，引申前意，寄情遙遠，所謂怨深文綺，得風人溫厚之旨已。（鄭校白石道人歌曲）

周爾墉云：何遜、昭君，皆屬隸事，但運氣空靈，變化虛實，不同獺祭鈍機耳。（周評絕妙好詞）

翠樓吟

淳熙丙午㊀冬，武昌安遠樓㊁成，與劉去非諸友落之，度曲見志。余去武昌十年，故人有泊舟鸚鵡洲者，聞小姬歌此詞，問之，頗能道其事；還吳，爲余言之，興懷昔游，且傷今之離索也。

月冷龍沙㊂，塵清虎落㊃，今年漢酺㊄初賜。新翻胡部曲，聽氈幕元戎歌吹。層樓高峙，看檻曲縈紅，檐牙飛翠。人姝麗，粉香吹下，夜寒風細。　此地宜有詞仙，擁素雲黃鶴，與君游戲。玉梯凝望久，但芳草萋萋千里。天涯情味，仗酒祓㊅清愁，花消英氣。西山外，晚來還捲，一簾秋霽。

【注解】

㊀淳熙丙午　宋孝宗淳熙十三年。時姜夔離漢陽，往湖州，經武昌。　㊁安遠樓　即武昌南樓。　㊂龍沙　後漢書班超傳贊：『坦步葱嶺，咫尺龍沙。』後世泛指塞外之地爲龍沙。　㊃虎落　護城笆籬名虎落。　㊄漢酺　漢書文帝紀：『十六年九月，得玉杯，刻曰：「人主延壽，令天下大酺。」出錢爲醵，出食爲酺。』宋史孝宗紀：『是年正月庚辰，高宗八十壽，犒賜內外諸軍共一百六十萬緡。』　㊅祓　音ㄈㄨ，入聲，消除。

【評箋】

周濟云：此地宜得人才，而人才不可得。（宋四家詞選）

許昂霄云：『月冷龍沙』五句，題前一層，卽爲題後鋪敘，手法最高。『玉梯凝望久』五句，淒婉悲壯，何減王粲登樓賦。（詞綜偶評）

陳廷焯云：「後半闋一縱一操，筆如游龍，意味深厚，是白石最高之作。此詞應有所刺，特不敢穿鑿求之。」（白雨齋詞話）

杏花天 丙午之冬，發沔口㊀。丁未正月二日，道金陵，北望淮、楚，風日清淑，小舟挂席，容與波上。

綠絲低拂鴛鴦浦，想桃葉，當時喚渡。又將愁眼與春風，待去，倚蘭橈更少駐。金陵路，鶯吟燕舞。算潮水知人最苦。滿汀芳草不成歸，日暮，更移舟向甚處？

【注解】

㊀沔口　漢水入江處，見方輿勝覽。

一萼紅 丙午人日，余客長沙別駕之觀政堂，堂下曲沼，沼西負古垣，有盧橘幽篁，一徑深曲。穿徑而南，官梅數十株，如椒如菽，或紅破白露，枝影扶疏。著屐蒼苔細石間，野興橫生，亟命駕登定王臺㊀，亂湘流入麓山㊁，湘雲低昂，湘波容與，興盡悲來，醉吟成調。

古城陰，有官梅幾許，紅萼未宜簪。池面冰膠，牆腰雪老，雲意還又沉沉。翠藤共、閒穿徑竹，漸笑語、驚起臥沙禽。野老林泉，故王臺榭，呼喚登臨。南去北來何事，蕩湘雲楚水，目極傷心。朱戶黏雞㊂，金盤簇燕㊃，空歎時序侵尋。記曾共、西樓雅集，想垂柳、還嫋萬絲金。待得歸鞍到時，只怕春深。

【注解】

㊀定王臺　在長沙縣東，漢長沙定王所築台。見方輿勝覽。　㊁麓山　一名岳麓山，在長沙西南。　㊂黏雞　歲時記：「人日貼畫雞于戶，懸葦索其上，插符于旁，百鬼畏之。」　㊃簇燕　武林舊事言立春供春盤，有「翠縷紅絲，金雞玉燕，備極精巧。」

【評箋】

周附塘云：石帚詞換頭處，多不放過，最宜深味。（周評絕妙好詞）

霓裳中序第一

丙午歲，留長沙，登祝融㈠，因得其祠神之曲曰：『黃帝鹽』㈡，『蘇合香』㈢。又於樂工故書中得商調『霓裳曲』十八闋，皆虛譜無辭。按沈氏樂律㈣『霓裳』道調，此乃商調。樂天詩云散序六闋，此特兩闋，未知孰是？然音節閑雅，不類今曲；余不暇盡作，作『中序』㈤一闋傳於世。余方羈遊，感此古音，不自知其辭之怨抑也。

亭皋正望極，亂落江蓮歸未得。多病卻無氣力，況紈扇漸疏，羅衣初索。流光過隙，歎杏梁、雙燕如客。人何在？一簾淡月，彷彿照顏色㈥。　幽寂，亂蛩吟壁，動庾信、清愁似織。沈思年少浪迹，笛裏關山，柳下坊陌。墜紅㈦無信息，漫暗水、涓涓溜碧㈧。飄零久、而今何意，醉臥酒壚側㈨。

【注解】

㈠祝融　衡山七十二峯之最高峯。　㈡『黃帝鹽』　乃杖鼓曲，見沈括夢溪筆談。　㈢『蘇合香』　乃軟舞曲，見段安節樂府雜錄。　㈣沈氏樂律　指沈括夢溪筆談論樂律。　㈤『中序』　『霓裳』全曲分三大段：一，散序，六遍；二，中序，遍數不詳；三，破，十二遍。　㈥彷彿照顏色　杜甫詩：『落月滿屋梁，猶疑照顏色。』　㈦墜紅　落花。　㈧涓涓溜碧　杜甫詩：『暗水流花徑，春星帶草堂。』　㈨醉臥酒壚側　世說新語：『王戎與客過黃公酒壚，謂客曰：「吾與叔夜、嗣宗酣飲此壚，自嵇、阮亡後，視此雖近，邈若山河。」』

章良能

良能，字達之，麗水人，居吳興。淳熙五年進士，除著作佐郎，寧宗朝官至參知政事。

小重山

柳暗花明春事深，小闌紅芍藥，已抽簪。雨餘風軟碎鳴禽㊀，遲遲日，猶帶一分陰。往事莫沈吟，身閒時序好、且登臨。舊游無處不堪尋，無尋處，惟有少年心。

【注解】

㊀碎鳴禽　杜荀鶴詩：『風暖鳥聲碎，日高花影重。』

【評箋】

周密云：外大父文莊章公，自少好雅潔，性滑稽；居一室必汛掃圬飾，陳列琴書；親朋或譏其齷齪無遠志。一日，大書素屏云：『陳蕃不事一室而欲掃除天下，吾知其無能爲矣！』識者知其不凡。間作小詞，極有思致，先妣能口誦數首『小重山』云云。（齊東野語）

陳霆云：語意甚婉約，但鳴禽曰碎，於理不通，殊爲意病，唐人句云：『風煖鳥聲碎。』然則何不曰：『煖風嬌語碎鳴音』也。（渚山堂詞話）

劉過

過字改之，號龍洲道人，吉州太和人。嘗伏闕上書請光宗過宮。復以書抵時宰，陳恢復方略，不報，放浪湖海間。有龍洲詞二卷，補遺一卷，見六十家詞刊本；又見彊村叢書刊本；又後村居士詩餘二卷，見涉園景宋、元本詞續刊本；又後村別調，見晨風閣叢書。

黃昇云：改之，稼軒之客。詞多壯語，蓋學稼軒者也。（花庵詞選）

陶宗儀云：改之造詞，贍逸有思致。（輟耕錄）

馮煦云：龍洲自是稼軒附庸，然得其豪放，未得其宛轉。（六十一家詞選例言）

劉熙載云：劉改之詞狂逸之中，自饒俊致，雖沈著不及稼軒，足以自成一家。（藝概）

唐多令

安遠樓小集，侑觴歌板之姬黃其姓者，乞詞於龍洲道人，爲賦此。同柳阜之、劉去非、石民瞻、周嘉仲、陳孟參、孟容，時八月五日也。

蘆葉滿汀洲，寒沙帶淺流。二十年重過南樓。柳下繫船猶未穩，能幾日，又中秋。 黃鶴斷磯頭㊀，故人曾到否？舊江山渾是新愁。欲買桂花同載酒，終不似，少年游。

【注解】

㊀黃鶴磯　武昌西有黃鶴磯，上有黃鶴樓。

【評箋】

李攀龍云：因黃鶴樓再遊而追憶故人不在，遂舉目有江上之感，詞意何等悽愴！又云：繫舟未穩，舊江山都是新愁，讀之下淚。（草堂詩餘雋）

沈際飛云：精暢語俊，韻協音調。（草堂詩餘正集）

先著云：與陳去非『杏花疏影裏，吹笛到天明。』並數百年絕作，使人不復敢以花間眉目限之。（詞潔）

譚獻云：雅音。（譚評詞辨）

黃蓼園云：按宋當南渡，武昌係與敵分爭之地，重過能無今昔之感，詞旨清越，亦見含蓄不盡之致。（蓼園詞選）

繼昌云：輕圓柔脆，小令中工品。（左庵詞話）

嚴仁

仁字次山，號樵溪，邵武人。與嚴羽、嚴參，稱邵武三嚴，有清江欸乃集。

黃昇云：次山詞極能道閨閫之趣。（花庵詞選）

木蘭花

春風只在園西畔，薺菜花繁胡蝶亂。冰池晴綠㊀照還空，香徑落紅吹已斷。意長翻恨游絲短，盡日相思羅帶緩。寶奩㊁如月不欺人，明日歸來君試看。

【注解】

㊀晴綠　指池水。　㊁奩　音ㄌ一ㄢˊ，鏡匣也。

【評箋】

陳廷焯云：深情委婉，讀之不厭百回。（白雨齋詞話）

俞國寶

國寶，臨川人，淳熙太學生。

風入松

一春長費買花錢，日日醉湖邊。玉驄㊀慣識西湖路，驕嘶過、沽酒樓前。紅杏香中簫鼓，綠楊影裏鞦韆。暖風十里麗人天，花壓鬢雲偏。畫船載取春歸去，餘情付湖水湖煙。明日重扶殘醉，來尋陌上花鈿。

【注解】

㊀玉驄　白馬。

【評箋】

周密云：淳熙間，德壽三殿遊幸湖山。一日御舟經斷橋旁，有小酒肆頗雅。舟中飾素屏書『風入松』一詞于上，光堯駐目稱賞久之，宣問：『何人所作？』乃太學生俞國寶醉筆也。上笑曰：『此詞甚好，但末句未免儒酸』，因爲改定云：『明日重扶殘醉』，則迥不同矣，卽日命解褐云。（武林舊事）

沈際飛云：起處自然馨逸。（草堂詩餘正集）

況周頤云：流美。（蕙風詞話）

陳廷焯云：『金勒馬嘶芳草地，玉樓人醉杏花天』，有此香豔，無此情致。結二句餘波綺麗，可謂『回頭一笑百媚生』。（白雨齋詞話）

張鎡

鎡字功甫，號約齋，西秦人，居臨安。循王諸孫，官奉議郎直祕閣，有南湖詩餘一卷，見彊村叢書本。

李日華云：張功甫豪侈而有淸尙，嘗來吾郡海鹽作園亭自恣，令歌兒衍曲，務爲新聲，所謂海鹽腔也。（紫桃軒雜錄）

滿庭芳 促織兒

月洗高梧，露溥幽草，寶釵樓外秋深。土花沿翠，螢火墜牆陰。靜聽寒聲斷續，微韻轉、淒咽悲沈。爭求侶、殷勤勸織，促破曉機心。　兒時曾記得，呼燈灌穴，斂步隨音。任滿身花影，獨自追尋。攜向華堂戲鬥，亭臺小、籠巧妝金。今休說，從渠牀下，涼夜伴孤吟。

【評箋】

周草窗云：詠物之入神者。（歷代詩餘引）

賀裳云：稗史稱韓幹畫馬，人入其齋，見幹身作馬形，凝思之極，理或然也，作詩文亦必如此始工。如史邦卿詠燕，幾於形神俱似矣。次則姜白石詠蟋蟀『露溼銅鋪，苔侵石井，都是曾聽伊處。哀音似訴，正思婦無眠，起尋機杼。』又云：『西窗又吹暗雨，爲誰頻斷續，相和砧杵。』數語刻劃亦工。蟋蟀無可言而言聽蟋蟀者，正姚鉉所謂賦水不當僅言水，而言水之前後左右也。然尚不如張功甫『月洗高梧，露溥幽草，寶釵樓外秋深。土花沿翠，螢火墜牆陰。靜聽寒聲斷續，微韻轉、淒咽悲沈。爭求侶、殷勤勸織，促破曉機心。兒時曾記得，呼燈灌穴，斂步隨音。任滿身花影，猶自追尋。攜向華堂戲鬥，亭臺小、籠巧妝金。今休說，從渠牀下，涼夜伴孤吟。』不惟曼聲勝其高調，兼形容處，心細如絲髮，皆姜詞之所未發。（皺水軒詞筌）

許昂霄云：響逸調遠。又云：螢火句陪襯，『任滿身』二句工細。（詞綜偶評）

張宗橚云：橚按天寶遺事：每秋時宮中妃妾皆以小金籠閉蟋蟀，置枕函畔，夜聽其聲，民間爭效之。又按蟋蟀經二卷，相傳賈秋壑所輯，文詞頗雅馴，有『更籌帷幄，選將登場』諸語。余兄雨巖研古樓所藏舊鈔本，甚堪愛玩，惜徽藩芸窗道人繪畫册，已付之雲烟過眼錄矣。（詞林紀事）

宴山亭

幽夢初回，重陰未開，曉色催成疏雨。竹檻氣寒，蕙畹㊀聲搖，新綠暗通南浦。未有人行，纔半啓回廊朱戶。無緒，空望極霓旌㊁，錦書難據。苔徑追憶曾游，念誰伴鞦韆，綵繩芳杜。犀簾黛捲，鳳枕雲孤，應也幾番凝竚。怎得伊來，花霧繞、小堂深處。留住，直到老不教歸去。

【注解】

㊀蕙畹　田十二畝曰畹。離騷：『余既滋蘭之九畹兮，又樹蕙之百畝。』　㊁霓旌　雲旗。高唐賦：『霓爲旌，翠爲蓋。』

史達祖

達祖字邦卿，號梅溪，汴人。有梅溪詞一卷，見六十名家詞，又見四印齋所刻詞。

葉紹翁云：韓侂冑爲平章，專倚省吏史達祖奉行文字；擬帖擬旨，俱出其手，侍從柬札，至用申呈。韓退，遂鯨焉。（四朝聞見錄）

張鎡云：史生詞織綃泉底，去塵眼中，妥帖輕圓，辭情俱到，有瓌奇、警邁、清新、閒婉之長，而無訑蕩、汙淫之失，端可分鑣清眞，平睨方回。（梅溪詞序）

姜夔云：邦卿詞奇秀清逸，有李長吉之韻，蓋能融情景於一家，會句意於兩得。（詞品引）

彭孫遹云：南宋白石、竹屋諸公，當以梅溪爲第一，昔人謂其分鑣清眞，平睨方回，紛紛三變行輩，不足比數，非虛言也。（金粟詞話）

王士禛云：南渡後梅溪、白石、竹屋、夢窗諸家極姸盡態，反有秦、李未到者，正如唐絕句至晚唐劉賓客、杜京兆，妙處反進靑蓮、龍標一塵。（花草蒙拾）

許昂霄云：「白石、梅溪昔人往往並稱，驟閱之，史似勝姜，其實則史少減堯章。昔鈍翁嘗問漁洋曰：『王孟齊名，何以孟不及王？』漁洋答曰：『孟詩，味之未能免俗耳！』吾于姜、史亦云。倚聲者試取兩家詞熟玩之，當不以予爲蚍蜉之撼。」（詞林紀事引）

周濟云：梅溪甚有心思，而用筆多涉尖巧，非大方家數，所謂一鉤勒卽薄者。又云：梅溪詞中喜用「偷」字，足以定其品格矣。（介存齋論詞雜著）

吳衡照云：史邦卿奇秀清逸，爲詞中俊品。（蓮子居詞話）

戈載云：予嘗謂梅溪乃清眞之附庸，若仿張爲作詞家主客圖，周爲主，史爲客，未始非定論也。（七家詞選）

綺羅香　詠春雨

做冷欺花，將煙困柳，千里偸催春暮。盡日冥迷，愁裏欲飛還住。驚粉重、蝶宿西園，喜泥潤、燕歸南浦。最妨他佳約風流，鈿車不到杜陵㈠路。　沈沈江上望極，還被春潮晚急，難尋官渡㈡。隱約遙峯，和淚謝娘㈢眉嫵。臨斷岸、新綠生時，是落紅、帶愁流處。記當日門掩梨花，翦燈深夜語。

【注解】

㈠杜陵　古地名，亦稱樂遊原。在今陝西省長安縣東南。　㈡官渡　官中置船以渡行人稱官渡。韋應物詩：「春潮帶雨晚來急，野渡無人舟自橫。」　㈢謝娘　唐李德裕歌妓，後泛指一般歌女。

【評箋】

黃昇云：「臨斷岸」以下數語，最爲姜堯章稱賞。（花庵詞選）

黃蓼園云：愁雨耶？怨雨耶？多少淑偶佳期，盡爲所誤，而伊仍浸淫漸漬，聯綿不已，小人情態如是，句句淸雋可思；好在結

二語寫得幽閒貞靜，自有身分，怨而不怒。（蓼園詞選）

李攀龍云：語語淋漓，在在潤澤，讀此將詩聲徹夜雨聲寒，非筆能興雲乎！（草堂詩餘雋）

許昂霄云：綺合繡聯，波屬雲委。『盡日冥迷』二句，摹寫入神。『記當日』二句，如此運用，實處皆虛。（詞綜偶評）

先著云：無一字不與題相依，而結尾始出雨字，中邊皆有。前後兩段七字句，於正面尤著到。如意寶珠，玩弄難於釋手。（詞潔）

孫麟趾云：詞中四字對句，最要凝鍊，如史梅溪云：『做冷欺花，將烟困柳』只八個字已將春雨畫出。（詞逕）

周爾墉云：法度井然，其聲最和。（周批絕妙好詞）

繼昌云：史達祖春雨詞，煞句『記當日門掩梨花，翦燈深夜語。』就題烘襯推開去，亦是一法。（左庵詞話）

雙雙燕 詠燕

過春社了，度簾幕中間，去年塵冷。差池㊀欲住，試入舊巢相並。還相㊁雕梁藻井，又軟語商量不定。飄然快拂花梢，翠尾分開紅影。芳徑，芹泥雨潤，愛貼地爭飛，競誇輕俊。紅樓歸晚，看足柳昏花暝。應自棲香正穩，便忘了天涯芳信。愁損翠黛雙蛾，日日畫闌獨凭。

【注解】

㊀差池　詩經邶風：『燕燕于飛，差池其羽。』箋云：『差池其羽，謂張舒其尾翼。』　㊁相　讀去聲，細看也。

【評箋】

黃昇云：形容盡矣。又云：姜堯章最賞其『柳昏花暝』之句。（花庵詞選）

王士禛云：僕每讀史邦卿詠燕詞，以為詠物至此，人巧極天工錯矣。（花草蒙拾）

沈際飛云：『欲』字、『試』字、『還』字、『又』字入妙，『還相』字是星相之相。（草堂詩餘正集）

卓人月云：不寫形而寫神，不取事而取意，白描高手。（詞統）

賀裳云：常觀姜論史詞，不稱其『軟語商量』，而賞其『柳昏花暝』，固知不免項羽學兵法之恨。（皺水軒詞筌）

許昂霄云：淸新俊逸。（詞綜偶評）

戈載云：美則美矣，而其韻庚青，雜入眞文，究爲玉瑕珠纇。（七家詞選）

譚獻云：起處藏過一番感歎，爲『還』字、『又』字張本。『還相』二句，挑按見指法，再搏弄便薄。『紅樓』句換筆，『應自』句換意，『愁損』二句收足，然無餘味。（譚評詞辨）

王國維云：賀黃公謂姜論史詞，不稱其『軟語商量』，而稱其『柳昏花暝』，固知不免項羽學兵法之恨；然『柳昏花暝』，自是歐、秦輩句法，前後有畫工、化工之殊，吾從白石，不能附合黃公矣。（人間詞話）

黃蓼園云：『棲香』下至末，似指朋友間有不能踐言者。（蓼園詞選）

鄭文焯云：史梅谿『雙雙燕』『還相雕梁藻井』，按表異錄，綺井亦名藻井，又名鬭八，今俗曰天花板也。（絕妙好詞校錄）

周爾墉云：史生穎妙非常，此詞可謂能盡物性。（周評絕妙好詞）

東風第一枝 春雪

巧沁蘭心，偷黏草甲，東風欲障新暖。漫疑碧瓦難留，信知暮寒猶淺。行天入鏡，做弄出、輕鬆纖軟。料故園，不捲重簾，誤了乍來雙燕。 青未了、柳回白眼，紅欲斷、杏開素面。舊游憶著山陰㊀，後盟遂妨上苑。寒鑪重熨，便放漫春衫針線。怕鳳靴挑菜歸來，萬一灞橋相見。

【注解】

㊀山陰 晉王徽之泛舟剡溪訪戴逵，造門而返，人問故，曰：『乘興而來，興盡而去，何必見。』

【評箋】

周密云：二月二日，宮中辦挑菜宴以資戲笑，王宮貴邸亦多效之。（武林舊事）
黃昇云：結句尤爲姜堯章拈出。（花庵詞選）
張炎云：史邦卿『東風第一枝』詠雪，『雙雙燕』詠燕，姜白石『齊天樂』詠蟋蟀，皆全章精粹，所詠瞭然在目，且不留滯於物。（詞源）
沈際飛云：競秀爭高。又云：『柳杏』二句，愧死梨花、柳絮諸語。（草堂詩餘正集）

喜遷鶯

月波疑滴，望玉壺天近，了無塵隔。翠眼圈花㊀，冰絲織練，黃道㊁寶光相直。自憐詩酒瘦，難應接許多春色。最無賴，是隨香趁燭，曾伴狂客。　蹤迹，漫記憶，老了杜郎㊂，忍聽東風笛。柳院燈疏，梅廳雪在，誰與細傾春碧㊃？舊情拘未定，猶自學當年游歷。怕萬一，誤玉人夜寒簾隙。

【注解】
㊀圈花　疑是各種花燈。　㊁黃道　漢書天文志：『日有中道，中道者黃道，一曰光道。』　㊂杜郎　指杜牧。　㊃春碧　指酒。

【評箋】
王闓運云：富貴語無脂粉氣，諸家皆賞下二語，不知現寒乞相正是此等處。（湘綺樓詞選）

三姝媚

煙光搖縹瓦㊀，望晴檐多風，柳花如灑。錦瑟橫牀，想淚痕塵影，鳳絃常下。倦出犀帷，頻夢見、王孫驕馬。諱道相思，偸理綃裙，自驚腰衩㊁。　惆悵南樓遙夜，記翠箔張燈，枕肩歌罷。又入銅駝㊂，徧舊家門巷，首詢聲價。可惜東風，將恨與閒花俱謝。記取崔徽㊃模樣，歸來暗寫。

【注解】

㊀縹瓦　琉璃瓦一名縹瓦。皮日休詩：『全吳縹瓦十萬戶，惟我與君如袁安。』　㊁衩　衣之下端開衩者。　㊂銅駝　見前秦觀『望海潮』注。　㊃崔徽　蒲女崔徽與裴敬中善。敬中去，徽極怨抑，乃託人寫眞致意曰：『爲妾謝敬中，崔徽一旦不及卷中人，徽且爲郎死矣。』見麗情集。

秋霽

江水蒼蒼，望倦柳愁荷，共感秋色。廢閣先涼，古簾空暮，雁程最嫌風力。故園信息，愛渠入眼南山碧。念上國，誰是、膾鱸㊀江漢未歸客。　還又歲晚、瘦骨臨風，夜聞秋聲，吹動岑寂。露蛩悲、青燈冷屋，翻書愁上鬢毛白。年少俊游渾斷得，但可憐處，無奈苒苒魂驚，采香南浦，剪梅煙驛。

【注解】

㊀膾鱸　見前辛棄疾『水龍吟』注。

夜合花

柳鎖鶯魂，花翻蝶夢，自知愁染潘郎㊀。輕衫未攬，猶將淚點偸藏。念前事，怯流光，早春窺、酥雨池塘。向消凝裏，梅開半面，情滿徐妝㊁。　風絲一寸柔腸，曾在歌邊惹恨，燭底縈香。芳機瑞錦，如何未織鴛鴦。人扶醉，月依牆，是當初、誰敢疏狂！把閒言語，花房夜久，各自思量。

【注解】

㈠潘郎　見前徐伸『二郎神』注。　㈡徐妝　南史梁元帝徐妃傳：『妃以帝眇一目，每知帝將至，必爲半面妝以俟。帝見則大怒而去。』

玉胡蝶

晚雨未摧宮樹，可憐閒葉，猶抱涼蟬。短景歸秋，吟思又接愁邊。漏初長、夢魂難禁，人漸老、風月俱寒。想幽歡土花庭甃，蟲網闌干。　無端啼蛄㈠攪夜，恨隨團扇㈡，苦近秋蓮。一笛當樓，謝娘懸淚立風前。故園晚、強留詩酒，新雁遠、不致寒暄。隔蒼烟、楚香羅袖，誰伴嬋娟。

【注解】

㈠蛄　螻蛄，蟲名，穴居土中而鳴。　㈡恨隨團扇　班婕妤怨詩行序：『婕妤失寵，求供養太后於長信宮，乃作怨詩以自傷，託辭于紈扇云。』

八歸

秋江帶雨，寒沙縈水，人瞰㈠畫閣愁獨。烟蓑散響驚詩思，還被亂鷗飛去，秀句難續。冷眼盡歸圖畫上，認隔岸、微茫雲屋。想半屬、漁市樵邨，欲暮競然竹㈡。　須信風流未老，憑持尊酒，慰此淒涼心目。一鞭南陌，幾篙官渡，賴有歌眉舒綠㈢。只怱怱殘照，早覺閒愁挂喬木。應難奈故人天際，望徹淮山，相思無雁足㈣。

【注解】

㊀瞰　音ㄎㄢˋ，俯視也。　㊁然竹　柳宗元詩：『漁翁夜傍西巖宿，曉汲清湘然楚竹。』　㊂舒綠　古以黛綠畫眉，綠卽指眉。　㊃無雁足　古代傳說，雁足可以傳書。無雁足卽謂無書信。

【評箋】

陳廷焯云：筆力直是白石，不但貌似，骨律神理亦無不似，後半一起一落，宕往低徊，極有韻味。（白雨齋詞話）

況周頤云：此闋與『玉胡蝶』皆較疏俊者。（蕙風詞話）

劉克莊

克莊字潛夫，號後村，莆田人。以蔭仕，淳祐中賜同進士出身，官龍圖閣直學士，卒謚文定。有後村別調，見六十家詞刊本及晨風閣叢書刊本；又後村長短句五卷，有彊村叢書刊本。

張炎云：潛夫負一代時名，別調一卷，大約直致近俗，效稼軒而不及者。（詞源）

毛晉云：別調一卷，大率與稼軒相類，楊升庵謂其壯語足以立懦，余竊謂其雄力足以排奡云。（後村別調跋）

馮煦云：後村詞與放翁、稼軒猶鼎三足，其生丁南渡，拳拳君國，似放翁；志在有爲，不欲以詞人自域，似稼軒。（六十一家詞選例言）

生查子　元夕戲陳敬叟

繁燈奪霽華㊀，戲鼓侵明發㊁。物色舊時同，情味中年別。　淺畫鏡中眉，深拜樓中月。人散市聲收，漸入愁時節。

【注解】

㈠霽華　明月。　㈡明發　謂天發明也。詩小雅小宛：『明發不寐，有懷二人。』

【評箋】

劉克莊云：敬叟詩才氣清拔，力量宏放，爲人曠達如列禦寇、莊周；飲酒如阮嗣宗、李太白；筆札如谷子雲，草隸如張顛、李湖；樂府如溫飛卿、韓光。余每歎其所長，非復一事。爲穀城黃子厚之甥，故其詩酷似云。（陳敬叟集序）

黃昇云：陳以莊名敬叟，號月溪，建安人。（花庵詞選）

賀新郎　端午

深院榴花吐，畫簾開、練衣㈠紈扇，午風清暑。兒女紛紛誇結束，新樣釵符艾虎㈡。早已有游人觀渡㈢。老大逢場慵作戲㈣，任陌頭、年少爭旗鼓，溪雨急，浪花舞。　靈均標致㈤高如許，憶生平既紉蘭佩㈥，更懷椒醑㈦。誰信騷魂千載後，波底垂涎角黍㈧。又說是蛟饞龍怒。把似㈨而今醒到了，料當年、醉死差無苦，聊一笑，弔千古。

【注解】

㈠練衣　葛布衣。　㈡艾虎　荊門記：『午節人皆采艾爲虎爲人，掛於門以辟邪气。』　㈢觀渡　荊楚歲時記：『五月五日競渡，俗爲屈原投汨羅日，人傷其死，故命舟楫拯之。』　㈣逢場作戲　傳燈錄：『鄧隱峯云：「竿木隨身，逢場作戲。」』今人偶爾遊戲，輒借用此語。　㈤靈均標致　靈均，屈原小字，標致，風度。　㈥紉蘭佩　聯綴秋蘭而佩帶於身。離騷：『紉秋蘭以爲佩。』　㈦椒醑　椒，香物，所以降神；醑，美酒，所以享神。　㈧角黍　屈原以五月五日沈江死，楚人哀之，以竹筒貯米投水，裹以楝葉，纏以綵縷，使不爲蛟龍所吞云。見齊諧記。　㈨把似　假如。

【評箋】

楊愼云：此一段議論，足爲三閭千古知己。（詞品）

黃蓼園云：非爲靈均雪恥，實爲無識者下一針砭，思理超超，意在筆墨之外。又云：就競渡者及沈角黍者落想，是從實處落想。（蓼園詞選）

賀新郎 九日

湛湛㈠長空黑，更那堪、斜風細雨，亂愁如織。老眼平生空四海，賴有高樓百尺。看浩蕩、千崖秋色。白髮書生神州淚，儘淒涼不向牛山㈡滴。追往事，去無迹。少年自負淩雲筆㈢，到而今春華落盡㈣，滿懷蕭瑟。常恨世人新意少，愛說南朝狂客㈤。把破帽年年拈出。若對黃花孤負酒，怕黃花也笑人岑寂。鴻去北，日西匿。

【注解】

㈠湛湛　深貌。湛音ㄓㄢ。　㈡牛山　在山東省臨淄縣南。齊景公遊牛山，北臨其國城而流涕。見晏子春秋。物原云：『齊景公始爲登高。』　㈢淩雲筆　豪氣淩雲之筆墨。　㈣春華落盡　喻豪氣消除。　㈤南朝狂客　指孟嘉。晉孟嘉爲桓溫參軍，嘗于重陽節共登龍山，風吹帽落而不覺。

木蘭花 戲林推

年年躍馬長安市，客舍似家家似寄。靑錢換酒日無何，紅燭呼盧㈠宵不寐。易挑錦婦機中字㈡，難得玉人心下事。男兒西北有神州，莫滴水西橋㈢畔淚。

【注解】

㈠呼盧　鮑宏博經：『古者烏曹作博，以五木爲子，有梟、盧、雉、犢，爲勝負之采。晉劉毅樗蒲，餘人並黑犢，唯毅得雉，大喜，褰衣繞床，叫曰：「非不能盧，不專此爾。」劉裕因接五木曰：「試爲卿答。」既而四子俱黑，一子轉躍未定，裕厲聲喝之，即成盧。』

㈡機中字　麗情集：『前秦竇滔恨其妻蘇氏，及鎮襄陽，與蘇絕音問，蘇因織錦爲回文詩寄滔，滔覽錦字，感其妙絕，乃具車迎蘇。』

㈢水西橋　玉人所居之處。

【評箋】

況周頤云：後村『玉樓春』云：『男兒西北有神州，莫滴水西橋畔淚。』楊升庵謂其壯語足以立懦，此類是已。（蕙風詞話）

盧祖皐

祖皐字申之，又字次夔，號蒲江，永嘉人，樓鑰之甥。慶元五年進士，嘉定時爲軍器少監，嘉定十四年權直學士院。有蒲江詞，見六十家詞刊本，又見彊村叢書刊本。

張端義云：蒲江貌字修整，作小詞纖雅。（貴耳集）

黃昇云：蒲江，樓攻媿之甥，趙紫芝、翁靈舒之詩友，樂章甚工，字字可入律呂。（花庵詞選）

周濟云：蒲江小令時有佳處，長篇則枯寂無味，此才小也。（介存齋論詞雜著）

江城子

畫樓簾幕捲新晴，掩銀屏，曉寒輕。墜粉飄香，日日喚愁生。暗數十年湖上路，能幾度、著娉婷㈠。年華空自感飄零，擁春酲，對誰醒？天闊雲閒，無處覓簫聲。載酒買花年少事，渾不似、舊心情。

【注解】

㈠娉婷　指歌女。

【評箋】

況周頤云：後段與龍洲『欲買桂花同載酒，終不似少年游。』可稱異曲同工。然終不如少陵之『詩酒尙堪驅使在，未須料理白頭人』，爲倔彊可喜。（蕙風詞話）

宴清都

春訊飛瓊管㈠，風日薄，度牆啼鳥聲亂。江城次第㈡，笙歌翠合，綺羅香暖。溶溶澗淥冰泮，醉夢裏，年華暗換。料黛眉，重鎖隋隄，芳心還動梁苑。新來雁闊雲音，鸞分鑑影，無計重見。春啼細雨，籠愁淡月，恁時㈢庭院。離腸未語先斷，算猶有憑高望眼。更那堪衰草連天　飛梅弄晚。

【注解】

㈠瓊管　古以葭莩灰實律管，候至則灰飛管通。葭卽蘆，管以玉爲之。　㈡次第　迅急之辭。　㈢恁時　此時。

潘牥

牥字庭堅，號紫巖，閩人。端平二年進士，歷太學正，通判潭州。有紫岩集，近趙萬里輯紫岩詞一卷。

周密云：庭堅，富沙人，初名公筠，後以詔歲乞靈南臺神，夢有人持方牛首易之，遂易名牥。跌宕不羈，爲福建帥司機宜文字，日醉騎黃犢，歌離騷于市，嘗約同舍置酒瀑泉，行酒令，曰：『有能以瀑泉灌頂而吟不絕口者，衆拜之。』庭堅被酒，豪甚，脫巾髽髻裸立流泉之衝，高唱『濯纓』之章，衆爲驚歎羅拜，以爲不可及，歸卽臥病而殂。

（齊東野語）

楊慎云：潘牥，乙未何粟榜及第第三人，美姿容，時有諺云：狀元眞何郎，榜眼眞郭郎，探花眞潘郎也。（詞品）

南鄉子 題南劍州㊀妓館

生怕倚闌干，閣下溪聲閣外山。惟有舊時山共水，依然，暮雨朝雲去不還。　應是躡飛鸞㊁，月下時時整佩環。月又漸低霜又下，更闌，折得梅花獨自看。

【注解】

㊀南劍州　今福建南平縣。　㊁躡飛鸞　指歌伎似仙人。

【評箋】

先著云：梅花自看，太無聊矣。此詞有許多轉折委宛情思。（詞潔）

沈際飛云：閣下溪閣外山句，便已婉攣，況復足山水一句乎！結淒切。（草堂詩餘正集）

況周頤云：小令中能轉折，便有尺幅千里之妙，歇拍尤意境蕭瑟。（蕙風詞話）

黃蓼園云：按溪山句、梅花句，似非憶妓所能，當或亦別有寄託，題或誤耳。而詞致俊雅，故自不同凡豔。（蓼園詞選）

陸叡

叡字景思，號雲西，佃五世孫，會稽人。淳祐中沿江制置使參議，除禮部員外，崇政殿尚書。

瑞鶴仙

溼雲黏雁影，望征路，愁迷離緒難整。千金買光景，但疏鐘催曉，亂鴉啼暝。花悰暗省，許多情，相逢夢境。便行雲都不歸來，也合寄將音信。孤迴，盟鸞心在，跨鶴程高，後期無準。情絲待翦，翻惹得舊時恨。怕天教何處，參差雙燕，還染殘朱賸粉。對菱花與說相思，看誰瘦損？

吳文英

文英，字君特，號夢窗，晚年又號覺翁，四明人。從吳履齋諸公游。有夢窗甲、乙、丙、丁稿，見六十家詞刊本。又有曼陀羅華閣刊本及彊村叢書刊本。

尹煥云：求詞於吾宋，前有清眞，後有夢窗，此非煥之言，天下之公言也。（花庵詞選引）

沈義父云：夢窗深得清眞之妙，其失在用事下語太晦，人不可曉。（樂府指迷）

張炎云：夢窗如七寶樓臺，眩人眼目，拆碎下來，不成片段。（詞源）

四庫全書提要云：文英天分不及周邦彥，而研鍊之功則過之。詞家之有文英，如詩家之有李商隱也。（夢窗詞提要）

周濟云：尹惟曉『前有清眞，後有夢窗』之說，可謂知言。夢窗每於空際轉身，非具大神力不能。又云：夢窗非無生澀處，總勝空滑，況其佳者，天光雲影，搖蕩綠波，撫玩無斁，追尋已遠。又云：君特意思甚感慨，而寄情閒散，使人不能測其中之所有。（介存齋論詞雜著）又云：夢窗奇思壯采，騰天潛淵，返南宋之清泚，爲北宋之穠摯。（四家詞選序論）

戈載云：夢窗從吳履齋諸公遊，晚年好填詞，以綿麗爲尙，運意深遠，用筆幽邃，鍊字鍊句，迥不猶人。貌觀之雕繢滿眼，而實有靈氣行乎其間。細心吟繹，覺味美方回，引人入勝，既不病其晦澀，亦不見其堆垛，此與清眞、梅溪、白石並爲詞學之正宗，一脈眞傳，特稍變其面目耳。猶之玉溪生之詩，藻采組織，而神韻流轉，旨趣永長，未可安譏其獺祭也。（七家詞選）

孫麟趾云：夢窗足醫滑易之病，不善學者便流于晦。余謂詞中之有夢窗，猶詩中之有李長吉。篇篇長吉，閱者生厭；篇篇夢窗，亦難悅目。又云：石以皺爲貴，能皺必無滑易之病，夢窗最善此。（詞逕）

馮煦云：夢窗之詞，麗而則，幽邃而綿密，脈絡井井，而卒焉不能得其端倪。（六十一家詞選例言）

陳廷焯云：夢窗精於造句，超逸處，則仙骨珊珊，洗脫凡艷，幽索處，則孤懷耿耿，別締古歡。（白雨齋詞話）

周爾墉云：於逼塞中見空靈，於渾樸中見勾勒，於刻畫中見天然，讀夢窗詞當於此着眼。性情能不爲詞藻所掩，方是夢窗法乳。（周評絕妙好詞）

樊增祥云：世人無眞見解，惑於樂笑翁『七寶樓臺』之論，遂謂夢窗詞多理少，能密緻不能清疏，眞瞽談耳。（樊評彊村詞稿本）

陳洵云：天祚斯文，鍾美君特，水樓賦筆，年少承平，使北宋之緒微而復振。尹煥謂『前有清眞，後有夢窗』，信乎其知言矣。又云：飛卿嚴妝，夢窗亦嚴妝，惟其國色所以爲美。若不觀其倩盼之質，而徒眩其珠翠，則飛卿且譏，何止夢窗！玉田所謂『拆碎不成片段』者，眩其珠翠耳。（海綃說詞）

況周頤云：近人學夢窗輒從密處入手，夢窗密處，能令無數麗字一一生動飛舞，如萬花爲春，非若琱璚蹙繡毫無生氣也。如何能運動無數麗字，恃聰明，尤恃魄力；如何能有魄力，唯厚乃有魄力。夢窗密處易學，厚處難學。又云：重者，沈著之謂；在氣格，不在字句，於夢窗詞庶幾近之。卽其芬菲鏗麗之作，中間雋豔字句，莫不有沈摯之思，灝瀚之氣，挾之以流轉，令人翫索而不能盡，則其中之所存者厚。沈著者，厚之發見乎外者也。欲學夢窗之緻密，先學夢窗之沈著；卽緻密，卽沈著，非出乎緻密之外，超乎緻密之上，別有沈著也。夢窗與蘇、辛二公實殊流而同源，其見爲不同，則夢窗緻密其外耳。其至高至勝處，雖擬議形容之，未易得其神似。穎惠之士，束髮操觚，勿輕言學

夢窗也。（蕙風詞話）

王國維云：夢窗之詞，余得取其詞中之一語以評之曰：『映夢窗凌亂碧。』（人間詞話）

渡江雲 西湖清明

羞紅鬟淺，恨晚風未落，片繡點重茵㈠。舊隄分燕尾㈡，桂棹㈢輕鷗，寶勒㈣倚殘雲。千絲㈤怨碧，漸路入先塢迷津。腸漫回，隔花時見，背面楚腰㈥身。逡巡，題門㈦惆悵，墮履㈧牽縈。數幽期難準，還始覺留情緣眼，寬帶㈨因春。明朝事與孤烟冷，做滿湖風雨愁人。山黛暝，塵波澹綠無痕。

【注解】

㈠重茵　厚席也，喻芳草。　㈡燕尾　西湖蘇堤與白堤交叉，形如燕尾。　㈢桂棹　以桂木爲棹之舟。　㈣寶勒　勒馬絡頭，寶勒即指寶馬。　㈤千絲　指柳絲。　㈥楚腰　謂美人腰細。楚諺：『楚王好細腰，宮中多餓死。』　㈦題門　本呂安題嵇康門事，見世說新語。但此處作不過解。　㈧墮履　本張良遇黃石公事，見史記。但此處作留宿解。　㈨寬帶　見前李之儀『謝池春』注。

【評箋】

陳洵云：此詞與『鶯啼序』第二段參看。『漸路入仙塢迷津』，卽『遡紅漸招入仙溪』。『題門墮履』與『錦兒偷寄幽素』是一時事，蓋相遇之始矣。『明朝』以下，天地變色，於詞為奇幻，於事爲不詳，宜其不終也。（海綃說詞）

夜合花 白鶴江入京，泊葑門，有感㈠。

柳暝河橋，鶯晴台苑，短策㈡頻惹春香。當時夜泊，温柔便入深鄉。詞韻窄，酒杯長，翦蠟花、壺箭㊂催忙。共追遊處，淩波翠陌，連棹橫塘。十年一夢淒涼，似西湖燕去，吳館巢荒。重來萬感，依前喚酒銀罌㊃。谿雨急，岸花狂，趁殘鴉飛過蒼茫。故人樓上，憑誰指與，芳草斜陽？

【注解】

㊀白鷁江　本松江別派，見蘇州府志。又葑門在蘇州東南角。　㊁策　馬鞭。　㊂壺箭　古代以銅壺盛水，壺中立箭以計時刻。　㊃銀罌　罌音一ㄥ，大腹小口酒器。

霜葉飛　重九

斷煙離緒關心事，斜陽紅隱霜樹。半壺秋水薦黃花，香噀㊀西風雨。縱玉勒、輕飛迅羽，淒涼誰弔荒臺㊁古。記醉踏南屏㊂，綵扇咽寒蟬，倦夢不知蠻素㊃。聊對舊節傳杯，塵箋蠹管，斷闋經歲慵賦。小蟾㊄斜影轉東籬，夜冷殘蛩語。早白髮、緣愁萬縷，驚飆從捲烏紗㊅去，漫細將、茱萸㊆看，但約明年，翠微高處。

【注解】

㊀噀　念ㄙㄨㄣ，本作潠，噴水。　㊁荒臺　宋武帝重陽日登戲馬臺，臺在彭城，楚項羽閱兵處。　㊂南屏　西湖十題有：『南屏晚鐘。』　㊃蠻素　白居易詩：『櫻桃樊素口，楊柳小蠻腰。』　㊄小蟾　小月。　㊅烏紗　古官帽名，視朝及燕見賓客之服，見唐書車服志。　㊆茱萸　植物名，續齊諧記言桓景一家曾于九月九日佩茱萸，登高飲菊花酒以避災。　杜詩：『明年此會知誰健，醉把茱萸仔細看。』

【評箋】

陳洵云：起七字已將『縱玉勒』以下攝起在句前。『斜陽』六字，依稀風景。『半壺』至『風雨』十四字，情隨事遷。以下五句上二句突出悲涼，下三句平放和婉。彩扇屬蠻、素，倦夢屬寒蟬，徒聞寒蟬不見蠻、素，但彿彿其歌扇耳，今則更成倦夢，故曰：『不知』，兩句神理結成一片，所謂關心事者如此。換頭於無聊中尋出消遣，斷闋慵賦，則仍是消遣不得。殘蛩對上寒蟬，又換一境。蓋蠻、素既去，則事事都嬾矣。收句與聊對舊節一樣意思，現在如此，未來可知，極感愴卻極閒冷，想見覺翁胸次。（海綃說詞）

陳廷焯云：有筆力，有感慨。淒涼處，只一二語，已覺秋聲四起。（白雨齋詞話）

宴清都 連理海棠

繡幄㈠鴛鴦柱，紅情密、膩雲低護秦樹㈡。芳根兼倚，花梢鈿合㈢，錦屏人妒。東風睡足交枝㈣，正夢枕瑤釵燕股㈤。障灩蠟、滿照歡叢，嫠蟾㈥冷落羞度。人間萬感幽單，華清㈦慣浴，春盎㈧風露。連鬟㈨並暖，同心共結，向承恩處。憑誰為歌長恨㈩？暗殿鎖、秋燈夜語。敘舊期、不負春盟，紅朝翠暮。

【注解】

㈠繡幄　繡幕，所以籠花。　㈡秦樹　秦中有雙株海棠。　㈢鈿合　鈿盒，有上下兩扇。　㈣交枝　枝柯相交，韓愈詩：『珊瑚玉樹交枝柯。』　㈤燕股　釵有兩股如燕尾。　㈥嫠蟾　嫦娥無夫故曰嫠蟾。　㈦華清　指楊貴妃嘗浴于華清池。　㈧盎　音尤，指豐滿的池水。　㈨連鬟　女子所梳雙髻，名同心結。　㈩長恨　白居易有長恨歌。

【評箋】

朱孝臧云：濡染大筆何淋漓。（朱評夢窗詞）

陳洵云：此詞寄託高遠，其用筆運意，奇幻空靈，離合反正，精力彌滿。若徒賞其鎔鍊，則失之矣。『人間萬感幽單』一句，將全篇精神振起。『華清慣浴，春盎風露』，有好色不與民同樂意，天寶之不為靖康者，幸耳。此段意理全類稼軒，可以證周氏由北開南之說。稼軒豪雄，夢窗穠摯，可以證周氏由南追北之說。詠物最稱碧山，然如此等作，足使碧山有望回之歎。（海綃說詞）

齊天樂

煙波桃葉西陵路㈠，十年斷魂潮尾。古柳重攀，輕鷗聚別，陳迹危亭獨倚。涼颸㈡乍起，渺煙磧㈢飛帆，暮山橫翠。但有江花，共臨秋鏡㈣照憔悴。華堂燭暗送客，眼波回盼處，芳豔流水。素骨凝冰，柔葱㈤蘸雪，猶憶分瓜深意。清尊未洗，夢不溼行雲，漫沾殘淚。可惜秋宵，亂蛩疏雨裏。

【注解】

㈠西陵　在今錢塘江之西。古詞：『何處結同心，西陵松柏下。』桃葉、西陵皆指所思之妓。㈡颸　音ㄙ，涼風。㈢磧　音ㄑㄧ，入聲，沙洲。㈣秋鏡　秋水如鏡。㈤柔葱　指手。

【評箋】

譚獻云：起平而結響頗遒。『涼颸乍起』是領句，亦是提肘書法。但有二句沈著。換頭是追敍。（譚評詞辨）

陳廷焯云：傷今感昔，憑眺流連，此種詞眞入白石之室矣。一片感喟，情深語至。（白雨齋詞話）

陳洵云：此與『鶯啼序』蓋同一年作，彼云十載，此云十年也。西陵邂逅之地，提起；『斷魂潮尾』，跌落；中間送客一事，留作換頭點睛；三句相爲起伏，最是局勢精奇處。譚復堂乃謂爲平起，不知此中曲折也。『古柳重攀』，今日；『輕鷗聚別』，當時；平入逆出。『陳迹危亭獨倚』，歇步；『涼颸乍起』，轉身；『渺烟磧飛帆，暮山橫翠』，空際出力；『但有江花，共臨秋鏡照憔悴』，收合。倚亭送客者，送妾也；柳渾侍兒名琴客，故以客稱妾。新雁過妝樓之『宜城當時放客』，『風入松』之『舊曾送客』，『尾犯』之『長亭曾送客』，皆此『客』字。『眼波回盼』，是將去時之客；『素骨凝冰，柔葱蘸雪』，是未去時之客。『猶憶分瓜深意』，別後始覺不詳，極幽抑怨斷之致，豈其人於此時已有去志乎？『淸尊未洗』，此愁酒不能消，『涼颸』句是領下，此句是煞上。『行雲』句著一『溼』字，藏行雨在內，言朝來相思，至暮無夢也。夢窗運典隱僻，如詩家之玉谿。亂蛩疏雨所謂漫霑殘淚。（海綃說詞）

花犯 郭希道送水仙索賦

小娉婷㊀清鉛素靨㊁，蜂黃㊂暗偷暈，翠翹㊃攲鬢。昨夜冷中庭，月下相認，睡濃更苦淒風緊。驚回心未穩，送曉色、一壺蔥蒨㊄，纔知花夢準。湘娥㊅化作此幽芳，淩波路，古岸雲沙遺恨。臨砌影，寒香亂、凍梅藏韻。熏鑪畔、旋移傍枕，還又見、玉人垂紺鬒㊆。料喚賞、清華池館，臺杯㊇須滿引。

【注解】

㊀娉婷　娉音ㄆㄧㄥ，娉婷，美貌。　㊁清鉛素靨　靨音ㄧㄝ，入聲，面上酒渦。清鉛素靨，形容水仙白瓣。　㊂蜂黃　形容水仙黃蕊。　㊃翠翹　翠玉妝飾，形容水仙綠葉。　㊄一壺蔥蒨　蒨音ㄑㄧㄢ，蔥蒨，青翠顏色。　㊅湘娥　湘江女神。　㊆紺鬒　紺音ㄍㄢ，青色；鬒音ㄓㄣ，美髮。　㊇臺杯　大小杯重疊成套名臺杯。

【評箋】

陳洵云：自起句至『相認』，全是夢境，『昨夜』逆入，『驚回』反跌，極力爲『送曉色』一句追逼；復以『花夢準』三字，鉤轉作結。後片是夢非夢，純是寫神。『還又見』應上『相認』，『料喚賞』應上『送曉色』，眉目清醒，度人金針。（海綃說詞）

朱孝臧云：集中『花犯』郭希道送水仙詞有『清華池館』語，清華疑即希道。（夢窗詞小箋）

浣溪沙

門隔花深舊夢游，夕陽無語燕歸愁，玉纖㊀香動小簾鉤。　落絮無聲春墮淚，行雲有影月含羞，東風臨夜冷於秋。

【注解】

㈠玉纖　手。

【評箋】

陳廷焯云：『浣溪沙』結句貴情餘言外，含蓄不盡。如吳夢窗之『東風臨夜冷於秋』，賀方回之『行雲可是渡江難』，皆耐人玩味。（白雨齋詞話）

陳洵云：夢字點出所見，惟夕陽歸燕，玉纖香動，則可聞而不可見矣。是眞是幻，傳神阿堵，門隔花深故也。『春墮淚』爲懷人，『月含羞』因隔面，義兼比興。東風回睇夕陽，俯仰之間，已爲陳迹，卽一夢亦有變遷矣。『秋』字不是虛擬，有事實在，卽起句之舊遊也。秋去春來，又換一番世界，一『冷』字可思。此篇全從張子澄『別夢依依到謝家』一詩化出，須看其游思飄渺、纏綿往復處。（海綃說詞）

浣溪沙

波面銅花㈠冷不收，玉人垂釣理纖鉤㈡，月明池閣夜來秋。　江燕話歸成曉別，水花紅減似春休，西風梧井葉先愁。

【注解】

㈠銅花　銅鏡，喻水波淸澈如鏡。　㈡纖鉤　月影，黃庭堅『浣溪沙』：『驚魚錯認月沈鉤。』

【評箋】

陳洵云：『玉人垂釣理纖鉤』是下句倒影，非謂眞有一玉人垂釣也。纖鉤是月，玉人言風景之佳耳。『月明池閣』下句醒出，中稿『解蹀躞』『可憐殘照西風，半妝樓上』，半妝亦謂殘照西風。西子、西湖，比興常例，淺人不察，則謂覺翁晦耳。（海綃說詞）

點絳脣 試燈夜初晴

捲盡愁雲，素娥㊀臨夜新梳洗。暗塵不起，酥潤淩波地。　輦路㊁重來，彷彿燈前事。情如水，小樓熏被，春夢笙歌裏。

【注解】

㊀素娥　月。　㊁輦路　輦音ㄋㄧㄢˇ，帝王之車。輦路，帝王車駕經行之路。

【評箋】

譚獻云：起稍平，換頭見拗怒，『情如水』三句，足當咳唾珠玉四字。（譚評詞辨）

祝英臺近 春日客龜溪㊀遊廢園

采幽香，巡古苑，竹冷翠微路。鬭草㊁溪根，沙印小蓮步。自憐兩鬢清霜，一年寒食，又身在雲山深處。　晝閒度，因甚天也慳春，輕陰便成雨？綠暗長亭，歸夢趁風絮。有情花影闌干，鶯聲門徑，解留我霎時凝竚。

【注解】

㊀龜溪　德清縣志：『龜溪古名孔愉澤，即余不溪之上流。昔孔愉見漁者得白龜于溪上，買而放之。』　㊁鬭草　見前陳亮『水龍吟』注。

【評箋】

陳廷焯云：婉轉中自有筆力。（白雨齋詞話）

祝英臺近 除夜立春

剪紅情，裁綠意㈠，花信上釵股。殘日東風，不放歲華去。有人添燭西窗，不眠侵曉，笑聲轉新年鶯語㈡。舊尊俎，玉纖曾擘黃柑，柔香繫幽素㈢。歸夢湖邊，還迷鏡中路㈣。可憐千點吳霜，寒消不盡，又相對落梅如雨。

【注解】

㈠紅情綠意　剪綵為紅花綠葉。　㈡新年鶯語　杜甫詩：『鶯入新年語。』　㈢幽素　幽情素心。　㈣鏡中路　言湖水如鏡。

【評箋】

周密云：立春前一日，臨安府進大春牛，用五色絲綵杖鞭牛，掌管預造小春牛數十，飾綵旛雪柳，分送殿閤巨璫，各隨以金銀錢綵段為酬。是月後苑辦造春盤供進，及分賜貴邸宰臣巨璫，翠縷、紅絲、金雞、玉燕，備極精巧，每盤值萬錢，學士院撰進春帖子，皇后、貴妃、夫人、諸閤各有定式，絳羅金縷，華粲可觀。（武林舊事）

彭孫遹云：余獨愛夢窗除夕立春一闋，兼有天人之巧。（金粟詞話）

許昂霄云：換頭數語，指春盤綵縷也。『歸夢』二句從『春歸在客先』想出。（詞綜偶評）

陳廷焯云：『上』字婉細。（白雨齋詞話）

陳洵云：前闋極寫人家守歲之樂，全為換頭三句追攝遠神，與『新腔一唱雙金斗』一首同一機杼。彼之『何時』，此之『舊』字，皆一篇精神所注。（海綃說詞）

澡蘭香 淮安重午

盤絲㈠繫腕，巧篆㈡垂簪，玉隱紺紗睡覺㈢。銀瓶㈣露井，綵箑㈤雲窗，往事少年依約。爲當時曾寫榴裙㈥，傷心紅絹褪萼。黍夢光陰，漸老汀洲煙蒻㈦。　莫唱江南古調，怨抑難招，楚江沈魄㈧。薰風燕乳，暗雨槐黃，午鏡㈨澡蘭㈩簾幕。念秦樓㈩㈠、也擬人歸，應翦菖蒲㈩㈡自酌。但悵望一縷新蟾，隨人天角。

【注解】

㈠盤絲　腕上繫五色絲絨。　㈡巧篆　簪上插精巧紙花。　㈢玉隱紺紗睡覺　玉人隱在天青色紗帳中睡覺。紺音ㄍㄢ，天青色。　㈣銀瓶　指宴。　㈤綵箑　彩扇，指歌。箑音ㄐㄧㄝ。　㈥榴裙　宋書：羊欣著白練裙晝寢，王獻之書其裙數幅而去。　㈦煙蒻　蒻音ㄖㄨㄛ，入聲，柔弱蒲草。　㈧楚江沈魄　指屈原自沉。　㈨午鏡　水清如鏡。

㈩澡蘭　五月五，蓄蘭沐浴，見大戴禮。　㈩㈠秦樓　秦穆公女弄玉與蕭史吹蕭引鳳，穆公為築鳳臺，後遂傳為秦樓。見列仙傳。

㈩㈡菖蒲　端午以菖蒲一寸九節者泛酒，以辟瘟氣。見荆楚歲時記。

【評箋】

宋史地理志云：淮南東路南渡後州九，揚、楚、海、秦、泗、滁、淮安、眞、通。紹定元年，升山陽縣爲淮安軍。端平元年，改軍爲淮安州。

先著云：亦是午日情事，但筆端幽豔，如古錦爛然。（詞潔）

陳洵云：此懷歸之賦也。起五句全敘往事，至第六句點出寫裙，是睡中事。『榴』字融人事入風景，褪萼見人事都非，卻以風景不殊作結。後片純是空中設景，主意在『秦樓也擬人歸』一句，『歸』字緊與『招』字相應，言家人望已歸，如宋玉之招屈原也。既欲歸不得，故曰『難招』、曰『莫唱』、曰『但悵望』，則『也擬』亦徒然耳。擧首則尾應，擧尾則首應，擧中間則首尾皆應，陣勢奇變極矣。金針度人，全在數虛字，屈原事不過借古以陳今。『聽風』三句，是家中節物，秦樓倒影。秦樓用弄玉事，謂家所在。（海綃說詞）

風入松

聽風聽雨過清明，愁草瘞㊀花銘。樓前綠暗分攜路，一絲柳、一寸柔情。料峭春寒中酒，交加曉夢啼鶯。西園日日掃林亭，依舊賞新晴。黃蜂頻撲鞦韆索，有當時纖手香凝。惆悵雙鴛㊁不到，幽階一夜苔生。

【注解】

㊀瘞　音一，埋葬。　㊁雙鴛　履跡。古詩：『全由履跡少，併欲上階生。』

【評箋】

許昂霄云：結句亦從古詩『全由履迹少，併欲上階生』化出。（詞綜偶評）

陳廷焯云：情深而語極純雅，詞中高境也。（白雨齋詞話）

陳洵云：思去妾也，此意集中屢見。『渡江雲』題曰：『西湖清明』，是邂逅之始；此則別後第一箇清明也。『樓前綠暗分攜路』，此時覺翁當仍寓西湖。風雨新晴，非一日間事，除了風雨，卽是新晴，蓋云我只如此度日掃林亭，猶望其還賞，則無聊消遣，見秋千而思纖手，因蜂撲而念香凝，純是癡望神理。『雙鴛不到』，猶望其到；『一夜苔生』，蹤跡全無，則惟日日惆悵而已。（海綃說詞）

譚獻云：此是夢窗極經意詞，有五季遺響。『黃蜂』二句，是癡語，是深語。結處見溫厚。（詞綜偶評）

鶯啼序　春晚感懷

殘寒正欺病酒，掩沈香繡戶。燕來晚、飛入西城，似說春事遲暮。畫船載、淸明過卻，晴烟冉冉吳宮樹。念羈情、游蕩隨風，化爲輕絮。 十載西湖，傍柳繫馬，趁嬌塵軟霧。遡紅漸招入仙溪，錦兒㊀偷寄幽素。倚銀屛、春寬夢窄，斷紅溼㊁、歌紈金縷㊂。暝隄空，輕把斜陽，總還鷗鷺。 幽蘭旋老，杜若還生，水鄉尚寄旅。別後訪、六橋㊃無信，事往花委，瘞玉埋香，幾番風雨。長波妒盼，遙山羞黛，漁燈分影春江宿。記當時、短楫桃根渡㊄，青樓彷彿。臨分敗壁題詩，淚墨慘淡塵土。 危亭望極，草色天涯，歎鬢侵半苧㊅。暗點檢、離痕歡唾，尚染鮫綃㊆。嚲鳳㊇迷歸，破鸞㊈慵舞。殷勤待寫，書中長恨，藍霞遼海沈過雁。漫相思、彈入哀箏柱。傷心千里江南㊉，怨曲重招，斷魂在否？

【注解】

㊀錦兒　錢塘妓楊愛愛侍兒，見侍兒小名錄。　㊁斷紅溼　言淚溼。　㊂歌紈金縷　歌紈，歌唱時之紈扇。金縷，金綫繡成之衣。　㊃六橋　西湖之堤橋，外湖六橋宋蘇軾建，名映波、鎖瀾、望山、壓堤、東浦、跨虹。裏湖六橋明楊孟瑛建，名環璧、流金、臥龍、隱秀、景竹、濬源。　㊄桃根渡　見前姜夔『琵琶仙』注。　㊅苧　蔴科，背面白色，此處形容髮白如苧。㊆鮫綃　謂鮫人所織之綃，見文選左思吳都賦注。　㊇嚲鳳　嚲念ㄉㄨㄛ，垂下貌。嚲鳳，垂翅之鳳。　㊈破鸞　謂破鏡。見前錢惟演『木蘭花』注。　㊉千里江南　招魂：『目極千里兮傷春心，魂兮歸來哀江南。』

【評箋】

陳廷焯云：全章精粹，空絕千古。（白雨齋詞話）

陳洵云：第一段傷春起，卻藏過傷別，留作第三段點睛。燕子畫船，含無限情事；淸明吳宮，是其最難忘處。第二段『十載西湖』提起，而以第三段『水鄉尚寄旅』作鉤勒。『記當時短楫桃根渡』，『記』字逆出，將第二段情事盡銷納此一句中。臨分淚墨，十載西湖，乃如此了矣。臨分於別後爲倒應，別後於臨分爲逆提，漁燈分影於水鄉爲複筆，作兩番鉤勒，筆力最渾厚。『危亭望極，草色天涯』，遙接『長波妒盼，遙山羞黛』，『望』字遠情，『歎』字近況，全篇神理，只消此二字。歡唾是第二段之歡會，離痕是第三段之臨分。『傷心千里江南，怨曲重招，斷魂在否？』應起段『遊蕩隨風，化爲輕絮』作結。通體離合變幻，一片淒迷，細繹之，正字字有脈絡，然得其門者寡矣。（海綃說詞）

惜黃花慢

次吳江，小泊，夜飲僧窗惜別。邦人趙簿攜小妓侑尊，連歌數闋，皆淸眞詞。酒盡已四鼓，賦此詞餞尹梅津㊀

送客吳皋，正試霜夜冷，楓落㊁長橋。望天不盡，背城漸杳，離亭黯黯，恨水迢迢。翠香零落紅衣㊂老，暮愁鎖、殘柳眉梢。念瘦腰、沈郎㊃舊日，曾繫蘭橈。　仙人鳳咽瓊簫，悵斷魂送遠，九辯㊄難招。醉鬟留盼，小窗翦燭，歌雲載恨，飛上銀霄。素秋不解隨船去，敗紅趁一葉寒濤。夢翠翹㊅，怨鴻料過南譙㊆。

【注解】

㊀尹梅津，名煥，字惟曉，山陰人。嘉定十年進士，自畿漕除右司郎官。　㊁楓落　唐崔明信詩：『楓落吳江冷。』　㊂紅衣　荷花。　㊃沈郎　見前李之儀『謝池春』注。　㊄九辯　楚辭篇名，屈原弟子宋玉作。　㊅翠翹　女子首飾，卽以代表所思之女子。　㊆南譙　南樓。

【評箋】

萬樹云：夢窗七寶樓臺，拆下不成片段；然其用字精密處，嚴確可愛。其所用正、試、夜、望、背、漸、翠、念、瘦、舊、繫、鳳、悵、送、醉、翦、素、夢、怨、料諸去聲字，兩篇皆相合。律呂之學有不可假借如此。（詞律）

陳洵云：題外有事，當與『瑞龍吟』黯分袖參看。沈郎謂梅津，『繫蘭橈』蓋有所眷也。『仙人』謂所眷者，『鳳簫』則有夫婦之分。『斷魂』二句，言如此分別，雖九辯難招，況淸眞詞乎？含思悽惋，轉出下四句，實處皆空矣。素秋冐此間風景不隨

船去，則兩地趁瀞，堆葉依稀有情。翠翹即上之仙人，特不知與『瑞龍吟』所別是一是二。（海綃說詞）

高陽臺

宮粉雕痕，仙雲墮影，無人野水荒灣。古石埋香，金沙鎖骨連環。南樓不恨吹橫笛，恨曉風千里關山。半飄零，庭上黃昏，月冷闌干。　壽陽空理愁鸞，問誰調玉髓㊀，暗補香瘢？細雨歸鴻，孤山無限春寒。離魂難倩招清些，夢縞衣㊁解佩溪邊。最愁人，啼鳥晴明，葉底清圓。

【注解】

㊀玉髓香瘢　指壽陽梅花妝。　㊁縞衣　白衣。

【評箋】

陳廷焯云：夢窗『高陽臺』一篇，既幽怨，又清虛，幾欲突過中仙詠物諸篇，集中最高之作。（白雨齋詞話）

高陽臺　豐樂樓分韻得『如』字

修竹凝妝，垂楊駐馬，憑闌淺畫成圖。山色誰題？樓前有雁斜書。東風緊送斜陽下，弄舊寒、晚酒醒餘。自消凝，能幾花前，頓老相如㊀？　傷春不在高樓上，在燈前攲枕，雨外熏鑪。怕艤㊁游船，臨流可奈清臞㊂？飛紅若到西湖底，攪翠瀾、總是愁魚。莫重來、吹盡香緜，淚滿平蕪。

【注解】

㊀相如　司馬相如，漢武帝時賦家，所作有子虛、上林、大人等賦。　㊁艤　或作檥，附船著岸也。　㊂清臞　清瘦。

【評箋】

咸淳臨安志云：豐樂樓在豐豫門外，舊名聳翠樓，據西湖之會，千峰連環，一碧萬頃，爲遊覽最。顧以官酤喧雜，樓亦卑小，弗與景稱。咸淳九年，趙安撫與𥲤始撤新之，瑰麗宏特，高切雲漢，遂爲西湖之壯，縉紳多聚拜於此。

周密云：豐樂樓在湧金門外，舊爲衆樂亭，又改聳翠樓，政和中改今名。淳祐間，趙京尹與𥲤重建，宏麗爲湖山冠。又甃月池，立秋千，梭門植花木，搆數亭，春時遊人繁盛。舊爲酒肆，後以學館致爭，但爲朝紳同年會拜鄉會之地。吳夢窗嘗大書所作『鶯啼序』于壁，一時爲人傳誦。（武林舊事）

陳廷焯云：題是樓，偏說傷春不在高樓上，何等筆力！（白雨齋詞話）

陳洵云：『淺畫成圖』，半壁偏安也；『山色誰題』，無與託國者；『東風緊送』，則危急極矣。凝妝駐馬，依然歡會；酒醒人老，偏念街寒；燈前雨外，不禁傷春矣。『愁魚』，殃及池魚之意。『淚滿平蕪』，城邑邱墟，高樓何有焉，故曰『傷春不在高樓上』。是與詞之極沈痛者。（海綃說詞）

麥孺博云：穠麗極矣，仍自清空，如此等詞，安能以『七寶樓臺』誚之！（藝衡館詞選）

三姝媚 過都城舊居有感

湖山經醉慣，漬㈠春衫啼痕酒痕無限。又客長安，歎斷襟零袂，涴㈡塵誰浣。紫曲門荒，沿敗井、風搖青蔓。對語東鄰，猶是曾巢，謝堂雙燕㈢。　春夢人間須斷，但怪得當年，夢緣能㈣短。繡屋秦箏，傍海棠偏愛，夜深開宴。舞歇歌沈，花未減、紅顏先變。竚久河橋欲去，斜陽淚滿。

【注解】

㈠漬　音ㄗˋ，染也。　㈡涴　音ㄛˋ，泥着物也。　㈢謝堂雙燕　劉禹錫詩：『舊時王謝堂前燕，飛入尋常百姓家。』　㈣能　讀陰平，如此也。

【評箋】

陳洵云：過舊居，思故國也。讀起句，可見啼痕酒痕、悲歡離合之迹；以下緣情布景，憑弔興亡，蓋非僅興懷陳迹矣。春夢須斷，往來常理，『人間』二字不可忽過，正見天上可哀，夢緣能短，治日少也。『秦箏』三句回首承平；紅顏先變，盛時已過，則惟有斜陽之淚，送此湖山耳。此蓋覺翁晚年之作；讀草窗『與君共是承平年少』，及玉田『獨憐水賦樓筆，有斜陽還怕登臨』，可與知此詞。（海綃說詞）

八聲甘州 靈巖陪庾幕諸公游

渺空烟、四遠是何年？青天墜長星。幻蒼崖雲樹，名娃金屋㊀，殘霸宮城。箭徑㊁，酸風射眼，膩水染花腥。時靸㊂雙鴛響，廊葉秋聲。宮裏吳王沈醉，倩五湖倦客㊃，獨釣醒醒。問蒼波無語，華髮奈山青。水涵空、闌干高處，送亂鴉、斜日落漁汀。連呼酒，上琴臺去，秋與雲平。

【注解】

㊀名娃金屋　越絕書云：吳人于硏石山，置館娃宮，山頂有三池；曰月池，曰硏池，曰玩花池，蓋吳時所鑿也。山上舊傳有琴臺，又有響屧廊，或曰鳴屐廊，廊以楩梓藉地，西子行，則有聲，故名。　㊁箭徑　吳郡志云：『靈巖山前有采香徑橫斜如臥箭。』

㊂靸　音ㄙㄚ，入聲，履無跟直曳曰靸。　㊃五湖倦客　指范蠡。

【評箋】

張炎云：如夢窗登靈巖云：『連呼酒，上琴臺去，秋與雲平。』閏重九云：『簾半捲，帶黃花，人在小樓。』皆平易中有句法。（詞源）

麥孺博云：奇情壯采。（藝蘅館詞選）

陳洵云：換頭三句，不過言山容水態，如吳王、范蠡之醉醒耳。『蒼波』承『五湖』；『山青』承『宮裏』，獨醒無語，沈醉奈何，是此詞最沈痛處，今更爲推進之，蓋惜夫差之受欺越王也。長頸之毒，蠡知而王不知，則王醉而蠡醒矣。女眞之猾，甚於勾踐；北角之辱，奇於甬東；五國城之崩，酷於卑猶位；遺民之悲弔，異於鴟夷之逍遙。而遊艮嶽、幸樊樓者，乃荒於吳宮之沈湎。北宋已矣，南渡宴安，又將岌岌，五湖倦客，今復何人？一『倚』字有衆人皆醉意，不知當時庾幕諸公，何以對此？（海綃說詞）

踏莎行

潤玉㈠籠綃，檀櫻㈡倚扇，繡圈㈢猶帶脂香淺。榴心空疊舞裙紅，艾枝㈣應壓愁鬟亂。午夢千山，窗陰一箭，香瘢新褪紅絲腕㈤。隔江人在雨聲中，晚風菰葉㈥生秋怨。

【注解】

㈠潤玉　指玉肌。　㈡檀櫻，指檀口。　㈢繡圈　繡花妝飾。　㈣艾枝　端午以艾爲虎形，或剪綵爲小虎，粘艾葉以戴。見荆楚歲時記。　㈤紅絲腕　五月五日以五綵絲繫臂，辟鬼及兵。一名長命縷，一名續命縷，一名辟兵繒。見風俗通。　㈥菰葉　蔬類植物，生淺水中，高五六尺。春月生新芽如筍，名茭白。葉細長而尖，秋結實曰菰米，可煮飯。

【評箋】

王國維云：介存謂夢窗詞之佳者，如天光雲影，搖蕩綠波，撫玩無極，追尋已遠。余覽夢窗甲乙丙丁稿中，實無足當此者。有之，其『隔江人在雨聲中，晚風菰葉生秋怨』二語乎？（人間詞話）

陳洵云：讀上闋，幾疑眞見其人矣。換頭點睛，卻只一夢，惟有雨聲菰葉，伴人淒涼耳。『生秋怨』，則時節風物，一切皆空。（海綃說詞）

瑞鶴仙

晴絲牽緒亂，對滄江斜日，花飛人遠。垂楊暗吳苑，正旗亭㈠烟冷，河橋風暖。蘭情蕙盼㈡，惹相思、春根酒畔。又爭㊂知、吟骨縈消，漸把舊衫重翦。淒斷流紅千浪，缺月孤樓，總難留燕。歌塵凝扇，待憑信，拚分鈿㊃。試挑燈欲寫，還依不忍，箋幅偷和淚捲。寄殘雲賸雨蓬萊㊄，也應夢見。

【注解】

㊀旗亭　市樓，張衡西京賦『旗亭五重。』　㊁蘭情蕙盼　喻人之濃厚情誼，周邦彥詞：『水盼蘭情。』　㊂爭　怎。
㊃分鈿　鈿，金寶等飾器之名，白居易長恨歌：『釵擘黃金合分鈿。』　㊄蓬萊　仙境，指所思人之住處。

【評箋】

陳洵云：吳苑是其人所在地，此時覺翁不在吳也，故曰『花飛人遠』。『鶯啼序』云：『晴煙冉冉吳宮樹。』『玉蝴蝶』云：『羨故人還買吳航。』『尾犯』贈浪翁重客吳門曰：『長亭曾送客。』『新雁過妝樓』曰：『江寒夜楓怨落。』又是吳中事。是其人既去，由越入吳也。『旗亭』二句，當年邂逅，正是此時。『蘭情』二句，對面反擊，跌落下二句，思力沈透極矣。舊衫是其人所裁，『流紅千浪』，複上闋之『花飛』；『缺月孤樓，總難留燕』，複上闋之『人遠』，爲『淒斷』二字鉤勒。『歌塵凝扇』，對上『蘭情蕙盼』；人一處，物一處。『待憑信，拚分鈿』縱開，『還依不忍』，仍轉故步。『箋幅偷和淚卷』複『挑燈欲寫』；疑往而復，欲斷還連，是深得淸眞之妙者。『應夢見』，倘不曾夢見也。含思淒惋，低徊不盡。（海綃說詞）

鷓鴣天　化度寺作㊀

池上紅衣伴倚闌，棲鴉常帶夕陽還。殷雲度雨疏桐落，明月生涼寶扇閒。　鄉夢窄，水天寬，小窗愁黛淡秋山。吳鴻好爲傳歸信，楊柳閶門屋數間。

【注解】

㊀化度寺　杭州府志：『化度寺在仁和縣北江漲橋，原名水雲，宋治平二年改。』

【評箋】陳洵云：楊柳閶門，其去姬所居也。全神注定，是此一句。吳鴻歸信，言己亦將去此間矣，眼前風景何有焉！（海綃說詞）

夜遊宮

人去西樓雁杳，敘別夢，揚州一覺。雲淡星疏楚山曉，聽啼烏，立河橋，話未了。　雨外蛩聲早，細織就霜絲㈠多少？說與蕭娘㈡未知道，向長安，對秋燈，幾人老？

【注解】

㈠霜絲　指白髮。　㈡蕭娘　見前周邦彥『夜遊宮』注。

【評箋】陳洵云：楚山夢境，長安京師，是運典；揚州則舊遊之地，是賦事；此時覺翁身在臨安也。詞則沈樸渾厚，直是清真後身。（海綃說詞）

賀新郎　陪履齋先生㈠滄浪㈡看梅

喬木生雲氣，訪中興、英雄㈢陳迹，暗追前事。戰艦東風㈣慳借便，夢斷神州故里。旋小築、吳宮閒地，華表月明歸夜鶴㈤，歎當時、花竹今如此，枝上露，濺清淚。　遨頭㈥小簇行春隊，步蒼苔、尋幽別墅，問梅開未？重唱梅邊新度曲，催發寒梢凍蕊。此心與東君㈦同意，後不如今今非昔，兩無言相對滄浪水，懷此恨，寄殘醉。

【注解】

㊀履齋先生　吳潛字毅夫，號履齋，淳祐中，觀文殿大學士，封慶國公。景定初，安置循州卒。㊁滄浪　亭名，在蘇州府學東初爲吳越錢元璙池館，後廢爲寺，寺後又廢。蘇舜欽在蘇州買水石，作滄浪亭于邱上，後爲韓世忠別墅。㊂英雄　指韓世忠。㊃戰艦東風　指韓世忠黃天蕩之捷。㊄歸夜鶴　見前王安石『千秋歲引』注。㊅遨頭　太守曰遨頭，見成都記。㊆東君　原謂春神，此指吳履齋。楊鐵夫以爲其時夢窗又爲吳客，故以東君稱之。

【評箋】

龔明之云：「滄浪亭在郡學之東，中吳節度使孫承祐之池館，其後蘇子美得之，爲錢不過四萬，歐公詩所謂『淸風明月本無價，可惜只賣四萬錢』是也。余家舊與章莊敏俱有其筆，余盡爲韓王所得矣。吳潛『賀新郞』滄浪亭和吳夢窗韻云：『撲盡征衫氣，小夷猶，尊罍杖履，踢開花事。邂逅山翁行樂處，何似烏衣舊里，歎荒草舞臺歌地。百歲光陰如夢斷，算古今興廢都如此，何用灑，兒曹淚。江南自有漁樵隊，想家山猿愁鶴怨，問人歸未。寄語寒梅休放盡，留取三花兩蕊，待老子領些春意。皎皎風流心自許，儘何妨瘦影橫斜水。煩翠羽，伴醒醉。』」（中吳紀聞）

陳洵云：「要心與東君同意，能將履齋忠款道出，是時邊事日亟，將無韓、岳，國脈微弱，又非昔時。履齋意主和守而屢疏不省，卒致敗亡，則所謂『後不如今今非昔，兩無言相對滄浪水。懷此恨，寄殘醉』也。言外寄慨，學者須理會此旨。前闋滄浪起，看梅結；後闋看梅起，滄浪結，章法一絲不走。」（海綃說詞）

唐多令

何處合成愁？離人心上秋㊀，縱芭蕉、不雨也颼颼。都道晚涼天氣好，有明月，怕登樓。　年事夢中休，花空烟水流，燕辭歸、客尙淹留。垂柳不縈裙帶㊁住，漫長是、繫行舟。

【注解】

㈠心上秋　合成『愁』字。　㈡裙帶　指燕，指別去女子。

【評箋】

張炎云：此詞疎快，不質實。（詞源）

沈際飛云：所以感傷之本，豈在蕉雨？妙妙。又云：垂柳句原不熟爛。（草堂詩餘正集）

王士禛云：『何處合成愁？離人心上秋。』滑稽之俊，與龍輔閨怨詩：『得郎一人來，便可成仙去』，同是子夜變體。（花草蒙拾）

陳洵云：玉田不知夢窗，乃欲拈出此闋牽彼就我，無識者，羣聚而和之，遂使四明絕調，沈沒幾六百年，可歎！（海綃說詞）

陳廷焯云：張臯文詞選獨不收夢窗，以夢窗與耆卿、山谷、改之同列，不知夢窗者也。至董毅續詞選祇取夢窗『唐多令』、『憶舊遊』兩篇，此二篇絕非夢窗高詣；『唐多令』幾於油腔滑調，在夢窗集中，最屬下乘，續選獨取，豈故收其下者以實臯文之言耶？謬矣！（白雨齋詞話）

黃孝邁

孝邁，字德夫，號雪舟。

湘春夜月

近清明，翠禽枝上消魂。可惜一片清歌，都付與黃昏。欲共柳花低訴，怕柳花輕薄，不解傷春。念楚鄉旅宿，柔情別緒，誰與溫存？　空尊夜泣，青山不語，殘照當門。翠玉樓㈠前，惟是有、一陂湘水，搖蕩湘雲。天長夢短，問甚時、重見桃根㈡？者次第㈢、算人間沒箇并刀㈣，翦斷心上愁痕。

【注解】

㈠翠玉樓　美麗之樓。　㈡桃根　見姜夔『琵琶仙』注。　㈢者次第　這許多情況。　㈣并刀　并州產快翦刀。杜甫詩：『焉得并州快翦刀，翦取吳松半江水。』

【評箋】

萬樹云：此調他無作者，想雪舟自度，風度婉秀，眞佳詞也。或謂首句明字起韻，非也，如此佳詞，豈有借韻之理！（詞律）

查禮云：情有文不能達、詩不能道者，而獨於長短句中，可以委宛形容之；如黃雪舟自度湘春夜月云云。雪舟才思俊逸，天分高超，握筆神來，當有悟入處，非積學所到也。劉後村跋雪舟樂章，謂其清麗；叔原、方回，不能加其綿密，駸駸秦郎『和天也瘦』之作。後村可爲雪舟之知音。（銅鼓書堂遺稿）

麥孺博云：時事日非，無可與語，感喟遙深。（藝蘅館詞選）

潘希白

希白字懷古，永嘉人。寶祐進士，幹辦臨安府節制司公事，德祐初，以史館詔，不赴。自號漁莊。

大有　九日

戲馬臺㈠前，采花籬下，問歲華、還是重九。恰歸來、南山翠色依舊。簾櫳昨夜聽風雨，都不似登臨時候。一片宋玉㈡情懷，十分衞郎㈢淸瘦。

紅萸佩㈣，空對酒。砧杵動微寒，暗欺羅袖。秋已無多，早是敗荷衰柳。強整帽檐㈤攲側，曾經向天涯搔首。幾回憶、故國蓴鱸㈥，霜前雁後。

【注解】

㈠戲馬臺　見前吳文英『霜葉飛』注。　㈡宋玉　見前柳永『戚氏』注。　㈢衞郎　見前周邦彥『大酺』注。　㈣紅

萸佩　見前吳文英『霜葉飛』注。　㊄帽簷　見前吳文英『霜葉飛』注。　㊅蓴鱸　見前辛棄疾『水龍吟』注。

【評箋】

查禮云：用事用意，搭湊得瑰瑋有姿，其高淡處，可以與稼軒比肩。（銅鼓書堂遺稿）

黃公紹

公紹字直翁，邵武人。咸淳元年進士，隱居樵溪。有在軒詞，見彊村叢書刊本。

青玉案

年年社日㊀停針線㊁，怎忍見、雙飛燕？今日江城春已半，一身猶在，亂山深處，寂寞溪橋畔。

春衫著破誰針線？點點行行淚痕滿。落日解鞍芳草岸，花無人戴，酒無人勸，醉也無人管。

【注解】

㊀社日　見前周邦彥『應天長』注。　㊁停針線　墨莊漫錄云：『唐、宋婦人社日不用針線，謂之忌作。』張籍詩：『今朝社日停針線。』

【評箋】

龔頤正云：周美成『社日停針線』，蓋用張文昌吳楚詞：『今朝社日停針線』，有自來矣。若此起句，亦本文昌也。（芥隱筆記）

先著云：『花無人戴，酒無人勸，醉也無人管。』與晁補之『憶少年』起句：『無窮官柳，無情畫舸，無根行客。』同一警絕；唐以後特地有詞，正以有如許妙語，詩家收拾不盡耳。　又云：一詞中鍼線字兩見，必誤，然俱有作意。（詞潔）

賀裳云：詞有如張融危膝，不可無一不可有二者，如劉改之：『天仙子』別妾是也，中云：『馬兒不住去如飛，牽一癡、坐一憩。』又云：『去則是，住則是，煩惱自家煩惱你。』再若效顰，寧非打油惡道乎。然篇中『雪迷村店酒旗斜』，固非雅流不能作一二語。至無名氏『青玉案』：『日落解鞍芳草岸，花無人戴，酒無人勸，醉也無人管。』語淡而情濃，事淺而言深，眞得詞家三昧，非鄙俚朴陋者可冒。（皺水軒詞筌）

陳廷焯云：不是風流放蕩，只是一腔血淚耳！（白雨齋詞話）

案黃公紹在軒詞不載此首。秦刻本陽春白雪、翰墨大全、花草粹編等書引此首均不注撰人。惟詞林萬選、歷代詩餘作黃詞。

朱嗣發

嗣發，字士榮。其先當炎、紹之際，避兵烏程常樂鄉，地曰東朱，適與姓同，遂占籍焉。勵志奉親，後舉充提學學官，亦不受。

摸魚兒

對西風、鬢搖烟碧，參差前事流水。紫絲羅帶鴛鴦結，的的鏡盟釵誓。渾不記，漫手織回文㈠，幾度欲心碎。安花著葉，奈雨覆雲翻，情寬分㈡窄，石上玉簪脆。朱樓外，愁壓空雲欲墜，月痕猶照無寐。陰晴也只隨天意，枉了玉消香碎。君且醉，君不見長門㈢青草春風淚。一時左計，悔不早荊釵，暮天修竹㈣，頭白倚寒翠。

【注解】

㈠回文　見前晏幾道『六么令』注。　㈡分　讀去聲，猶緣也。　㈢長門　見前辛棄疾『摸魚兒』注。　㈣暮天修竹　杜甫詩：『天寒翠袖薄，日暮倚修竹。』

劉辰翁

辰翁，字會孟，廬陵人。少登陸象山之門，補太學生，景定壬戌，廷試對策，忤賈似道，置丙第。以親老請濂溪書院山長，薦居史館，又除太學博士，皆固辭。宋亡，隱居卒。有須溪詞一卷，補遺一卷，見彊村叢書刊本。

況周頤云：須溪詞風格遒上，似稼軒；情辭跌宕，似遺山。有時意筆俱化，純任天倪，竟能略似坡公。往往獨到之處，能以中鋒達意，以中聲赴節，世或目爲別詞，非知人之言也。（蕙風詞話）

蘭陵王 丙子㈠送春

送春去，春去人間無路。鞦韆外、芳草連天，誰遣風沙暗南浦。依依甚意緒？漫憶海門飛絮。亂鴉過、斗轉城荒，不見來時試燈㈡處。　春去誰最苦？但箭雁沈邊，梁燕無主，杜鵑聲裏長門暮。想玉樹凋土，淚盤如露㈢。咸陽送客屢回顧，斜日未能度。　春去尚來否？正江令㈣恨別，庾信㈤愁賦，蘇隄盡日風和雨。歎神遊故國，花記前度。人生流落，顧孺子，共夜語。

【注解】

㈠丙子　宋景炎元年（一二七六）。　㈡試燈　張燈。　㈢淚盤如露　三輔故事云：『漢武帝以銅作承露盤，高二十丈，大十圍，上有仙人掌承露，和玉屑飲之以求仙。』李賀詩序云：『魏明帝青龍元年八月，詔宮官牽車西去，取漢孝武捧露盤仙人，欲立置前殿，宮官既折盤，仙人臨載乃潸然淚下。』　㈣江令　見前周邦彥『過秦樓』注。　㈤庾信　見前周邦彥『大酺』注。

【評箋】

卓人月云：『送春去』二句悲絕，『春去誰最苦』四句淒淸，何減夜猿；第三疊悠揚悱惻，卽以爲小雅、楚騷可也。（詞統）

張宗橚云：按樊榭論詞絕句，『送春苦調劉須溪』信然。（詞林紀事）

陳廷焯云：題是送春，詞是悲宋，曲折說來，有多少眼淚。（白雨齋詞話）

寶鼎現

紅妝春騎，踏月影竿旗穿市。望不盡、樓臺歌舞，習習香塵蓮步底。簫聲斷、約彩鸞㊀歸去，未怕金吾㊁呵醉。甚輦路、喧闐且止，聽得念奴㊂歌起。父老猶記宣和㊃事，抱銅仙、淸淚如水。還轉盼、沙河㊄多麗。滉漾明光連邸第，簾影凍、散紅光成綺。月浸葡萄十里，看往來、神仙才子，肯把菱花撲碎。腸斷竹馬兒童，空見說、三千樂指。等多時春不歸來，到春時欲睡。又說向燈前擁髻，暗滴鮫珠㊅墜。便當日親見霓裳㊆，天上人間夢裏。

【注解】

㊀彩鸞　太和末，書生文蕭遇女仙彩鸞，吟詩曰：『若能相伴陟仙壇，應得文蕭駕彩鸞。自有繡襦並甲帳，瓊臺不怕雪霜寒。』後遂登仙而去。見唐人傳奇集。　㊁金吾　漢官有執金吾，顏師古注：『金吾，鳥名也，主辟不祥。天子出行，職主先導，以禦非常，故執此鳥之象，因以名官。』　㊂念奴　唐天寶時名歌女。　㊃宣和　宋徽宗年號。　㊄沙河　錢塘南五里有沙河塘，宋時居民甚盛，碧瓦紅檐，歌管不絕。　㊅鮫珠　述異記：『南海中有鮫人室，水居如魚，人廢機織。其眼能泣則出珠。』

㊆霓裳　樂曲名，樂苑：『霓裳羽衣曲，開元中，西涼府節度楊敬述進。』

【評箋】

張孟浩云：劉辰翁作『寶鼎現』詞，時爲大德元年，自題曰丁酉元夕，亦義熙舊人，只書甲子之意，其詞有云：『父老猶記宣和事，抱銅仙、淸淚如水。』又云：『腸斷竹馬兒童，空見說三千樂指。』又云：『向燈前擁髻，暗滴鮫珠墜，便當日親見霓裳，天上

人間夢裏。』反反覆覆，字字悲咽，眞孤竹、彭澤之流。（歷代詩餘引）

楊愼云：詞意淒婉，與麥秀歌何殊？（詞品）

陳廷焯云：通篇鍊金錯采，絢爛極矣；而一二今昔之感處，尤覺韻味深長。（白雨齋詞話）

永遇樂

余自乙亥㈠上元，誦李易安『永遇樂』，爲之涕下。今三年矣，每聞此詞，輒不自堪，遂依其聲；又託之易安自喩，雖辭情不及，而悲苦過之。

璧月初晴，黛雲遠淡，春事誰主？禁苑嬌寒，湖隄倦暖，前度遽如許。香塵暗陌，華燈明晝，長是懶攜手去。誰知道斷烟禁夜，滿城似愁風雨。宣和舊日，臨安㈡南渡，芳景猶自如故。緗帙㈢離離，風鬟三五，能賦詞最苦。江南無路，鄜州㈣今夜，此苦又誰知否？空相對殘釭㈤無寐，滿郊社鼓。

【注解】

㈠乙亥　宋德祐元年（一二七五）。　㈡臨安　今杭州。　㈢緗帙　淺黃色之書衣，因謂書卷曰緗帙。　㈣鄜州　鄜音ㄈㄨ，鄜州在今陝西省中部縣南。杜甫詩：『今夜鄜州月，閨中只獨看。』　㈤殘釭　殘燈。

摸魚兒

酒邊留同年徐雲屋

怎知他、春歸何處？相逢且盡尊酒。少年嫋嫋天涯恨，長結西湖烟柳。休回首，但細雨斷橋，憔悴人歸後。東風似舊，向前度桃花，劉郎㈠能記，花復認郎否？君且住，草草留君翦韭，前宵正恁時候。深杯欲共歌聲滑，翻溼春衫半袖。空眉皺，看白髮尊前，已似人人有。臨分把手，歎一笑論文，淸狂顧曲，此會幾時又？

【注解】

㈠劉郎　劉禹錫詩：『種桃道士歸何處？前度劉郎今又來』

周　密

密字公謹，號草窗，濟南人。流寓吳興，居弁山；自號弁陽嘯翁，又號蕭齋，又號四水潛夫。淳祐中爲義烏令。有草窗詞二卷，補遺二卷，見知不足齋叢書本，又有曼陀羅華閣刊本，又蘋州漁笛譜二卷，集外詞一卷，見彊村叢書本，又嘗選南宋詞，題曰：絕妙好詞。

張宗橚云：鄭元慶湖錄：四水者，湖城以苕水、餘不水、前溪水、北流水合而入于郡，霅溪故名四水。舊人詩：『四水交流霅霅聲』是也，據此，則四水潛夫與弁陽嘯翁，皆寓公之意。（詞林紀事）

周濟云：公謹敲金戛玉，嚼雪盥花，新妙無與爲匹。又云：公謹只是詞人，頗有名心，未能自克，故雖才情詣力，色色絕人，終不能超然遐舉。（介存齋論詞雜著）

戈載云：其詞盡洗靡曼，獨標清麗；有韶倩之色，有綿渺之思，與夢窗旨趣相侔，二窗並稱，允矣無忝。其於律亦極嚴謹，蓋交游甚廣，深得切劘之益。（七家詞選）

陳廷焯云：周公謹詞刻意學清眞，句法、字法居然合拍，惟氣體究去清眞已遠，其高者可步武梅溪，次亦平視竹屋。（白雨齋詞話）

李慈銘云：南宋之末，終推草窗、夢窗兩家，爲此事眉目，非碧山、竹屋輩所可頡頏。（孟學齋日記）

高陽臺　送陳君衡㈠被召

照野旌旗，朝天車馬，平沙萬里天低。寶帶金章，尊前茸帽㊁風欺。秦關汴水經行地，想登臨都付新詩。縱英游、疊鼓清笳，駿馬名姬。酒酣應對燕山雪，正冰河月凍，曉隴雲飛。投老殘年，江南誰念方回㊂？東風漸綠西湖岸，雁已還人未南歸。最關情、折盡梅花，難寄相思。

【注解】

㊀陳君衡　名允平，號西麓，四明人。有詞名『日湖漁唱』。　㊁茸帽　皮帽。　㊂方回　賀鑄字。黃庭堅詩：『解道江南腸斷句，世間惟有賀方回。』以方回自比。

瑤華

后土之花，天下無二本，方其初開，帥臣以金瓶飛騎，進之天上，間亦分致貴邸。余客輦下，有以一枝（下缺，按他本題，改作瓊花。）

朱鈿寶玦，天上飛瓊，比人間春別。江南江北，曾未見、漫擬梨雲梅雪。淮山春晚，問誰識、芳心高潔？消幾番、花落花開，老了玉關豪傑。金壺翦送瓊枝，看一騎紅塵㊀，香度瑤闕。韶華正好，應自喜、初亂長安蜂蝶。杜郎老矣，想舊事花須能說。記少年一夢揚州，二十四橋㊁明月。

【注解】

㊀一騎紅塵　杜牧詩：『一騎紅塵妃子笑，無人知是荔枝來。』　㊁二十四橋　杜牧詩：『二十四橋明月夜，玉人何處教吹簫。』

【評箋】

蔣子正云：揚州瓊花天下祇一本，士大夫愛重，作亭花側，榜曰「無雙」。德祐乙亥，北師至，花遂不榮。趙棠國炎有絕句弔曰：『名擅無雙氣色雄，忍將一死報東風。他年我若修花史，合傳瓊妃烈女中。』（山房隨筆）

江昱云：草窗詞意，似亦指此。又杜斿有瓊花詞。『杜郎』句，蓋用樊川點出此人。（草窗詞疏證）

周密云：揚州后土祠瓊花，天下無二本，絕類聚八仙，色微黃而有香。仁宗慶曆中嘗分植禁苑，明年輒枯，遂復載還祠中，敷榮如故。淳熙中，壽皇亦嘗移植南內，逾年憔悴無花，仍送還之。其後宦者陳源，命園丁取孫枝移接聚八仙根上，遂活，然其香色則大減矣。杭之褚家塘瓊花園是也。今后土之花已薪，而人間所有者，特當時接本，彷彿似之耳！（齊東野語）

陳廷焯云：不是詠瓊花，只是一片感歎，無可說處，借題一發洩耳。（白雨齋詞話）

玉京秋

長安獨客，又見西風，素月、丹楓，淒然其為秋也，因調夾鍾羽一解。

烟水闊，高林弄殘照，晚蜩㊀淒切。碧砧度韻，銀牀㊁飄葉。衣溼桐陰露冷，采涼花時賦秋雪㊂。歎輕別，一襟幽事，砌蟲能說。　客思吟商還怯，怨歌長、瓊壺暗缺㊃。翠扇恩疏㊄，紅衣香褪，翻成消歇。玉骨西風，恨最恨、閒卻新涼時節。楚簫咽，誰寄西樓淡月。

【注解】

㊀蜩　音ㄊㄧㄠˊ，蟬也。　㊁銀牀　井闌如銀，因稱銀牀。　㊂秋雪　指蘆花。　㊃瓊壺暗缺　見前周邦彥『浪淘沙慢』注。　㊄翠扇恩疏　班婕妤怨詩行有『裁成合歡扇，團圓似明月。』

【評箋】

陳廷焯云：此詞精金百鍊，既雄秀，又婉雅，幾欲空絕古今，一『暗』字，其恨在骨。（白雨齋詞話）

譚獻云：南渡詞境高處，往往出於清眞，『玉骨』二句，髀肉之歎也。（譚評詞辨）

曲遊春

禁烟湖上薄遊，施中山㊀賦詞甚佳，余因次其韻。蓋平時遊舫，至午後則盡入裏湖，抵暮始出斷橋，小駐而歸，非習於遊者不知也。故中山亟擊節余『閒卻半湖春色』之句，謂能道人之所未云。

禁苑㊁東風外，颺暖絲晴絮，春思如織。燕約鶯期，惱芳情偏在，翠深紅隙。漠漠香塵隔，沸十里、亂絲叢笛。看畫船盡入西泠㊂，閒卻半湖春色。柳陌，新烟凝碧，映簾底宮眉㊃，隄上遊勒㊄。輕暝籠寒，怕梨雲夢冷，杏香愁冪。歌管酬寒食，奈蝶怨良宵岑寂。正滿湖碎月搖花，怎生去得？

【注解】

㊀施中山　名岳，字仲山，吳人。　㊁禁苑　皇宮園林。南宋都杭，西湖一帶因稱禁苑。　㊂西泠　橋名，在西湖。　㊃簾底宮眉　樓中麗人。　㊄隄上遊勒　隄上乘馬遊人。

【評箋】

周密云：都城自過燒燈，貴游巨室皆爭先出郊，謂之探春，至禁烟爲最盛。兩隄駢集，幾於無置足地，水面畫楫，櫛比如魚鱗，亦無行舟之路。歌歡簫鼓之聲，振動遠近，其盛可以想見。若遊之次第，則先南而後北，至午則盡入西泠橋裏湖，其外幾無一舸矣。弁陽老人有詞云：『看畫船盡入西泠，閒卻半湖春色。』蓋紀實也。既而小泊斷橋，千舫駢聚，歌管絃奏，粉黛羅列，最爲繁盛。橋上少年郎，競縱紙鳶以相鉤牽剪截，以線絕者爲負，此雖小技，亦有專門。爆仗起輪走線之戲，多設於此。至花影暗而月華生，始漸散去。絳紗籠燭，車馬爭門，日以爲常。（武林舊事）又云：虎頭巖施梅川墓，名岳，字仲山，吳人。能詞，精於律呂，楊守齋爲樹梅，作亭以葬，薛梯飇爲誌，李篔房書，周草窗題，蓋絕妙好詞。施岳『曲遊春』清明湖上云：『畫舸西陵路，占柳陰花影，芳意如織，小楫衝波，度麴塵扇底，粉香簾隙，岸轉斜陽隔，又過盡、別船簫笛，傍斷橋、翠繞紅圍，相對半篙晴色。頃刻，千山暮碧，向沽酒樓前，猶繫金勒，乘月歸來，正梨花夜縞，海棠烟冪，院宇明寒食，醉乍醒、一庭春寂，任滿身露濕東風，欲眠未得。』（齊東野語）

江昱云：志雅堂雜鈔，公謹稱施仲山曰先友，則知仲山，實公謹父交也。（草窗詞疏證）

許昂霄云：前闋兩『絲』字，後闋兩『烟』字犯重，似失檢點。（詞綜偶評）

馬臻西湖春日壯遊詩云：『畫船過午入西泠，人擁孤山陌上塵，應被弁陽模寫盡，晚來閒卻半湖春。』（霞外集）

花犯　水仙花

楚江湄，湘娥㈠再見，無言灑清淚，淡然春意。空獨倚東風，芳思誰寄？凌波路冷秋無際。香雲隨步起，漫記得、漢宮仙掌㈡，亭亭明月底。　冰絲寫怨更多情，騷人恨，枉賦芳蘭幽芷。春思遠，誰歎賞國香㈢風味？相將共、歲寒伴侶，小窗靜，沈烟熏翠被。幽夢覺、涓涓清露，一枝燈影裏。

【注解】

㈠湘娥　即湘妃，喻水仙花。　㈡漢宮仙掌　漢武帝作柏梁、銅柱、承露、仙人掌之屬，見漢書郊祀志。注：『仙人以手掌擎盤承甘露也。』　㈢國香　蘭爲國香，此謂水仙爲國香。

【評箋】

周濟云：草窗長於賦物，然惟此及瓊花二闋，一意盤旋，毫無渣滓。他人縱極工巧，不免就題尋典，就典趁韻，就韻成句，墮落苦海矣。特拈出之，以爲南宋諸公鍼砭。（宋四家詞選）

蔣捷

捷字勝欲，陽羨人。德祐進士，自號竹山，遁跡不仕。有竹山詞一卷，見六十家詞刊本，又見彊村叢書刊本，又竹山詞二卷，見涉園景宋元明詞續刊本。

毛晉云：竹山詞語語纖巧，字字妍倩。（竹山詞跋）

四庫全書提要云：捷詞鍊字精深，音調諧暢，爲倚聲家之榘矱。（竹山詞提要）

周濟云：竹山薄有才情，未窺雅操。（介存齋論詞雜著）

劉熙載云：蔣竹山詞未極流動自然，然洗鍊縝密，語多創獲。其志視梅溪較貞，視夢窗較清。劉文房爲五言長城，竹山其亦長短句之長城歟！（藝概）

沈雄評竹山云：其詞章之刻入纖豔，非遊戲餘力爲之者，乃有時故作狡獪耳。（沈雄古今詞話）

瑞鶴仙 鄉城見月

紺㊀烟迷雁迹，漸碎鼓零鐘，街喧初息。風檠㊁背寒壁，放冰蟾㊂，飛到蛛絲簾隙。瓊瑰㊃暗泣，念鄉關、霜華似織。漫將身化鶴歸來㊄，忘卻舊遊端的㊅。歡極蓬壺蕖㊆浸，花院梨溶，醉連春夕。柯雲罷弈㊇，櫻桃在㊈，夢難覓。勸清光、乍可㊉幽窗相照，休照紅樓夜笛。怕人間換譜伊涼㊉㊀，素娥未識。

【注解】

㊀紺　音ㄍㄢˋ，紅青色。　㊁檠　音ㄑㄧㄥˊ，燈架。　㊂冰蟾　月光。　㊃瓊瑰　瓊玉瑰珠也，左傳云：『聲伯夢涉洹，或與已瓊瑰食之，泣而爲瓊瑰，盈其懷。』　㊄化鶴歸來　見前王安石『千秋歲引』注。　㊅端的　確實情況。　㊆蕖　芙蕖，荷花也。　㊇柯雲罷弈　晉王質入山採樵，遇二童對弈，一童以一物如棗核與質食之，不饑。局終，童云：『汝柯爛矣。』質歸家已及百歲。見述異記。　㊈櫻桃在　有人夢鄰女遺二櫻桃，食之，既覺，核墜枕側。見段成式酉陽雜俎。　㊉乍可　寧可。　㊉㊀伊涼　伊州、涼州，曲名。

【評箋】

先著云：句意警拔，多由於拗峭，然須鍊之精純，殆不失於生硬。竹山此詞云：『勸清光、乍可幽窗相照，休照紅樓夜笛。』夢窗云：『問閶門，自古春送多少？』玉田云：『能幾番遊，看花又是明年。』妙語獨立，各不相假借，正不必舉全詞，即此數語，可長留數公天地間。（詞潔）

賀新郎

夢冷黃金屋，歎秦箏斜鴻陣裏㈠，素絃塵撲。化作嬌鶯飛歸去，猶認紗窗舊綠。正過雨、荆桃如菽。此恨難平君知否？似瓊臺、湧起彈棋局㈡，消瘦影，嫌明燭。 鴛樓碎瀉東西玉㈢，問芳蹤、何時再展？翠釵難卜。待把宮眉橫雲樣，描上生綃畫幅。怕不是新來妝束。綵扇紅牙今都在，恨無人、解聽開元曲㈣。空掩袖，倚寒竹㈤。

【注解】

㈠斜鴻陣裏　雁柱斜列如雁，故云斜鴻陣裏。　㈡彈棋局　彈棋，古博戲，述異記謂漢武帝時已有之。此言世事變幻如棋局。　㈢東西玉　詞統云：『山谷詩：「佳人斗南北，美酒玉東西。」注：酒器也。』　㈣開元曲　開元，唐玄宗年號。開元曲，盛唐歌曲。　㈤倚寒竹　杜甫詩：『天寒翠袖薄，日暮倚修竹。』

【評箋】

譚獻云：瑰麗處鮮妍自在，然詞藻太密。（譚評詞辨）

陳廷焯云：處處飛舞，如奇峯怪石，非平常蹊徑也。（白雨齋詞話）

女冠子 元夕

蕙花香也，雪晴池館如畫。春風飛到，寶釵樓上，一片笙簫琉璃㈠光射。而今燈漫挂，不是暗塵明月，那時元夜。況年來、心懶意怯，羞與蛾兒㈡爭耍。江城人悄初更打，問繁華誰解，再向天公借？剔殘紅灺㈢，但夢裏隱隱，鈿車羅帕。吳箋銀粉砑㈣，待把舊家風景，寫成閒話。笑綠鬟鄰女，倚窗猶唱，夕陽西下。

【注解】

㈠琉璃　扁青石（鉛與鈉之矽酸化合物），爲藥料燒成之物，以前宮殿之琉璃瓦用之。武林舊事：『又有幽坊靜巷多設五色琉璃泡燈，更自雅潔。』　㈡蛾兒　婦人所戴綵花。　㈢紅灺　灺音ㄉㄨㄛ，燭燼。　㈣研　音ㄧㄚ，發光也。

【評箋】

周密云：元夕張燈，好事家間設雅戲、烟火，花邊水際，燈燭粲然，遊人士女縱觀，則迎門酌酒而去。又是幽坊靜巷，多設五彩琉璃泡燈，更自雅潔，靚妝笑語，望之如神仙。又云：婦人皆帶珠翠，鬧蛾、玉梅、雪柳、菩提葉燈毬，銷金合蟬、貉袖項帕，而衣多尚白，蓋月下所宜也。（武林舊事）

陳廷焯云：極力渲染，『而今』二字，忽然一轉，有水逝雲卷、風馳電掣之妙。（白雨齋詞話）

張　炎

炎字叔夏，號玉田，又號樂笑翁。循王諸孫。本西秦人，家臨安，生於淳祐間，宋亡，落魄縱遊。有山中白雲詞八卷，見曹氏刊本，許氏刊本，又有四印齋本，彊村叢書本。

鄧牧云：玉田春水一詞，絕唱今古，人以『張春水』目之。（伯牙琴）

鄭思肖云：玉田先輩，仰扳姜堯章、史邦卿、盧蒲江、吳夢窗諸名勝，互相鼓吹春聲於繁華世界，能令三十年西湖錦繡山水，猶生清響。（山中白雲序）

戴表元云：玉田張叔夏，酒酣氣張，取平生所爲樂府詞自歌之，噫嗚宛抑，流麗淸暢，不唯高情曠度，不可褻企；

而一時聽之，亦能令人忘去窮達得喪所在。（剡源集）

仇遠云：山中白雲詞，意度超元，律呂協洽，當與白石老僊相鼓吹。又云：鉛汞交鍊而丹成，情景交鍊而詞成，指迷妙訣，吾將近叔夏北面而事之。（山中白雲序）

舒閬云：叔夏詞有周清眞雅麗之思，未脫承平公子故態。（山中白雲序）

陸文奎云：西秦玉田張君，著詞源上下卷，推五音之數，演六么之譜，按月紀節，賦情詠物；自稱得音律之學於守齋楊公、南溪徐公。（山中白雲序）

樓敬思云：南宋詞人姜白石外，唯張玉田能以翻筆、側筆取勝，其章法、句法俱超，淸虛騷雅，可謂脫盡谿徑，自成一家。迄今讀集中諸闋，一氣卷舒，不可方物，信乎其爲山中白雲也。（詞林紀事引）

四庫全書提要云：炎生於淳祐戊申，當宋邦淪覆，年已三十有三，猶及見臨安全盛之日；故所作往往蒼涼激楚，卽景抒情，備寫其身世盛衰之感，非徒以剪紅刻翠爲工。至其研究聲律，尤得神解，以之接武姜夔，居然後勁，宋、元之間，亦可謂江東獨秀矣。（山中白雲提要）

先著云：美成如杜，白石兼王、孟、韋、柳之長，與白石並有中原者，後起之玉田也。（詞選）

周濟云：玉田近人所最尊奉，才情詣力亦不後諸人，終覺積穀作米，把纜放船，無開闊手段；然其淸絕處，自不易制。又云：玉田詞佳者匹敵聖與，往往有似是而非者，不可不知。又云：叔夏所以不及前人處，只在字句上着功夫，不肯換意；若其用意佳者，卽字字珠輝玉映，不可指摘；近人喜學玉田，亦爲修飾字句易、換意難。（介存齋論詞雜著）

江昱云：詞自白石後惟玉田不愧大宗，而用意之密，適肖題分，尤稱極詣。（山中白雲疏證）

鄧廷楨云：西冷詞客，石帚而外首數玉田。論者以爲堪與白石老仙相鼓吹，要其登堂拔幟，又自壁壘一新；蓋白石硬語盤空，時露鋒芒，玉田則返虛入渾，不啻嚼蕊吹香。（雙硯齋隨筆）

戈載云：「學玉田以空靈爲主，但學其空靈而筆不轉深，則其意淺，非入於滑，卽入於麤；玉田以婉麗爲宗，但學其婉麗而句不鍊精，則其音卑，非近於弱，卽近於靡矣。故善學之，則得門而入升其堂、造其室，卽可與淸眞、白石、夢窗諸公互相鼓吹；否則浮光掠影，貌合神離，仍是門外漢而已。」（七家詞選）

劉熙載云：「張玉田詞淸遠蘊藉，悽愴纏綿，大段瓣香白石，亦未嘗不轉益多師，卽『探芳信』次韻草窗，『瑣窗寒』之悼碧山，『西子妝』之效夢窗可見。」（藝概）

王國維云：「玉田之詞，余得取其詞中之一語以評之曰『玉老田荒』。」（人間詞話）

高陽臺 西湖春感

接葉巢鶯㈠，平波捲絮，斷橋㈡斜日歸船。能幾番遊？看花又是明年。東風且伴薔薇住，到薔薇、春已堪憐。更淒然，萬綠西泠㈢，一抹荒烟。　當年燕子知何處？但苔深韋曲㈣，草暗斜川㈤。見說新愁，如今也到鷗邊。無心再續笙歌夢，掩重門、淺醉閒眠。莫開簾，怕見飛花，怕聽啼鵑。

【注解】

㈠接葉巢鶯　杜甫詩：「接葉暗巢鶯。」　㈡斷橋　杭州西湖十景有：「斷橋殘雪。」斷橋在孤山側。　㈢西泠　西湖橋名。
㈣韋曲　在長安南皇子陂西，唐代諸韋世居此地，因名韋曲。　㈤斜川　在江西星子、都昌二縣間，陶潛有遊斜川詩。

【評箋】

陳廷焯云：「玉田『高陽臺』，淒涼幽怨，鬱之至，厚之至，與碧山如出一手，樂笑翁集中亦不多覯。」（白雨齋詞話）

譚獻云：「『能幾番』二句，運掉虛渾。『東風』二句，是措注，惟玉田能之，爲他家所無。換頭見章法，玉田云：『最是過變不可斷了曲意』是也。」（譚評詞辨）

麥孺博云：「亡國之音哀以思。」（藝衡館詞選）

沈祥龍云：詞貴愈轉愈深，稼軒云：『是他春帶愁來，春歸何處，卻不解帶將愁去。』玉田云：『東風且伴薔薇住，到薔薇春已堪憐。』下句卽從上句轉出，而意更深遠。（論詞隨筆）

渡江雲　久客山陰，王菊存問予近作，書以寄之。

山空天入海，倚樓望極，風急暮潮初。一簾鳩外雨，幾處閒田，隔水動春鋤。新烟禁柳，想如今、綠到西湖。猶記得、當年深隱，門掩兩三株。　愁余，荒洲古漵㊀，斷梗疎萍，更漂流何處？空自覺圍羞帶減，影怯烟孤。長疑卽見桃花面㊁，甚近來翻致無書。書縱遠，如何夢也都無。

【注解】

㊀漵　水浦。　㊁桃花面　唐崔護詩：『人面桃花相映紅。』

【評箋】

許昂霄云：曲折如意。（詞綜偶評）

八聲甘州　辛卯歲，沈堯道同余北歸，各處杭、越。踰歲，堯道來問寂寞，語笑數日，又復別去，賦此曲，并寄趙學舟。

記玉關、踏雪事淸遊，寒氣脆貂裘。傍枯林古道，長河飲馬，此意悠悠。短夢依然江表，老淚灑西州㊀。一字無題處，落葉都愁。　載取白雲歸去，問誰留楚佩，弄影中洲？折蘆花贈遠，零落一身秋。向尋常、野橋流水，待招來、不是舊沙鷗。空懷感，有斜陽處，卻怕登樓。

【注解】

㊀西州　古城名，在今南京市西。晉謝安還都，輿病入西州門。安薨後，所知羊曇行不由西州路。嘗大醉，不覺至西州門，因慟哭而去。見晉書。

【評箋】

別本辛卯作庚寅，堯道作秋江，趙學舟作曾心傳。江賓谷云：秋江卽堯道，與曾心傳同以庚寅歲寫經至都，爲玉田北游之友；故前後諸作，多沈與曾並，別本題正可互參。又云：絕妙好詞：趙元仁字元父，號學舟，宋史宗室世系表：燕王德昭十世孫，希挺長子。又云：大觀歛曾心傳自序，謂庚寅入京，前『臺城路』詞注：庚辰九月，『辰』字乃寅字之誤，辨見詞後。『三姝媚』詞覲海雲杏，則係春日尙留燕京，而北歸之非本年冬日明矣。此庚寅自當從別本作辛卯爲是。又云：庚寅，元世祖至元二十七年，史稱六月繕寫金字藏經，凡縻金三千二百四十四兩。

譚獻云：一氣旋折，作壯詞須識此法，白石嘐求稼軒，脫胎耆卿，此中消息，願與知音人參之。『一字無題處』，二句恢詭，結有不著屠沽之妙。（譚評詞辨）

解連環　孤雁

楚江空晚，恨離羣萬里，怳然㊀驚散。自顧影、卻下寒塘，正沙淨草枯，水平天遠。寫不成書，只寄得相思一點㊁。料因循誤了，殘氈擁雪㊂，故人心眼。　誰憐旅愁荏苒㊃，漫長門夜悄㊄，錦箏彈怨。想伴侶、猶宿蘆花，也曾念春前，去程應轉。暮雨相呼，怕驀地、玉關重見。未羞他、雙燕歸來，畫簾半捲。

【注解】

㊀怳然　悵然。　㊁相思一點　至正直記云：『張叔夏孤雁詞，有「寫不成書，只寄得相思一點。」人皆稱之曰「張孤雁」。』　㊂殘氈擁雪　用蘇武雁足繫書事。　㊃荏苒　音ㄖㄣ，ㄖㄢ，謂旅愁如日月之漸增。　㊄長門夜悄　見辛棄

疾『摸魚兒』注。

【評箋】

許昂霄云：『暮雨相呼疾，寒塘欲下遲。』唐崔塗孤雁詩也。（詞綜偶評）

譚獻云：起是側入而氣傷於僄。『寫不成書』二句，若檮李之有指痕；『想伴侶』二句，淸空如話；『暮雨』二句，若浪花之圓蹴，頗近自然。（譚評詞辨）

繼昌云，『寫不成書，只寄得相思一點。』沈崑詞：『奈一繩雁影，斜飛點點，又成心字。』周星譽詞：『無賴是秋鴻，但寫人人，不寫人何處。』三詞詠雁字名目巧思，皆不落恒蹊。（左庵詞話）

疏影 詠荷葉㊀

碧圓自潔，向淺洲遠浦，亭亭淸絕。猶有遺簪，不展秋心，能捲幾多炎熱？鴛鴦密語同傾蓋㊁，且莫與、浣紗人㊂說。恐怨歌忽斷花風，碎卻翠雲千疊。　回首當年漢舞，怕飛去漫皺，留仙裙摺㊃。戀戀靑衫，猶染枯香，還歎鬢絲飄雪。盤心淸露如鉛水，又一夜西風吹折。喜淨看、匹練飛光，倒瀉半湖明月。

【注解】

㊀詠荷葉　張炎山中白雲卷六有『紅情』、『綠意』兩詞，序云：『「疏影」、「暗香」姜白石爲梅著語，因易之曰「紅情」、「綠意」，以荷花荷葉詠之。』　㊁傾蓋　駐車交蓋。孔子與程子相遇于塗，傾蓋而語。見孔叢子。　㊂浣紗人　鄭谷詩：『多謝浣溪人未折，雨中留得蓋鴛鴦。』　㊃留仙裙摺　趙后外傳：『后歌歸風送遠之曲，帝以文犀簪擊玉甌。酒酣風起，后揚袖曰：「仙乎仙乎，去故而就新。」帝令左右持其裙，久之，風止，裙爲之皺。后曰：「帝恩我，使我仙去不得。」他日宮姝或襞裙爲皺，號留仙裙。』

【評箋】

張惠言云：此傷君子負枉而死，蓋似李綱、趙鼎之流，『回首當年漢舞』云者，言其自結主知，不肯遠引。結語喜其已死而心得白也。（張惠言詞選）

月下笛

孤游萬竹山㈠中，閒門落葉，愁思黯然，因動黍離之感。時寓甬東積翠山舍。

萬里孤雲，淸游漸遠，故人何處？寒窗夢裏，猶記經行舊時路。連昌㈡約略無多柳，第一是難聽夜雨。漫驚回淒悄，相看燭影，擁衾無語。張緒㈢歸何暮？半零落依依，斷橋鷗鷺。天涯倦旅，此時心事良苦。只愁重灑西州淚㈣，問杜曲㈤人家在否？恐翠袖天寒，猶倚梅花那樹。

【注解】

㈠萬竹山　赤城志云：『萬竹山在縣西南四十五里，絕頂曰新羅，九峯回環，道極險隘，嶺上叢薄敷秀，平曠幽窈，自成一村。薛左丞昂詩所謂：「萬竹源中數百家，重重流水繞桑麻」是也。』　㈡連昌　唐宮名，高宗所置，在河南宜陽縣西，多植柳，元稹有連昌宮詞。　㈢張緒　南齊吳郡人，字思曼，官至國子祭酒。風姿淸雅，武帝置蜀柳於靈和殿前，嘗曰：『此柳風流可愛，似張緒當年。』　㈣西州淚　見前『八聲甘州』注。　㈤杜曲　唐時杜氏世居于此，故名。雍錄：『樊川韋曲東十里，有南杜、北杜，杜固謂之南杜，杜曲謂之北杜。』地在長安縣南。

王沂孫

沂孫，字聖與，號碧山，又號中仙，又號玉笥山人，會稽人。至元中爲慶元路學正，有碧山樂府，又名花外集，有知不足齋叢書本，又有六十家詞及四印齋刊本。

張炎云：「碧山能文工詞，琢句峭拔，有白石意度。」（詞源）

周濟云：「碧山饜心切理，言近指遠，聲容調度，一一可循。」又云：「碧山胸次恬淡，故黍離、麥秀之感，只以唱歎出之，無劍拔弩張習氣。」又云：「詠物最爭託意，隸事處以意貫串，渾化無痕，碧山勝場也。」（四家詞選序論）又云：「中仙最多故國之感，故著力不多，天分高絕，所謂意能尊體也。」又云：「中仙最近叔夏一派，然玉田自遜其深遠。」（介存齋論詞雜著）

鄧廷禎云：「王聖與工於體物，而不滯色香。」（雙硯齋隨筆）

戈載云：「予嘗謂白石之詞，空前絕後，匪特無可比肩，抑且無從入手，而能學之者，則惟中仙。其詞運意高遠，吐韻妍和，其氣清，故無沾滯之音，其筆超，故有宕往之趣，是真白石之入室弟子也。」（七家詞選）

陳廷焯云：「王碧山詞，品最高，味最厚，意境最深，力量最重，感時傷世之言，而出以纏綿忠愛，詩中之曹子建、杜子美也。詞人有此，庶幾無憾。」又云：「詞法之密，無過清真；詞格之高，無如白石；詞味之厚，無過碧山；詞壇三絕也。」又云：「碧山詞，觀其全體，固自高絕；即於一字一句間求之，亦無不工雅，瓊枝寸寸玉，旃檀片片香，吾於詞見碧山矣，於詩則未有所遇也。」（白雨齋詞話）

王鵬運云：「碧山詞頡頏雙白，揖讓二窗，實為南宋之傑。」（碧山詞跋）

天香 龍涎香

孤嶠㊀蟠烟，層濤蛻月，驪宮㊁夜采鉛水。汛㊂遠槎風㊃，夢深薇露，化作斷魂心字㊄。紅磁候火㊅，還乍識、冰環玉指㊆。一縷縈簾翠影，依稀海天雲氣。　幾回殢嬌半醉，翦春燈、夜寒花碎。更好故溪飛雪，小窗深閉。荀令㊇如今頓老，總忘卻、尊前舊風味。漫惜餘薰，空篝素被㊈。

【注解】

㈠嶠　音ㄐㄧㄠ，山銳而高。　㈡驪宮　驪龍所居之處。　㈢洑　音ㄒㄧㄥ，水盛。　㈣槎　音ㄓㄚ，水中浮木。　㈤心字　香名。番禺人作心字香，見范成大驂鸞錄。　㈥候火　及時之火。　㈦冰環玉指　香餅形狀如環如指。　㈧荀令　荀彧字文若，爲漢侍中，守尚書令，曹公與籌軍國大事，稱之爲荀令君。習鑿齒襄陽記：「荀令君至人家，坐幌三日，香氣不歇。」　㈨空篝素被　見前周邦彥「花犯」注。

【評談】

許昂霄云：諸香龍涎爲最，出大食國，近海傍，常有雲氣罩山間，卽知有龍睡其下。半載或一二載，土人更相守視，俟雲散龍去，往必得龍涎。又一說大洋海中，龍在其下，湧出之涎，爲日所爍成片，風漂至岸，人得取之。（詞綜偶評）

嶺南雜記云：龍枕石而睡，涎沫浮水，積而能堅，鮫人採之，以爲至寶，新者色白，久者色紫，甚久則黑，其氣近于臊；形如浮石而輕，賦理光澤，入香焚之，則翠烟浮空，結而不散；又云和衆香焚之，能聚香烟，縷縷不散，蓋龍能興雲，亦蜃氣樓臺之例也。

樂府補題云：宛委山房賦龍涎香，調『天香』；浮翠山房賦白蓮，調『水龍吟』；紫雲山房賦蓴，調『摸魚兒』；餘閒書院賦蟬，調『齊天樂』；天柱山房賦蟹，調『桂枝香』。倡和者爲玉笥王沂孫聖與、蘋州周密公謹、天柱王易簡理得、友竹馮應瑞祥父、瑤翠唐藝孫英發、紫雲呂同老和父、寶房李彭老商隱、宛委陳恕可行之、菊山唐珏玉潛、月洲趙汝納眞卿、五松李居仁師呂、玉田張炎叔夏、山村仇遠仁近，皆宋遺民也。

蔡絛云：奉宸庫者，祖宗之珍藏也。政和中，太上於庫中得龍涎香二，分錫大臣近侍，其模製甚大而質古，外視不大佳，每以一豆大爇之，輒作異花氣，芬郁滿座，終日累不歇。於是太上大奇之，命藉被賜者隨數多寡，復收以歸中禁，因號曰古龍涎，爲貴也。諸大璫爭取一瓶，可直百緡，金玉穴而以靑絲貫之，挂於頸，時於衣領間摩挲以相示，坐此遂作佩香焉。今佩香，蓋因古龍涎始也。（鐵圍山叢談）

蔡絛又云：舊說薔薇水，乃外國採薔薇花上露水，殆不然。實用白金爲甑，採薔薇花蒸氣成水，則屢採屢蒸，積而爲香，此所以不敗。但異域薔薇花氣馨烈非常，故大食國薔薇水雖貯琉璃缶中，蠟密封其外，然香猶透徹，聞數十步。洒著人衣袂，經十數日不歇。至五羊效外國造香，則不能得薔薇，第取素馨茉莉花爲之，亦足襲人鼻觀。但視大食國眞薔薇水猶奴爾。（鐵圍山叢談）

周爾墉云：密栗是極用力之作。（周評絕妙好詞）

眉嫵 新月

漸新痕懸柳，淡彩穿花，依約破初暝。便有團圓意，深深拜㈠，相逢誰在香徑？畫眉未穩，料素娥、猶帶離恨。最堪愛、一曲銀鉤㈡小，寶奩挂秋冷。千古盈虧休問，歎慢磨玉斧㈢，難補金鏡。太液池㈣猶在，淒涼處、何人重賦淸景？故山夜永，試待他窺戶端正。看雲外山河，還老桂花舊影。

【注解】

㈠深深拜　李端新月詩：『開簾見新月，卽便下階拜。細語人不聞，北風吹裙帶。』　㈡銀鉤　喻新月。　㈢玉斧　相傳漢吳剛曾以斧伐月中桂，見酉陽雜俎。　㈣太液池　盧多遜新月詩：『太液池邊看月時。』

【評箋】

陳廷焯云：千古句忽將上半闋意一筆撇去，有龍跳虎臥之奇，結更高簡。（白雨齋詞話）

譚獻云：琢與精能以婉約出之。律以詩派，大歷諸家，去開、寶未遠，玉田正是勁敵，但士氣則碧山勝矣，『便有』三句，則寓意自深，音辭高亮，歐、晏如蘭亭眞本，此僅一翻。（譚評詞辨）

張惠言云：碧山詠物諸篇，並有君國之憂，此喜君有恢復之志，而惜無賢臣也。（張惠言詞選）

齊天樂 蟬

一襟餘恨宮魂斷㈠，年年翠陰庭樹。乍咽涼柯，還移暗葉，重把離愁深訴。西窗過雨，怪瑤佩流空，玉箏調柱。鏡暗妝殘，爲誰嬌鬢尚如許？銅仙鉛淚似洗，歎移盤去遠，難貯零露。病翼驚秋，枯形閱世，消得斜陽幾度？餘音更苦，甚獨抱清商㊁，頓成淒楚。漫想薰風，柳絲千萬縷。

【注解】

㊀宮魂斷　齊王后怨王而死，尸變爲蟬，見古今注。　㊁清商　卽清商曲，古樂府之一種。曹丕燕歌行：『援琴鳴絃發清商，短歌微吟不能長。』

【評箋】

周濟云：此家國之恨。（宋四家詞選）

譚獻云：此是學唐人句法、章法，『庾郎先自吟愁賦』，遜其蔚跂。（譚評詞辨）

陳廷焯云：字字淒斷，卻渾雅不激烈。（白雨齋詞話）

端木埰云：詳味詞意，殆亦黍離之感耶！宮魂字點出命意，乍咽還移，慨播遷也。『西窗』三句，傷敵騎暫退，燕安如故。『鏡暗』二句，殘破滿眼，而修發飾貌，側媚依然，衰世臣主，全無心肝，千古一轍也。『銅仙』三句，宗器重寶，均被遷敗，澤不下究也。『病翼』二句，是痛哭流涕，大聲疾呼，言海島棲流，斷不能久也。『餘音』三句，遺臣孤憤，哀怨難論也。『漫想』二句，責諸臣到此，尚安危利災，視若全盛也。（張惠言詞選評）

長亭怨慢　重過中庵㊀故園

泛孤艇東皋過徧，尚記當日，綠陰門掩。屐齒㊁莓苔，酒痕羅袖事何限？欲尋前迹，空惆悵成秋苑。自約賞花人，別後總、風流雲散。水遠，怎知流水外，卻是亂山尤遠。天涯夢短，想忘了綺疏雕檻。望不盡冉冉斜陽，撫喬木年華將晚。但數點紅英，猶識西園淒婉。

【注解】

㊀中庵　元劉敏中號中庵，有中庵樂府。　㊁屐齒　木履施兩齒，可以踐泥。

【評箋】

周爾墉云：後半闋一片神行，筆墨到此俱化。（周批碧山詞）

高陽臺 和周草窗寄越中諸友韻

殘雪庭陰，輕寒簾影，霏霏玉管春葭㊀。小帖金泥㊁，不知春是誰家？相思一夜窗前夢，奈箇人、水隔天遮。但淒然、滿樹幽香，滿地橫斜。江南自是離愁苦，況游驄古道，歸雁平沙。怎得銀箋，殷勤說與年華。如今處處生芳草，縱憑高不見天涯。更消他幾度東風，幾度飛花。

【注解】

㊀春葭　見前盧祖皋『宴清都』注。　㊁小帖金泥　唐進士及第，以泥金書帖附家中，報登科之喜。見盧氏雜記。

【評箋】

周密原詞云：小雨分江，殘寒迷浦，春容淺入蒹葭，雪霽空城，燕歸何處人家。夢魂欲渡蒼茫去，怕夢輕、還被愁遮。感流年，夜汐東還，冷照西斜。淒淒望極王孫草，認雲中烟樹，鷗外平沙。白髮青山，可憐相對蒼華。歸鴻自趁潮回去，笑倦遊猶是天涯。問東風，先到垂楊，後到梅花？（草窗詞）

張惠言云：此傷君臣晏安，不思國恥，天下將亡也。（張惠言詞選）

周爾墉云：莫兩山詞，『直饒明日便春晴，已是一春閒過了』；與此收筆用意相反，而一用進筆，一用縮筆，洵為異曲同工。（周批草窗詞）

況周頤云：結筆低徊掩抑，盪氣回腸。（蕙風詞話）

陳廷焯云：上半闋是敘其遠遊未還，懸揣之詞；下半闋是言其他日歸後情事，逆料之詞。（白雨齋詞話）

譚獻云：『相思』句點逗清醒，換頭又是一層鉤勒；詩品云：返虛入渾，如今二句是也。（譚評詞辨）

王闓運云：此等傷心語，詞家各自出新，實則一意，比較自知文法。（湘綺樓詞選）

法曲獻仙音 聚景亭梅次草窗韻

層綠㊀峨峨，纖瓊㊁皎皎，倒壓波痕清淺。過眼年華，動人幽意，相逢幾番春換。記喚酒尋芳處，盈盈褪妝晚。已消黯，況淒涼近來離思，應忘卻明月，夜深歸輦。荏苒一枝春，恨東風人似天遠。縱有殘花，灑征衣、鉛淚都滿。但殷勤折取，自遺一襟幽怨。

【注解】

㊀層綠　指綠梅。　㊁纖瓊　細玉，指白梅。

【評箋】

周密原詞云：松雪飄寒，嶺雲吹凍，紅破數枝春淺，襯舞臺荒，浣妝池冷，淒涼市朝輕換，歎花與人凋謝，依依歲華晚。共淒黯，問東風幾番吹夢，應慣識當年，翠屏金輦。一片古今愁，但廢綠平烟空遠。無語銷魂，對斜陽衰草淚滿。又西泠殘笛，低送數聲春怨。（草窗詞）

董嗣杲云：聚景園在清波園外，阜陵致養北宮，拓闢西湖之東，斥浮屠之廬九，曾經四朝臨幸，繼以諫官陳言，出郊之令遂絕，園今蕪圮，唯柳浪橋花光亭存。（西湖百詠注）

吳自牧云：高似孫過聚景園詩云：翠華不向苑中來，可是年年惜露臺，水際春風寒漠漠，官梅卻作野梅開。（夢粱錄）

張宗橚云：按此闋和草窗原韻，但草窗題是香雪亭，此云聚景亭，異。（詞林紀事）

彭元遜

元遜字巽吾，廬陵人。

疏影 尋梅不見。

江空不渡，恨蘼蕪杜若㊀，零落無數。遠道荒寒，婉娩流年，望望美人遲暮。風烟雨雪陰晴晚，更何須春風千樹。儘孤城、落木蕭蕭，日夜江聲流去。日晏山深聞笛，恐他年流落，與子同賦。事闊心違，交淡媒勞㊁，蔓草㊂沾衣多露。汀洲窈窕餘醒寐，遺佩環、浮沉澧浦㊃。有白鷗、淡月微波，寄語逍遙容與㊄。

【注解】

㊀蘼蕪、杜若　皆香草名。見楚詞。　㊁媒勞　楚詞九歌：『心不同兮媒勞，恩不甚兮輕絕。』　㊂蔓草　詩經鄭風：『野有蔓草，零露漙兮。』　㊃澧浦　澧，水名。楚詞九歌：『余佩兮醴浦。』澧，醴，古書通用。　㊄逍遙容與　逍遙而遊，容與而戲。楚詞九歌：『聊逍遙兮容與。』

六醜 楊花

似東風老大，那復有當時風氣。有情不收，江山身是寄，浩蕩何世？但憶臨官道，暫來不住，便出門千里。癡心指望回風墜，扇底相逢，釵頭微綴。他家萬條千縷，解遮亭障驛，不隔江水。瓜洲曾艤，等行人歲歲，日下長秋，城烏夜起。帳廬好在春睡，共飛歸湖上，草青無地。愔愔雨、春心如膩，欲待化、豐樂樓前帳飲，青門㊀都廢。何人念、流落無幾，點點摶作雪緜鬆潤，爲君裛㊁淚。

【注解】

㊀青門　古長安城門名。門外出佳瓜，廣陵人邵平爲秦東陵侯，秦破爲布衣，種瓜青門外。見三輔黃圖。王維詩：『失路青門

引，藏名白社遊。』　㈡裛　音一，入聲，浥也，濕也。陶潛詩：『裛露掇其英。』

姚雲文

雲文，字聖瑞，高安人。宋咸淳進士，入元授承直郎，撫、建兩路儒學提舉。有江村遺稿。

紫萸香慢

近重陽、偏多風雨，絕憐此日暄明。問秋香濃未，待攜客、出西城。正自覊懷多感，怕荒臺㈠高處，更不勝情。向尊前又憶、漉酒㈡插花人，只座上已無老兵㈢。淒清，淺醉還醒，愁不肯、與詩平。記長楸走馬，雕弓搾㈣柳，前事休評。紫萸㈤一枝傳賜，夢誰到、漢家陵。儘烏紗㈥便隨風去，要天知道，華髮如此星星，歌罷涕零。

【注解】

㈠荒臺　見前吳文英『霜葉飛』注。　㈡漉酒　陶淵明嘗取頭上葛巾漉酒，見蕭統陶淵明傳。　㈢老兵　晉謝奕嘗逼桓溫飲，溫走避之。奕遂引溫一兵帥共飲曰：『失一老兵，得一老兵。』見晉書。　㈣搾　音ㄓㄚ，射擊。雕弓搾柳即百步穿楊意。

㈤紫萸　見前吳文英『霜葉飛』注。　㈥烏紗　帽也，用孟嘉事，見前吳文英『霜葉飛』注。

僧　揮

僧揮姓張氏，安州進士。因事出家，名仲殊，字師利，住蘇州承天寺，杭州吳山寶月寺，東坡所稱蜜殊者是也。黃昇云：仲殊之詞多矣，佳者固不少，而小令爲最，小令之中『訴衷情』一調又其最，蓋篇篇奇麗，字字淸婉

高處不減唐人風致也。（花庵詞選）

蘇軾云：蘇州仲殊師利和尚，能文，善詩及歌詞，皆操筆立成，不點竄一字。予曰，此僧胸中無一毫髮事，故與之遊。（東坡志林）

沈雄云：詞選中有方外語，蕪累與空疏同病。要寓意言外，一如尋常，不別立門戶，斯爲入情，仲殊、覺範、祖可尚矣。（沈雄古今詞話）

金明池

天闊雲高，溪橫水遠，晚日寒生輕暈。閒階靜、楊花漸少，朱門掩、鶯聲猶嫩。悔匆匆、過卻清明，旋占得、餘芳已成幽恨。卻幾日陰沈，連宵慵困，起來韶華都盡。　怨入雙眉閒鬬損，乍品得情懷，看承㈠全近㈡。深深態、無非自許，厭厭意、終羞人問。爭知道、夢裏蓬萊，待忘了餘香，時傳音信。縱留得鶯花，東風不住，也則㈢眼前愁悶。

【注解】

㈠看承　特別看待意。　㈡全近　極其親近。　㈢也則　依然意。

李清照

清照號易安居士，濟南人，格非之女，趙明誠妻。有漱玉集一卷，見汲古閣詩詞雜俎刊本，又有四印齋所刻詞刊本，李文裿輯本，趙萬里輯本。

王灼云：易安居士，京東提刑李格非之女，建康守趙明誠之妻；若本朝婦人，當推詞采第一。趙死再嫁某氏，訟而離之，晚節流蕩無歸。作長短句能曲折盡人意，輕巧尖新，姿態百出，閭巷荒淫之語，肆意落筆，自古搢紳之家，能文婦女，未見如此無顧藉也。（碧鷄漫志）

伊世珍云：趙明誠幼時，其父將爲擇婦，明誠晝寢，夢誦一書，覺來惟憶三句：『言與司合，安上已脫，芝芙草拔。』以告其父，其父爲解曰：『汝殆得能文詞婦也，言與司合是「詞」字，安上已脫，是「女」字，芝芙草拔，是「之夫」二字，非謂汝爲詞女之夫乎。』後李翁以女妻之，卽易安也。（瑯環記）

周煇云：頃見易安族人，言明誠在建康日，易安每値天大雪，卽頂笠披簑，循城遠覽，以尋詩得句，必邀其夫賡和，明誠每苦之也。（淸波雜志）

陸游云：張子韶對策有『桂子飄香』之語，趙明誠妻李氏嘲之曰：『露花倒影柳三變，桂子飄香張九成。』才婦錄云：易安居士能書、能畫、又能詞，而尤長於文藻。迄今學士每讀金石錄序，頓令心神開爽，何物老嫗，生此寧馨，大奇大奇。（老學庵筆記）

朱熹云：本朝婦人能文者，惟魏夫人及李易安二人而已。（沈雄古今詞話引）

黃昇云：李易安、魏夫人，使在衣冠之列，當與秦七、黃九爭雄，不徒擅名閨閣也。（花庵詞選）

吳衡照云：易安居士再適張汝舟，卒至對簿，有與綦處厚啓云云。宋人說部多載其事，大抵彼此衍襲，未可盡信。宋史李文叔傳附見易安居士，不著此語，而容齋去德甫未遠，其載於四筆中無微辭也。且失節之婦，子朱子又何以稱乎，反覆推之，易安當不其然。（蓮子居詞話）

沈雄云：李別號易安居士，適趙明誠，明誠在太學，朔望出質衣，取半千錢，市碑文果實，歸相玩味，吟和過日。（沈雄古今詞話）

王士禎云：張南湖論詞派有二，一曰婉約，一曰豪放，僕謂婉約以易安爲宗，豪放惟幼安稱首，皆吾濟南人，難乎爲繼矣。（花草蒙拾）

沈謙云：男中李後主，女中李易安，極是當行本色。（塡詞雜說）

四庫全書提要云：淸照以一婦人而詞格乃抗軼周、柳，雖篇帙無多，固不能不寶而存之，爲詞家一大宗矣。（漱玉詞提要）

李調元云：易安在宋諸媛中，自卓然一家，不在秦七、黃九之下，詞無一首不工，其鍊處可奪夢窗之席，其麗處直參片玉之班，蓋不徒俯視巾幗，直欲壓倒鬚眉。（雨村詞話）

周濟云：閨秀詞惟淸照最優，究苦無骨。（介存齋論詞雜著）

陳廷焯云：李易安獨闢門徑，居然可觀，其源自從淮海、大晟來，而鑄語則多生造，婦人有此，可謂奇矣。（白雨齋詞話）

沈曾植云：易安跌宕昭彰，氣調極類少游，刻摯且兼山谷，篇章惜少，不過窺豹一斑，閨房之秀，固文士之豪也。才鋒大露，被謗始亦因此。自明以來，墮情者醉其芬馨，飛想者賞其神駿，易安有靈，後者當許爲知己。漁洋稱易安、幼安爲濟南二安，難乎爲繼，易安爲婉約主，幼安爲豪放主，此論非明代諸公所及。（菌閣瑣談）

鳳凰臺上憶吹簫

香冷金猊㈠，被翻紅浪㈡，起來慵自梳頭。任寶奩㈢塵滿，日上簾鉤。生怕離懷別苦，多少事、欲說還休。新來瘦，非干病酒，不是悲秋。　休休，者回去也，千萬徧陽關㈣，也則難留。念武陵人遠㈤，煙鎖秦樓。惟有樓前流水，應念我、終日凝眸。凝眸處，從今又添，一段新愁。

【注解】

㈠金猊　獅形之銅香爐。　㈡紅浪　錦被上繡文。　㈢寶奩　美麗之鏡匣。　㈣陽關　原爲王維七絕，後歌入樂府，以爲送別之曲。 ㊄武陵人遠 用陶潛桃花源記，武陵人到桃花源事，意指所思之人遠去。

【評箋】

李攀龍云：寫其一腔臨別心神，新瘦新愁，眞如秦女樓頭，聲聲有和鳴之奏。（草堂詩餘雋）

沈際飛云：懶說出妙。瘦爲甚的？千萬遍痛甚。又云：淸風朗月，陡化爲楚雨巫雲；阿閣洞房，立變爲離亭別墅；至文也。（草堂詩餘正集）

楊愼云：『欲說還休』與『怕傷郎又還休道』同意。（詞品）

張祖望云：『惟有樓前流水，應念我、終日凝眸。』癡語也。如巧匠運斤，毫無痕迹。（古今詞論引）

陳廷焯云：『新來瘦』三語，婉轉曲折，煞是妙絕。（白雨齋詞話）

醉花陰

薄霧濃雲愁永晝，瑞腦㈠消金獸㈡。佳節又重陽，玉枕紗廚㈢，半夜涼初透。 東籬把酒黃昏後，有暗香㈣盈袖。莫道不消魂？簾捲西風，人比黃花瘦。

【注解】

㈠瑞腦 一種香料，卽龍腦，舊稱冰片，香氣甚濃。 ㈡金獸 卽獸形之銅香爐。 ㈢紗廚 卽碧紗廚。 ㈣暗香 幽香。林逋詩：『暗香浮動月黃昏。』指梅花，此用陶詩『采菊東籬下』指菊花。

【評箋】

胡仔云：『簾捲西風，人比黃花瘦』，此語亦婦人所難到也。（苕溪漁隱叢話）

伊世珍云：易安作此詞，明誠嘆絕，苦思求勝之，乃忘寢食三日夜，得十五闋，雜易安作以示友人陸德夫。德夫玩之再三，曰：只有『莫道不消魂』三句絕佳。（瑯嬛記）

柴虎臣云：語情則紅雨飛愁，黃花比瘦，可謂雅暢。（古今詞論）

王士禛云：『薄霧濃雲』，新都引中山王文木賦『薄霧濃雰』，以折『雲』字之非；楊博奧，每失穿鑿，如王右丞詩，玉角把與朱竄馬之類，殊墮狐穴，此『雰』字辨證獨妙。（花草蒙拾）

沈際飛云：康詞『比梅花瘦幾分』，一婉一直，並時爭衡。（草堂詩餘正集）

王世貞云：康與之『人比梅花瘦幾分』；又『天還知道，和天也瘦』；又『簾捲西風，人比黃花瘦』；又『應是綠肥紅瘦』；又『人共博山烟瘦』；字字俱妙。（藝苑巵言）

況周頤云：中山王文木賦：『㢠竜也霎，薄霧濃雰。』易安『醉花陰』首句用此，俗本改『雰』為『雲』，陋甚！升庵楊氏嘗辨之，且即付之歌喉，『雲』字殊不入律，不如『雰』字起調，可為知者耳。稼軒詞『木蘭花慢』送張仲固帥興元句云：『追亡事、今不見，但山川滿目淚沾衣』，『追亡』用韓信事，俗本改作『興亡』，則毫無故實，是亦『薄霧濃雲』之流亞也。（蕙風詞話）

陳廷焯云：深情苦調，元人詞曲往往宗之。（白雨齋詞話）

聲聲慢

尋尋覓覓，冷冷清清，淒淒慘慘戚戚。乍暖還寒時候，最難將息㈠。三杯兩盞淡酒，怎敵他、晚來風急。雁過也，最傷心，卻是舊時相識。滿地黃花堆積，憔悴損、如今有誰堪摘。守著窗兒，獨自怎生得黑？梧桐更兼細雨，到黃昏、點點滴滴。者次第㈡，怎一個、愁字了得。

【注解】

㈠將息　休養。　㈡者次第　這許多情況。

【評箋】

羅大經云：起頭連疊七字，以婦人乃能創意出奇如此。（鶴林玉露）

楊愼云：宋人中塡詞，易安亦稱冠絕，使在衣冠，當與秦七、黃九爭，不獨爭雄於閨閣也。其詞名漱玉集，尋之未得，『聲聲慢』一詞，最爲婉妙。（詞品）

張端義云：此乃公孫大娘舞劍手，本朝非無能詞之士，未曾有一下十四疊字者，用文選諸賦格。後疊又云：『梧桐更兼細雨，到黃昏點點滴滴』，又使疊字，俱無斧鑿痕。更有一奇字云：『守著窗兒獨自怎生得黑？』『黑』字不許第二人押。婦人中有此文筆，殆間氣也。（貴耳集）

萬樹云：此遒逸之氣，如生龍活虎，非描塑可擬。其用字奇橫而不妨音律，故卓絕千古，人若不見才而故學其筆，則未免類狗矣。（詞律）

徐釚云：首句連下十四個疊字，眞似大珠小珠落玉盤也。（詞苑叢談）

吳灝云：易安以詞專長，揮灑俊逸，亦能琢鍊；最愛其『草綠階前，暮天雁斷』，極似唐人。其『聲聲慢』一闋，張正夫稱爲公孫大娘舞劍手，以其連下十四疊字也，此卻不是難處，因調名『聲聲慢』而刻意播弄之耳；其佳處在後又下『點點滴滴』四字，與前照應有法，不是草草落句。玩其筆力，本自矯拔，詞家少有，庶幾蘇、辛之亞。（歷朝名媛詩詞）

周濟云：雙聲疊韻字，要著意布置，有宜雙不宜疊、宜疊不宜雙處；重字則既雙且疊，尤宜斟酌，如李易安之『淒淒慘慘戚戚』，三疊韻，六雙聲，是鍛鍊出來，非偶然拈得也。（介存齋詞選序論）

劉體仁云：周美成不止不能作情語，其體雅正，無旁見側出之妙。柳七最尖穎，時有俳狎，故子瞻以是呵少游，若山谷亦不免，如『我不合太撋就』類，下此則蒜酪體也；惟易安居士『最難將息』，『怎一個愁字了得』，深妙穩雅，不落蒜酪，亦不落絕句，眞此道本色當行第一人也。（七頌堂隨筆）

梁紹壬云：詩有一句疊三字者，吳融秋樹詩：『槭槭淒淒葉葉同』是也；有一句連三字者，劉駕詩：『樹樹樹梢啼曉鶯，夜夜夜深聞子規』是也；有兩句連三字者，白樂天詩：『新詩三十軸，軸軸金玉聲』是也；有一句疊四字者，古詩：『行行重行行』；木蘭詩：『喞喞復喞喞』是也；有兩句互疊字者，王胄詩：『年年歲歲花常發，歲歲年年人不同』是也；有三聯疊字者，古詩：『靑靑河畔草』是也；有七聯疊字者，昌黎南山詩：『延延離又屬』十四句是也；至李易安詞：『尋尋覓覓，冷冷淸淸，淒淒慘慘戚戚』，連上十

四疊字，則出奇制勝，眞匪夷所思矣。（兩般秋雨盦隨筆）

許昂霄云：易安此詞，頗帶傖氣，而昔人極口稱之，殆不可解。（詞綜偶評）

陳廷焯云：後幅一片神行，愈唱愈妙。（白雨齋詞話）

陸鎣云：疊字之法最古，義山尤喜用之，然如菊詩『暗暗淡淡紫，融融冶冶黃』，轉成笑柄，宋人中易安居士善用此法，其『聲聲慢』一詞，頓挫淒絕。（問花樓詞話）

念奴嬌

蕭條庭院，有斜風細雨，重門須閉。寵柳嬌花寒食近，種種惱人天氣。險韻㈠詩成 扶頭酒醒，別是閒滋味。征鴻過盡，萬千心事難寄。 樓上幾日春寒，簾垂四面，玉闌干慵倚。被冷香消新夢覺，不許愁人不起。清露㈡晨流，新桐初引，多少游春意。日高烟斂，更看今日晴未。

【注解】

㈠險韻 以生僻字協韻。 ㈡清露 二句見世說新語。

【評箋】

黃昇云：前輩嘗稱易安『綠肥紅瘦』為佳句，余謂此篇『寵柳嬌花』之語，亦甚奇俊，前此未有能道之者。（花庵詞選）

楊愼云：『清露晨流，新桐初引』，用世說入妙。（詞品）

王世貞云：『寵柳嬌花』，新麗之甚。（藝苑巵言）

李攀龍云：上是心事，難以言傳；下是新夢，可以意會。（草堂詩餘雋）

鄒祗謨云：李易安『被冷香消新夢覺，不許愁人不起。』『守著窗兒，獨自怎生得黑？』皆用淺俗之語，發清新之思，詞意並工，閨情絕調。（遠志齋詞衷）

毛先舒云：嘗論詞貴開宕，不欲沾滯，忽悲忽喜，乍遠乍近，斯爲妙耳。如遊樂詞須微著悲思，方不癡肥；李春晴詞本閨怨，結云『多少遊春意，更看今日晴未』，忽爾開拓，不但不爲題束，並不爲本意所苦，直如行雲，舒卷自如，人不覺耳。（詞苑叢談引）

黃蓼園云：只寫心緒落寞，近寒食更難遣耳，陡然而起，便爾深邃；至前段云：『重門須閉』，後段云不許起，一開一合，情各戛戛生新。起處雨，結句晴，局法渾成。（蓼園詞選）

永遇樂

落日鎔金，暮雲合璧，人在何處？染柳烟濃，吹梅笛怨，春意知幾許？元宵佳節，融和天氣，次第豈無風雨。來相召、香車寶馬，謝他酒朋詩侶。　中州㈠盛日，閨門多暇，記得偏重三五㈡。鋪翠冠兒，撚金雪柳㈢，簇帶爭濟楚㈣。如今憔悴，風鬟霧鬢，怕見夜間出去。不如向簾兒底下，聽人笑語。

【注解】

㈠中州　通常河南省曰中州，以其處九州之中也。　㈡三五　謂元宵節。　㈢撚金雪柳　剪貼之紙花。　㈣濟楚　整潔貌。

【評箋】

張端義云：晚年賦元宵『永遇樂』詞云：『落日鎔金，暮雲合璧』，已自工緻。至於『染柳烟濃，吹梅笛怨，春意知幾許？』氣象更好。後疊云：『于今憔悴，風鬟霧鬢，怕見夜間出去』，皆以尋常語度入音律，鍊句精巧則易，平淡入調者難。（貴耳集）

張炎云：昔人詠節序，付之歌喉者，不過爲臨時帖括之作，所謂淸明『拆桐花爛熳』，端午『梅霖乍歇』，七夕『炎光謝』，若律以詞家風度，則俱未然。豈如周美成『解語花』詠元夕，史邦卿『東風第一枝』詠立春，不獨措辭精粹，且見時序風物之感，若易安『永遇樂』詠元夕云，『不如向簾兒底下，聽人笑語』，亦自不惡；如以俚詞歌於坐花醉月之下，爲眞可惜。（詞源）

楊愼云：辛稼軒詞『泛菊杯深，吹梅笛怨』，蓋用易安『染柳煙濃，吹梅笛怨』也；然稼軒改數字更工，不妨襲用；不然蓋盜狐白裘手耶。（詞品）

中華語文叢書
宋詞三百首箋注

1912

作　　者／唐圭璋　箋注
主　　編／劉郁君
美術編輯／鍾　玟

出 版 者／中華書局
發 行 人／張敏君
副總經理／陳又齊
行銷經理／王新君
地　　址／11494 台北市內湖區舊宗路二段181巷8號5樓
客服專線／02-8797-8396　　傳　　真／02-8797-8909
網　　址／www.chunghwabook.com.tw
匯款帳號／華南商業銀行　西湖分行
179-10-002693-1　中華書局股份有限公司

法律顧問／安侯法律事務所
製版印刷／維中科技有限公司　海瑞印刷品有限公司
出版日期／2018年7月台二版
版本備註／據1972年10月台一版復刻重製
定　　價／NTD 300

國家圖書館出版品預行編目（CIP）資料

宋詞三百首箋注 / 唐圭璋箋注. — 台二版. —
臺北市 : 中華書局, 2018.07

面 ;　公分. — (中華語文叢書)

ISBN 978-957-8595-43-9(平裝)

833.5　107007997

NO.H2069
ISBN 978-957-8595-43-9（平裝）

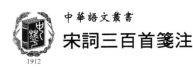